实事求是 | 因地制宜 | 分类指导 | 精准扶贫

精准扶贫故事汇

科技助力脱贫攻坚战的荆楚实践

湖北省农业科学院
湖北省乡村振兴研究院 | 主编

长江出版传媒
湖北科学技术出版社

图书在版编目(CIP)数据

精准扶贫故事汇 : 科技助力脱贫攻坚战的荆楚实践 /湖北省农业科学院,
湖北省乡村振兴研究院主编. -- 武汉 :
湖北科学技术出版社, 2020.11(2021.8重印)
ISBN 978-7-5706-0105-9

Ⅰ. ①精… Ⅱ. ①湖… ②湖… Ⅲ. ①故事一作品集
一中国一当代 Ⅳ. ①I247.81

中国版本图书馆 CIP 数据核字(2020)第 183797 号

精准扶贫故事汇——科技助力脱贫攻坚战的荆楚实践
JINGZHUN FUPIN GUSHI HUI——KEJI ZHULI TUOPIN GONGJIANZHAN DE JINGCHU SHIJIAN

策　　划：邱新友　王贤芳
责任编辑：王贤芳　　封面设计：胡　博

出版发行：湖北科学技术出版社　　电话：027－87679454
地　　址：武汉市雄楚大街 268 号　　邮编：430070
（湖北出版文化城 B 座 13－14 层）
网　　址：http：//www.hbstp.com.cn

印　　刷：武汉精一佳印刷有限公司　　邮编：430034

787×1092　1/16　　18.5 印张　1 插页　290 千字
2020 年 11 月第 1 版　　2021 年 8 月第 2 次印刷
定价：78.00 元

《精准扶贫故事汇——科技助力脱贫攻坚战的荆楚实践》

编　委　会

序 言

党的十八大以来,以习近平同志为核心的党中央把脱贫攻坚摆到治国理政的突出位置,一场波澜壮阔的脱贫攻坚战在全国范围内全面打响。在精准扶贫、精准脱贫基本方略的统领下,湖北同全国各地一起,多措并举,凝心聚力,脱贫攻坚取得重大决定性成就。

在湖北脱贫攻坚战场上,湖北省农业科学院和市(州)农科院同频共振、主动作为,勇挑科技扶贫先锋重担,充分发挥农业科技、人才资源优势,全力为脱贫攻坚贡献智慧和力量。在科技扶贫创新实践中,涌现出了一大批鲜活案例和先进典型,其中有勇于担当、甘于奉献、开拓进取的科研工作者,有团结协作、真抓实干、攻坚克难的科技创新团队,有胸怀“三农”、脚踏实地、默默耕耘的驻村工作队……,他们用奋斗者的姿态,在荆楚大地上践行着把论文写在脱贫攻坚第一线的初心使命。

本书用一个个典型的案例讲述了令人难以忘怀的科技扶贫故事,从侧面展示了科技力量在脱贫攻坚战中发挥的重要作用,宣传了科技助力精准扶贫取得的显著成效。通过这些鲜活故事,既可以看到科技工作者担当的勇气、科研团队实干的精神、驻村工作队员坚守的力量,更能看到贫困地区通过科技支撑改变落后面貌的具体实践,特别是感受到了贫困地区的华丽蜕变和贫困户致富后的无限喜悦。

2020 年是全面建成小康社会的实现之年,也是脱贫攻坚决战决胜之年。2020 年,全球遭遇了一场突如其来、来势汹汹的新冠肺炎疫情,我们党团结带领全国各族人民，风雨同舟、众志成城，经过艰苦卓绝的努力，取得了抗击新冠肺炎疫情斗争重大战略成果。在常态化疫情防控中，要打赢脱贫攻坚收官之战面临的困难和挑战更为艰巨，要走稳走实脱贫攻坚的“最后一公里”，需要有更强的力度、更大的决心、更实的措施。

“越是艰险越向前”，我们相信，在习近平新时代中国特色社会主义思想的指引下，全省上下勠力同心、真抓实干，善始善终、善作善成，不获全胜决不收兵，定能如期实现“现行标准下农村贫困人口全部脱贫、贫困县全部摘帽”目标，坚决完成好这项对中华民族、对人类社会都具有重大意义的历史伟业！

湖北省人大农业与农村委员会副主任委员
湖北省农业科学院党委书记　刘晓洁

2020年10月

目 录

科技助力精准扶贫合作篇

科技助力精准扶贫实干篇

科技助力精准扶贫创新篇

科技助力精准扶贫攻坚篇

科技助力精准扶贫合作篇

1 “醉美”大溪村的华丽蜕变

——湖北省农业科学院驻村工作队精准扶贫实践

位于宜都市红花套镇西北部的大溪村是一个自然资源匮乏、生产条件恶劣的边远山区贫困村，这里石山多、耕地少、住户分散，农产品交通运输及农民出行很不方便，农民收入来源仅靠种植柑橘和少量玉米，以及收割自然生长的毛竹及编制品的售卖。2014 年全村人均纯收入仅 2 500 元，是宜都市 18 个省级贫困村之一，2015 年全村建档立卡贫困户共 43 户 112 人。

2015 年 1 月，习近平总书记在云南考察工作时强调，要坚决打好扶贫开发攻坚战，加快民族地区经济社会发展。5 个月后，习近平总书记来到与云南毗邻的贵州省，强调要科学谋划好“十三五”时期扶贫开发工作，确保贫困人口到 2020 年如期脱贫，并提出扶贫开发“贵在精准，重在精准，成败之举在于精准”。同年 10 月，根据湖北省委、省政府统一安排部署，湖北省农业科学院（以下简称湖北省农科院）党委主动担当，高度重视精准扶贫精准脱贫工作，按照“尽锐出战”的要求，精选“种子”，开展了驻村帮扶工作。从此，大溪村脱贫攻坚的路上迎来了一支始终践行脱贫服务使命、坚持科技扶贫、助力特色产业发展思想作风过硬的坚强队伍。5 年来，他们做到了责任不脱、帮扶不脱、监管不松、节奏不变、力度不减，大溪村从省级贫困村变成了省乡村振兴示范村。

精选“种子”，创造生根发芽条件

精选“种子”。按照湖北省委、省政府关于加强组派省驻农村工作队（扶贫工作队）的精神，湖北省农科院党委严选驻村人员，将政治素质好、工作作风实、身体健康、热爱农村工作的人员选进来。工作队队长兼第一书记由一名思想作风过硬、工作能力强的处级干部担任，一届接着一届选派工作骨干和精兵强将。第一届驻村工作队驻村时间为 2015 年 10 月至 2017 年 1 月，队长熊光权，队员袁慎辉、姚晶晶。第二届驻村工作队驻村时间为 2017 年 1 月至 2018 年 1 月，队长朱毅，队员仝铸、叶建美。第三届驻村工作队驻村时间为 2018 年 1 月至 2020 年 1 月，队长赵仁君，队员徐育海、王开锋(2018 年 1 月至 2019 年 1 月)、占新建(2019 年 1 月至 2020 年 1 月)。第四届驻村工作队驻村时间为 2020 年 2 月至今，队长王晴芳，队员徐育海、占新建。每当提到这些驻村干部时，大溪村群众就竖起大拇指，称赞他们是“融得进村，下得去地，吃得了苦，干得了事”的好干部。

提供“营养”。湖北省农科院为确保完成驻村帮扶工作任务，千方百计筹措帮扶资金和工作保障经费，确保驻村工作队顺利开展工作：每年安排工作保障经费 20 万元左右，主要用于工作队员差旅及补助、住宿租房、工作租车等，尽力做到了帮扶工作尽心，工作队员舒心，领导放心；每年安排帮扶资金 40 万元左右，帮扶村培育产业，开展技术培训，实施新成果转化等，将有限的资金用在脱贫造血的关键点上。

精心谋划，“种子”生根发芽

湖北省农科院党委高度重视精准扶贫精准脱贫工作，多次召开党委会精心谋划驻村帮扶工作，制定了《湖北省农科院驻村工作队十项目标任务》和《湖北省农科院驻村工作队五项管理制度》，给驻村工作队指明了工作任务，同时严格管理。驻村工作队自我加压，主动作为，积极探索脱贫攻坚路径，为村出列增效、户脱贫增收做了扎实细致的工作，谱写了一首驻村帮扶的新乐章，“种子”生了根、发了芽，当好了“五员”。

当好指导员。“农村要发展，农民要致富，关键靠支部”，“扶贫开发，要给钱给物，更要建个好支部”，驻村工作队始终把强化党的基层组织建设作为引领脱贫攻坚的一项龙头来抓，抓好村级班子建设，着力提高“村两委”班子的凝聚力和向心力，发挥基层党员先进模范作用和支部战斗“堡垒”作用。大溪村党建工作由2014年前的村三类党组织进入到该镇第一方阵。

▲ 湖北省农科院党委书记刘晓洪主抓驻村精准扶贫工作

当好宣讲员。走访查实情，大溪村随处随时可见其影、闻其声，走访贫困户常态化，做到“问需于民、问计于民”。通过走访和参加村民代表大会、党员大会及户长会等方式，宣传党的十九大、习近平总书记关于扶贫工作的重要论述和视察湖北的重要讲话精神，宣传湖北省委、宜昌市委关于脱贫攻坚决策的具体部署，让党的强农惠民政策家喻户晓、人人皆知。同时注重扶贫先扶志，人穷志不能短。没有比人更高的山，没有比脚更长的路。鼓励贫困户树牢“只有经过自己的努力才能过上美好幸福生活”的思想，“只要有信心，黄土变成金”。

当好规划员。在摸清村情的基础上，通过多地调研考察，与村干部一起共商发展大计，积极帮助大溪村制定了《湖北省农科院驻村工作队帮扶大溪村三年规划（2018—2020年）》《各年度驻村帮扶年度计划》和《宜都市红花套镇大溪村村庄建设规划（2019—2035年）》，帮助“村两委”班子和贫困群众理清发展思路、夯实扶贫组织基础、提高自身发展能力。

▲ 湖北省农科院院长焦春海督导驻村民生工程

▲ 2018 年 10 月，院党委副书记、纪委书记刘杰到大溪村检查精准扶贫工作

当好技术员。组织专家现场培训，专家到田间地头传授栽培管理关键技术。近几年该村参加培训人员累计超过 2 000 人次，其中贫困户 406 人次，包教包会；协助村支两委培养农村致富带头人 5 人，其中，羊肚菌种植 1 人、特色水果种植 1 人（柑橘、杨梅、冬桃、枇杷）、养殖 2 人（养殖鲟鱼、养蜂、养牛、养羊）、电商 1 人，打造了“不走的工作队”。

▲ 2019 年 11 月，湖北省农科院副院长邵华斌到大溪村调研督导驻村帮扶工作

当好监管员。近年来，大溪村争取到多个公共基础建设项目，投入大量资金，所有项目均通过村民代表大会讨论立项、公示、申报，上级部门审批同意，经过招投标程序确定中标单位施工建设，村派代表跟踪质量监督，项目竣工由村监督委员会组织验收，根据审计结果付给施工单位工程价款。协助大溪村培育新型农业经营主体（专业合作社）3 个，建立并完善各项管理制度 6 项，并按上级有关财务制度规定使用资金（村账镇管），没有违规违纪支出发生。

因“资”制宜，“种子”长成大树

驻村工作队经过多次调研、考察，在了解村产业发展的基础上，充分发挥湖北省农科院农业科技优势，结合大溪村旅游产业发展规划，注重资源综合利用，注重造血功能，裕农合作社、洞藏酒业等多家新型经营主体发展起来。“灵秀”大溪、“醉美”大溪已成为两张亮丽的名片。

▲ 2019 年 4 月，湖北省农科院副院长余锦平赴大溪村调研驻村帮扶工作

水资源“活”起来。大溪水库始建于 1974 年，常年蓄水 1 400 多万立方米，非常适宜于冷水鱼养殖。2017 年，大溪村通过招商引资，引进天江渔业，投资2 500多万元，流转土地 150 亩(1 亩约为 667 平方米，后同)，发展鲟鱼养殖，年收益 1 000 多万元，带动 10 户贫困户脱贫。溪水经专业部门检测达饮用水标准，富含多种矿物质。一个利用天然溪水酿酒的想法油然而生，洞藏酒业成立了，常年收益 100 多万元，直接脱贫致富。

山资源“动”起来。大溪村面积 32.1 平方公里，90% 以上都是山地，且石山多。经过多部门认证，石山资源可合理利用，磊鑫矿业应运而生，常年收益500多万元,带动5户贫困户脱贫致富。地处大溪村二组的山上有一个天然山洞,冬暖夏凉。随着村环境改善,游玩的人越来越多,利用天然洞开一家农家乐生意应该不错,于是天然洞生态餐饮开张了,农家的土特产成了餐桌上的美味,自家致了富,还带动贫困户增收。

一二三产“融”起来。大溪村山多水多,耕地少。如何才能让村民真正富起来,如何让绿水青山变成金山银山,一直困扰着工作队。经多次调研、认证,工作队发现发展旅游产业才是产业才是“王”道。旅游产业是远景产业,当务之急就是利用分散的耕地发展特色产业,丰富其内涵,一二三产融合的新型主体裕农合作社应运而生了。

羊肚菌产业发展起来。羊肚菌是公认的著名珍稀食药兼用菌,其香味独特,营养丰富,功能齐全,食效显著,富含人体需要的多种氨基酸,具补肾、壮阳、补脑、提神等功效,尤其抗癌作用明显,对肌瘤细胞有强烈抑制作用,具有较高的食用价值和医用价值。2017年,第二届驻村工作队队长朱毅通过调研和聘请专家考察后,提出试种羊肚菌,并建立了9亩地的羊肚菌大棚进行生产。2018年,第三届驻村工作队队长赵仁君到任后,带领驻村队员积极参与羊肚菌生产各环节的精细化管理,聘请专家进行技术指导,把控羊肚

▲ 大溪村羊肚菌大棚生产基地

菌生长关键时间的温度和湿度，克服了低海拔的不利因素，终获得种植成功，当年收益12万元。当年进一步扩大羊肚菌大棚生产，组织村民和贫困户成立宜都裕农专业合作社，贫困户入股，每股200元，新发展面积11亩，使羊肚菌大棚生产成为大溪村产业扶贫的重点产业。2019年，羊肚菌生产总收益18万元，每亩收益超过1万元，现已带动宜都市各乡镇大范围种植。

▲ 湖北省农科院副院长游艾青调研督导驻村帮扶工作

特色水果采摘产业培植起来。大溪村耕地少且分散，不适宜发展大规模水果种植。结合旅游产业，驻村工作队队员、果树专家徐育海、仝铸提出选择杨梅、冬桃、白枇杷等特色水果发展采摘产业。2017—2018年，工作队协助引种杨梅10亩、冬桃10亩、白枇杷10亩。为了搞好特色水果的生产示范，驻村工作队队员积极参与生产各环节精细化管理，并申请湖北省农科院给予物资资助（投入专用肥料），并聘请相关专家进行技术指导。2019年冬桃开始挂果，2020年杨梅、白枇杷也陆续挂果。

茁壮成长，“种子”开花结果

5年来，驻村工作队始终坚持以习近平总书记关于扶贫工作重要论述为指导，深入贯彻落实国家、湖北省脱贫攻坚相关政策。在当地党委和政府的直接领导下，在湖北省委组织部、湖北省扶贫办、湖北省直机关工委的指导和湖北省农科院大力支持下，驻村工作队自我加压，主动担当，积极探索科技助力脱贫攻坚路径，进行了扎实细致地工作，取得了显著的成效，“种子”开花结果。

▲ 2020年6月，湖北省农科院副巡视员夏贤格赴大溪村调研驻村帮扶工作

村集体经济收入和村民收入一年上一个台阶。村集体经济收入从2015年的3 300元增长至2019年的23万元；全村人均可支配收入从2015年的3 276元增长至2019年25 000多元，增长了7倍，其中贫困户人均可支配收入（超过6 000元）也大幅增长，且每户都有1～2个增收产业，确保脱贫不返贫。

村民生活水平逐步提高，村容村貌发生了翻天覆地变化。驻村工作队积极协助村支两委争取扶持发展资金，2015—2019年共争取各类项目资金和扶贫资金2 510万元，其中湖北省农科院帮扶资金190万元。建成了党员群众服务中心，村民办事不出村就能享受“一站式”服务；建成了5.2公里的村级主干道标准化三级旅游公路，修通了村至组到户公路23公里；新建成5套公租房，解除居住土坯房的危险；对易地扶贫搬迁集中安置点周围进行了环境改造，新建成5 500平方米休闲广场及生态停车场；水、电、通信设施、卫生设施设备大变样，新能源利用（沼气、液化气、太阳能）已普及；村容村貌发生大改观，村民生产生活条件得到大改善。

▲ 大溪村生态广场

大溪村成为省级新农村建设和乡村振兴示范村。2015 年底大溪村实有贫困户 43 户 112 人，在湖北省农科院的帮扶下，经过脱贫攻坚战，2017 年大溪村整体脱贫出列，2018 年贫困户全部脱贫销号，2019 年脱贫巩固并有机对接乡村振兴，大溪村现已成为省级新农村建设示范村和乡村振兴示范村。

▲ 大溪村易地搬迁居住地

脱贫致富奔小康路虽远，行必至。湖北省农科院驻村工作队一定不忘初心、牢记使命、坚定信心、顽强奋斗，必将夺取大溪村脱贫攻坚战的全面胜利！

案例点评：

全面建成小康社会，一个也不能少。湖北省农科院党委坚决贯彻落实党中央、湖北省委关于脱贫攻坚的决策部署，举全院之力进驻大溪村开展驻村帮扶工作。自2015年进驻以来，在驻村工作队的接续帮扶下，全村实现了华丽蜕变：村民荷包鼓起来了，旅游马路变宽了，村容村貌漂亮了，致富产业办起来了。大溪村2017年提前实现整体脱贫出列，2018年贫困户全部脱贫销号。曾经的贫困村，现已成为省级新农村建设示范村和乡村振兴示范村。大溪村蜕变的故事，只是精准脱贫路上的一个缩影，彰显的是中国特色社会主义制度的优越性，也凝聚着众多驻村工作队员们的心血和汗水。向驻村工作队员们道一声“辛苦了”，祝大溪村的明天更美好！

（王晴芳）

2 科技"联姻",鄂西山村换新颜

——湖北省农业科学院对口帮扶利川"616"工程纪实

巍巍武陵,潮涌清江。翻开波澜壮阔的历史画卷,恩施这个中国最年轻的自治州,沐浴着党的民族政策和"616"对口帮扶工程的阳光雨露,正在决战贫困、决胜全面建成小康的历史征程中奋勇前行。

2008 年,湖北省委、省政府支持民族地区加快经济社会发展恩施现场办公会议在恩施州召开。

"举全省之力,支持恩施建设全国先进自治州",湖北省委、省政府发出号召,启动支持民族地区加快发展的"616"工程。

所谓"616",即由 1 名省委、省政府领导带领 6 个省直单位,每年至少为恩施州对口支援的民族县(市)办 6 件以上实事。

68 个帮扶单位,就是 68 个"亲戚",湖北省农科院也是恩施人民的"亲戚"之一。按照湖北省委、省政府部署,湖北省农科院对口支援利川市。

发展产业扶根本。湖北省农科院在政策、资金、项目等各方面全力支持恩施州产业发展,不断增强民族地区自身"造血"功能。多年来,他们带来的一个个项目、一桩桩实事,在当地落地生根,为农业产业发展提供强大科技支撑。

蔬菜变身富民菜,小辣椒带来红火好日子

"火辣辣的日子,火辣辣地过,小辣椒带来了好日子,我们乡亲们呐,日子一天比一天更红火……"利川市深山一处辣椒基地,劳作老百姓的歌声远远飘来。

盛夏,武汉市区似火炉一样,而鄂西山区利川市南坪乡南坪村的菜地却

是一片绿意盎然。青的、红的辣椒长势正好,个大、肉厚、辣味十足,挂满枝头。垄沟间挺立着环境监测器,地面铺满了防草的薄膜、四周还插放着黄色的粘虫板……

一个偏远山区贫困村却有着一片现代化菜地的景象,这得益于湖北省农科院经济作物研究所的辣椒创新团队。

"南坪村传统作物是玉米,这里自然气候条件不错,但农业生产力水平低下,靠自然条件,凭经验生产,品种单一。一年下来,每亩平均收入不到千元。"这是团队2015年初刚到南坪村时的印象。

▲ 蔬菜专家姚明华在蔬菜大棚现场指导

作为蔬菜专家,团队负责人姚明华和他的团队,来到距离武汉600多公里的南坪村。"扶贫之处,多数信息闭塞。我们就要打破这个限制,立足贫困地区资源禀赋和外部市场需求,生产适销对路的农产品。"姚明华说。一到村里,姚明华带领团队立马开展调研,发现问题:无产业、缺科技、少劳力。

根据当地气候和地势特点，姚明华和团队决定调整当地农业种植结构，由种植传统玉米改种鲜食辣椒。

为了让村民看到实实在在的好处，2015 年以来，姚明华与村干部每年在南坪村展示辣椒新品种与新组合，让农户看到实实在在的效益，解决农民们的后顾之忧，给农户充分的选择空间。

“技术是成熟的，但想让农户愿意种，并且能种好，还是要蹲下来，一点一点耐心细致地手把手教。”团队骨干王飞说。正因此，每天挨家挨户上门解答技术问题，指导制定特色产业发展规划，成了姚明华和团队成员们在村里的主要工作。

帮扶之间，团队和村民的关系，也渐渐如“亲邻”一般。2019 年 6 月 22 日凌晨，利川市突降暴雨，时间长达 4 小时，局部地区雨量达 100 毫米，基地展示辣椒品种全部被淹。专家得到消息后，通过电话指导基地负责人安排抽水排涝，当天便赶往利川市南坪乡南坪村开展救灾工作。团队成员根据南坪村天气、作物、土壤和水灾情况，制定救灾方案，安排工人排水清淤，采取受灾辣椒补充叶面调理肥、喷施吡唑醚菌酯等广谱杀菌剂、部分灾情严重的田块补种速生快菜等生产保护和自救措施。

姚明华团队每年从国家大宗蔬菜产业技术体系和国内市场征集优质多抗辣椒新品种，种在老百姓的家门口，让他们对新品种看得见、摸得着。引进与展示湖南省蔬菜研究所、鄂蔬种业、武汉吉祥世纪种业、安徽农百万、江西农望种业、四川绵阳种业、江西大家族、湖北汉蔬创一公司、安徽萧新种业、河南欧蓝德种业和湖北省农科院自主选育的辣椒新品种与新组合 141 个，通过在南坪村核心示范基地育苗、试种、比较，从中筛选出适合湖北省高山地区种植的辣椒新品种。同时，团队为当地椒农提供优质、多抗、适应性强的辣椒新品种，并在主产区集中展示、示范。

在辣椒新品种展示试验的基础上，逐步筛选出“鄂椒香帅”“鄂椒帅亮”“鄂椒佳丽”等 10 余个适合当地种植的辣椒新品种，累计示范面积 2 000 亩。

连续几年高山辣椒新品种的成功展示，推动了该村农业种植结构及品种的调整。如今，1 000 多亩辣椒已成为该村稳步增收的动力源泉，平均亩产值为 9 200 元，农户一年可以拿到纯收入 3 000 元以上，远远高出种玉米的收益。

辣椒产业的发展，只是湖北省农科院帮扶利川发展蔬菜产业的一个缩影。

利川是湖北省蔬菜大县，也是湖北省农科院专家大院科技成果示范推广重点市。农业农村部已把利川市列为云贵高原夏秋蔬菜优势区域之首，并把利川纳入全国蔬菜重点监测基点县。利川目前蔬菜基地面积达到46万亩，播种面积56万亩，产量160万吨，产值16.2亿元，利川山地蔬菜产业已成为县域经济主导产业。

利川山地蔬菜产业在迅猛发展的同时，也暴露出影响产业健康发展的技术瓶颈。蔬菜病害、种植品种及种植模式相对单一、缺乏针对山地蔬菜的科学栽培管理技术规范等因素，制约了产业进一步增效和农民增收，这些问题亟待破局。

因此，针对利川当地及周边嗜辣饮食习惯，专家团队确定以辣椒为典型的精细蔬菜发展对象。通过在利川市二高山区域建立农业科技成果综合展示与试验示范基地，开展辣椒新品种展示及蔬菜提质增效关键生产技术示范推广。年均展示辣椒新品种100个，示范推广蔬菜提质增效关键生产技术100亩，达到每亩增产10%，每亩减施化肥和化学农药使用量15%的目标；以科技创新驱动当地蔬菜产业发展和农业供给侧结构性改革，辐射带动周边山地蔬菜产业发展升级。

据统计，仅2019年，专家团队20批次深入利川市，田间技术指导70多次，组织召开新品种示范现场会1次，举办技术培训16场次，培训农民3 000人次，发放技术资料3 000份。蔬菜新品种及蔬菜提质增效关键生产技术、蔬菜病虫害绿色综合防控技术，覆盖面积3 000多亩；接受电话咨询1 000余次，捐赠有机肥料、化学肥料等农业生产资料30多吨。

2020年，在疫情特殊时期，专家们忙于线上服务；疫情稍有缓和，专家们就活跃线下。专家团队深入利川市，查漏补缺，从蔬菜新品种和新技术试验与示范、蔬菜提质增效关键生产技术、蔬菜病虫害绿色综合防控等方面开展技术培训和田间指导，促进了利川市蔬菜产业的提质增效与提档升级，通过产业带动，达到科技助力精准扶贫的目的，为打赢脱贫攻坚战作出了应有贡献。

院企合作还将继续深化，进一步带动扶贫。以利川南坪蔬菜专业合作社为载体，提供适合观光鲜采的精细蔬菜品种，示范推广贝贝南瓜、"东升"板栗南瓜、"银丝栗"板栗南瓜、"银圆 1 号"冬瓜、"金圆 1 号"冬瓜及"CR188"快菜等品种，精细蔬菜种植调整种植结构，克服连作障碍，丰富了秋淡市场种类。

科技"加持"高山大黄，合作社带领群众奔向小康路

大黄为蓼科植物，是一味常用大宗药材，广泛用于医药中间体提取、中药饮片生产、中成药生产、中兽药生产和保健品生产，市场领域十分广阔。

恩施州所产马蹄大黄，是当地特色道地药材。近几年，通过利川市勤隆中药材合作社等市场主体带动，利川市成为全州马蹄大黄的主产区。马蹄大黄是恩施州发挥特色优势，实施精准扶贫的项目，具有成长为高山地区农民脱贫增收支柱产业的良好基础和发展空间。

成立于 2013 年 8 月的利川市勤隆中药材专业合作社，位于利川市元堡乡，是一家专业从事大黄为主的专业合作社。

合作社理事长龙祥云是一位带资金、技术回乡创业的女青年。短短几年时间，这个合作社发展注册农民社员 30 人，辐射带动近 1 000 户农民种植大黄。

"种植大黄能够带动农民增收。"龙祥云自信满满地说。大黄是一种重要的中草药，喜冷凉气候，耐寒，元堡乡的气候、土壤刚好适合大黄种植。

然而，利川市马蹄大黄加工，曾采用火炕法进行干燥，存在加工手段落后、加工效率低下、加工品质无法保证、环境污染和土壤酸化等问题。受制于技术短板，大黄产业一度停滞不前。

近几年，湖北省农科院中药材团队与利川勤隆中药材专业合作社共同建立了"湖北省农业科技'五个一'行动马蹄大黄实验示范基地"，建设良种繁育基地 300 亩，品种示范基地 1 600 亩，辐射带动生产基地 50 000 亩。开展马蹄大黄品种选育纯化，指导规范化种植。帮助申报湖北民族专项"马蹄大黄规范化栽培技术研究与产业化开发"，建设质量可追溯体系。通过解决一系列种植和加工技术难题，效益不断上升。元堡乡大黄种植户袁学平在专业合作社的带领下，由当年靠传统技术种植大黄的留守村民，变成了人人羡慕的脱贫致富能手。

▲ 中药材所专家开展病虫草害防控指导

龙祥云算了一笔账，大黄从种植到收获生产周期为2年，每亩产量7 500千克，每亩产值1.5万元。目前，合作社有基地1 600亩，带动农民发展大黄种植1.2万亩。目前，合作社已成为全州大黄对外销售的主渠道之一。正是“马蹄大黄药中宝，亩产万五收成高，质量上呈可追溯，畅销神州药农笑”。

双水双绿，一种多收，鄂西大山兴起田渔生态走廊

绿水青山就是金山银山。近几年，利川市持续坚持创新、绿色、协调、开放、共享发展理念，以田园综合体为主线，着力打造生态农业树品牌，生产绿色、安全、更优质的农产品，打造文明、和谐、绿色、生态的“鱼米之乡”，以乡村旅游、生态农业促经济快速发展，带领农民脱贫致富奔小康。“虾稻共作”等生态综合种养模式作为“双水双绿”绿色高效模式，面积快速扩大，稻渔综合种养效益稳步提升，农民收入持续增加。

由于不懂技术和管理，不少种养大户处于薄利甚至于亏本的状态。因此，他们迫切需要学习虾稻模式下水稻绿色种植技术和小龙虾高效养殖技术。

农民有需求，专家到地头。2019年7月10日，湖北省农科院粮食作物

研究所程建平研究员及其团队在汪营镇、南坪乡对稻虾、稻渔共生产业发展及精准扶贫工作进行调研。为了推进稻渔产业稳步发展，他们因地制宜地走种养结合、绿色生态之路，促进虾稻生态种养，并取得显著的成效。

▲ 粮作所专家赴利川“田渔生态”基地调研

在利川市农业农村局邀请下，程建平就目前利川“稻虾”“稻渔”种养模式出现的产业发展瓶颈及种养技术问题，对当地农技中心技术人员、合作社负责人、种养大户进行了现场技术培训。“在发展虾稻共作、稻田综合种养中必须坚持一个原则——粮渔双赢，可持续发展”，培训会上，程建平分别讲述了虾稻共作技术发展现状，分析了虾稻产业发展意义与前景，深入浅出地讲解了虾稻共作模式下水稻绿色增效栽培技术要点，虾稻共作模式下小龙虾养殖技术要点。听专家们一讲，农户对绿色生态种养模式实现增产增效，信心更足了。会场上，农民们听得认真，心中充满希望。“利川风光好，稻田鱼虾俏，种养生态化，粮渔收入高”，截至 2019 年底，稻田综合种养已示范面积 1 000 亩，辐射带动 10 000 亩以上。

“接下来任务还很重”，在程建平心中，有一副蓝图：开展稻田综合种养示范，大力推广“田渔生态系统建设”，制定“田渔生态”种养规范，打造田园生态综合体，在南坪、汪营构建起利川“田渔生态”走廊。

案例点评：

“火辣辣的日子，火辣辣地过，小辣椒带来了好日子，我们乡亲们呐，日子一天比一天更红火……”一曲曲利川山歌，表达了当地农民脱贫致富奔小康的喜悦心情，这也是对湖北省农科院蔬菜辣椒团队科技扶贫工作的最美赞歌。“马蹄大黄药中宝，亩产万五收成高，质量上呈可追溯，畅销神州药农笑”，表达了利川农民对湖北省农科院中药材专家帮扶成果的充分肯定。“利川风光好，稻田鱼虾俏，种养生态化，粮渔收入高”，这是湖北省农科院水稻团队扶贫成果的真实写照。他们同为“三农”人，心怀“三农”情，彻底改变山村贫困面貌是历史赋予的责任和义务；他们把科技和山地“联姻”，依据当地环境，潜心研究人们的喜好，适时调整种植结构，选准品种目标，落地生根、发芽、开花、结果；他们与农民兄弟手拉着手，心连着心，规划产业发展蓝图；他们把科学试验做在高山峡谷、稻田池塘，通过“药种精选”“精细蔬菜”“虾稻共作”“田渔生态”精准施策，使山村的菜、药、渔、粮全面丰收；他们给山村带来了一个又一个的项目，增添了一桩又一桩的喜事，农民笑逐颜开，其乐融融；他们始终坚守科技为“三农”服务的理念，脚踏实地，默默奉献，开拓创新，努力践行伟大的中国梦想，让鄂西山村换新颜。

（杨　文）

3 为脱贫攻坚插上科技“翅膀”

——湖北省农业科学院水稻团队扶贫实践

“五谷者，万民之命，国之重宝”，粮食生产是安天下、稳民心的战略产业。在湖北省农业科学院副院长、湖北省科技厅粮食产业链首席专家游艾青的眼里，小小的一粒稻种承载着大大的重量，他坚信“一粒种子可以改变一个世界，一个品种可以推进农业公益扶贫进程”。30 年来，游艾青牵头主持湖北省水稻育种攻关工作，取得了突破性成果；他先后主持或参与选育优质水稻新品种 15 个，实现了优质与高产的协调统一，解决了湖北省中籼稻“高产不优质 ”的技术难题，累计应用面积近 1 亿亩。数字背后，是更多人吃上了饱饭，更多农户走上增收致富之路，为脱贫攻坚插上科技“翅膀”。

▲ 湖北省农科院副院长、首席科学家、研究员游艾青

与水稻的一世情缘

1965 年,游艾青出生在江汉平原的天门市,幼年时他和大部分同龄人一样吃不饱饭,这段饥饿的记忆让他对粮食很敏感。后来他凭自己的努力考上了江苏农学院,3 个志愿全部选择农学专业,后来攻读水稻专业,将自己的一生与粮食紧紧联系在一起。念硕士第一年的“五一”期间,他去野外玩了一趟,结果被导师顾铭洪教授批评一通。原来这期间老师同学们都在忙着清理和播种,工作量很大,身为“工作狂”的顾铭洪老师无法容忍学生“开小差”。游艾青毫无怨言地接受了批评并表示“感谢顾老师,给我上了职业生涯的第一课”。从那以后,他渐渐适应了农业科技人员“节假日不休”的生活状态。1990 年,游艾青进入湖北省农科院粮食作物研究所工作,每年跟着水稻生长的节奏,从祖国北边辗转向南,很少在家过春节。“选择了水稻科研,注定要做一只候鸟”,他这样要求自己,也要求每一位团队成员。

十年磨剑,科技助力湖北优质稻米育种

从历史来看,20 世纪 80 年代,“三步走”战略的第一步解决了人民的温饱问题;20 世纪 90 年代,粮食供给实现了由长期短缺转变为总量平衡、丰年有余的历史性跨越;近年来,粮食保持了连年丰收、供应充足、市场稳定的局面。但是,直至 20 世纪 90 年代末,“鄂字号”优质稻品种在湖北还是空白。由于湖北省稻米品质欠优,沿海传统的外调市场一度被挤占。高档消费市场被泰国香米占领,中高档消费市场被东北米、湖南米、安徽米占据。由于市场长期被占领,外来米根深蒂固,对湖北省水稻生产形成很大的压力。高档优质稻产业化开发明显滞后,与市场需求不相适应。面对“楚人种田,吴蜀供种”的尴尬局面,游艾青和他的团队立下目标:选育湖北自己的新一代优质中稻品种。

一粒好米,不仅有颜值,还要有“内涵”——“色香味”俱全、绿色健康;炼成一粒好米,良种还需有良法、良制配套。围绕高档优质、专用水稻种质创制和新品种选育攻关,游艾青和他的团队开始与优质稻“死磕”,试验田和实验室里,充斥着每个人忙碌的身影。试验田的育种,既枯燥又苦累,游艾青和团队成员经常在稻丛间一蹲就是几个小时,小心翼翼地把住穗头、剪颖、

去雄、套袋、授粉、封口、记录、建档等,动作如绣花般精细。夏天留武汉,冬天飞海南,性状观察、杂交、授粉都要在高温中进行。上面太阳晒,下面水汽蒸,每次下田全身湿透,像从水里捞上来似的。一位育种人员平均一年至少要研究水稻的上万个组合,有时候甚至多达十几万个。游艾青常说:"所有种子都是育一代、变一代。就如人,一娘生九子,九子都不同。变是绝对的,不变是相对的。对于科研人员而言,这是育种最大的魅力,我们要在无数个偶然中得到一个成功的必然。"在粮作所四楼细胞工程实验室,花培苗在小瓶里生长,为了加快育种进程,实验室引入细胞工程和分子标记育种技术,"分子标记育种 + 花培育种技术"使育种效率提高 1 倍以上,使育种年限缩短 2 ~ 3 年。

科研道路充满艰难曲折,记忆尤深的是在 2016 年,一个有望成为"鄂中 5 号"升级版的优质稻品种,因为一场大雨淹死了所有的试验杂种,团队只能重新搜集亲本做杂交,一切重新开始,这场大雨导致这一品种的面世推迟了整整 1 年。但正是无数个挥洒汗水的日常,才收获一批丰硕的果实,团队先后培育出高档优质稻"鄂中 5 号"、农业农村部认定超级稻"广两优 272"等。"鄂中 5 号"垩白率和垩白度"双零"指标居国内领先水平,品质优、应用年限长、推广范围广,连续 5 年被列为湖北省主推品种,推广面积达到 1 680 万亩。据统计,游艾青团队优质稻品种审定达 22 个,其中农业农村部国标二级超级稻品种 2 个("培两优 3076""广两优 272"),湖北省主导品种 4 个("鄂中 5 号""培两优 3076""广两优 476"和"鄂粳杂 3 号")。优质高产新品种"广两优 5 号"经营权转让 402 万元,创湖北省水稻品种转让金额最高纪录。

精准扶贫结出累累硕果

"湖北是农业大省,和很多地方一样,农业生产也面临转型升级",长年扎根在田间地头的游艾青知道,农村迫切需要科技。近年来,"扶贫"成了"育种"之外,游艾青工作上的另一个关键词。他开始花越来越多的时间跑农村,致力于打造"科研 + 公司 + 基地 + 农户"链条,把更多精力放在科研、产业和扶贫共进路上。

贡米飘香，秦巴山区米更香

湖北省竹溪县拥有得天独厚的自然条件，素有“朝秦暮楚地，自然中国心”之称，而这里也是秦巴片区的一个深度贫困县。竹溪县中峰镇并不知名，但当地的“竹溪贡米”却闻名遐迩。竹溪大米总体品质优良，但此前种植分散、品种落后，管理、技术、加工、包装、品牌策划等都较落后，大米产量少、品质参差不齐，尤其是缺少适合规模化种植的高档高产优质品种。

游艾青带着团队成员徐得泽乘火车、转汽车、搭摩托车再加步行，辗转600多公里来到中峰镇，从品种布局、水肥管理、仓储加工、销售渠道等为竹溪贡米的发展问诊把脉。“刚到那晚，就和农户聊了一个通宵，记了四五页笔记。”游艾青说，“老农眼里的渴望让我印象深刻，他对我说，种地几十年，他从没想过，也从来没有人告诉他，水稻该怎么种才能有更好的收成。”两个专家在村子里与农户同吃同住驻守1个多月，白天下地干农活，测量、搜集当地自然环境和气候等数据；晚上走村串户了解村民需求，和企业长谈了解企业发展规划。最后，定格了“竹溪贡米”专用特色新品种品质特征，据此筛选出香型优质稻“香5”和“广两优5号”两个优质水稻品种，作为“竹溪贡米”专用特色新品种进行试种。

功夫不负有心人，有机竹溪贡米生产基地稻谷沉甸甸、金灿灿，香味飘逸，公司总经理徐辉脸上堆满了丰收的喜悦。高档优质杂交稻“广两优5号”有机种植平均每亩产量达到550千克，米质达国标二级，较以往种植宜香725、中国香稻等其他品种增产达10%，每亩增收50千克，按市场价每亩约增收130元；改变以往的覆膜水稻栽培模式，每亩可以节约农膜成本85元，每亩省铺膜工时1个、省工时费100元，合计每亩节支185元。新品种带来了增产，新技术有效节约了成本，每亩节支增收约315元，农民生产高档优质稻的比较效益突显。

“罗田女儿红”，让优质红米更红

革命老区罗田县是一个“八山一水一分田”的山区，是全国扶贫开发工作重点县。为了将红色基因在红色的大地上传承，游艾青团队制定出符合当地实际的“红色扶贫”方案，选育出的优质广适性红米品种“罗田女儿红”，在罗田绿叶农业科技发展有限公司的核心基地落地生根，开花结果。红米因富含锌、硒、铜、铁等微量元素，以及蛋白质、氨基酸等多种维生素，具有健脾开胃、延缓衰老、提高机体抗氧化能力等功效，备受人们青睐。我国地方红米品种资源丰富，但多数株型偏高、叶披散、生育期过长、易倒伏等，因此只零星种植。随着人们对保健食品诉求的提升，开发优质高产红米成为农业科学家们研究的重要课题。自20世纪90年代，我国开始红米水稻新品种的选育与开发，但培育的红米品种，多适用于一定区域内种植。因此，开发适应性广的优质高产红米品种对红米资源的种植推广具有重要意义。

游艾青和他的团队利用收集自罗田县深山里的原始亲本“红毛粘”，采取辐射诱变育种技术，南(海南)繁北(武汉)育，加速育种进程，将种皮颜色、丰产性、抗性与营养品质同步筛选检测，提高育种和选择效率，历时5年系统选育出优质广适性红米品种“罗田女儿红”。“罗田女儿红”比“红毛粘”生育期缩短7天，株高低28厘米，直链淀粉含量适中，剑叶挺直，株型松散适中，亩产较“红毛粘”高200千克。“罗田女儿红”粒型细长，外表红润，垩白小，透明度好，商品性好，并于2012年通过湖北省科技成果鉴定。该品种适合在鄂、赣、湘、皖等长江流域稻区作一季中稻或早播晚稻种植；适合在东南沿海作双季早、晚稻种植。“罗田女儿红”荣获2015年度湖北省精品粮油展“金奖产品”、2017年中国武汉农业博览会“优质农产品”。

在罗田县三里畈、白庙河等镇该品种产量水平稳定在500～550千克/亩，高产田块可超过600千克/亩，每亩增收稻谷50千克，红米稻谷售价高于普通稻米，增加了农民种粮收入，红米售价为16～18元/千克，企业利润客观。通过红米新品种、新技术的示范带动革命老区脱贫，扶贫帮困带动农户230户，为农民增收50余万元，为湖北省优质特色稻米产业持续发展奠定了基础。

狠抓“国宝”品牌建设，助力精准扶贫

好土地孕育好产品，京山市地处大洪山南麓，该地水稻种植可追溯到新石器时代，农耕历史悠久，是当之无愧的“鱼米之乡”。京山市土壤肥沃，昼夜温差大，有大小泉眼239处，素有“鄂中绿宝石”的美称。独特的地理环境和气候条件，孕育出了久负盛名的“国宝桥米”品牌。

“一县一品”的特色产业开发是助推精准扶贫的好抓手。游艾青带领团

队深入京山国宝桥米有限公司的优质稻示范基地，与企业组建创新团队，帮助企业完善研发体系，构建技术创新平台，提升企业持续创新能力；与“国宝桥米”共同开展稻虾共作高效种植模式和高档优质稻全程机械化种植等相关试验和示范工作，助力当地产业扶贫。团队在京山县石龙镇建立试验示范基地，以国宝桥米公司为纽带，与石龙镇的6个村签订服务协议，帮助他们通过种植优质稻增收脱贫。“好米是种出来的，靓米是做出来”，团队在服务企业的实践过程中，强调在推动企业在注重原粮质量的基础上，更注重加工和加工前的各个环节。因此，在生产上采取统一机收保证大米的整精率，统一晾晒或烘干、统一贮藏保证大米的品质。高档优质中稻“鄂中5号”“广两优5号”“香润1号”等优质中籼稻新品种的产业化开发，打造了优质稻米知名品牌，支撑产业高质量发展，支撑“国宝桥米”获得中国名牌产品和中国驰名商标，实现了湖北大米中国名牌产品和中国驰名商标零的突破。粮食获得了丰收，为了进一步解决农民卖粮难的后顾之忧，团队采用了订单化生产，优质优价收购，使农民收益有保障，企业加工原料有保障，企业利润大幅度提高。农民每亩增收节支200多元，每户增收5 000多元，农民生产高档优质稻的比较效益突显。

▲ 水稻团队负责人游艾青率队赴京山市精准扶贫示范基地指导生产

科技创新，铸就“瓦仓米”大梦想

游艾青始终怀着“让国人饭碗里装上更多‘湖北粮’，是湖北作为‘鱼米之乡’的责任与担当”的坚定信仰。在远安县大山深处的湖北瓦仓谷香生态农业有限公司的核心基地，示范高档优质稻“鄂中 5 号”，辐射带动茅坪场、洋坪、旧县、河口等 4 镇 10 个村种植优质水稻品种 10 万亩。团队将“鄂中 5 号”原种无偿支持瓦仓大米进行高档优质大米产品种植生产和开发，免费提供科技服务与技术指导，实行统一品种供应、统一物资配送、统一生产技术、统一品牌宣传、统一收购加工，统一包装销售，分户生产经营的“六统一分”订单式生产，弥补了瓦仓大米高端米产品的空白，促使瓦仓大米地方特色产业做大做强，改变了农户自产自销、单兵作战的格局。这些成果助力瓦仓大米通过有机食品认证、绿色食品认证，获农业农村部农产品地理标志，湖北省著名商标，湖北省名优大米十大品牌，第十三、第十四届中国农博会金奖农产品等，“瓦仓米”品牌得到消费者和社会各界的一致好评。

▲ 2018 年 6 月，水稻团队赴远安县开展产业扶贫

品牌效益促增收，合作共赢谋发展。本着“合作发展、共同富裕”的宗旨，湖北瓦仓谷香生态农业有限公司在粮作所水稻育种团队的技术支撑下，

几年时间从一家作坊式的加工厂成长为一家年产值几千万元的现代化农业产业龙头企业，并通过新品种、新技术的示范带动来进行帮扶脱贫，扶贫帮困带动农户 1 260 户，为农民增收 1 000 余万元，让农民能够分享到增值利益，促进了品牌主体和农民双赢。

集成配套栽培技术，水稻“一种两收”助增收

大别山革命老区的农业发展时刻牵动着院所领导的心，在院所农业科技“五个一”行动的统一部署领导下，粮作所水稻团队结合大别山区水稻产业情况，先后实施了一系列的精准扶贫措施：一是组建以游艾青研究员为组长，育种、栽培等各学科人才参与的湖北省农业科技特派员团队，针对水稻“一种两收”生产中的品种、技术、机械等问题，开展从理论到实践的研究与示范，及时地将最新技术总结传授给水稻生产第一线的农民和技术人员，并将实际应用中的问题反馈修正；二是以程建平研究员带领的水稻栽培课题与蕲春县中健米业、团风县君健农业专业合作社、英山福辉农场等 3 个农业经营主体签订合同，在蕲春县赤东镇、团风县黄湖农场、英山县南河镇等 3 个扶贫基地开展以“水稻一种两收过吨粮技术集成与示范”为依托的技术服务，为贫困户提供政策、信息、资金和技术帮扶，联合企业签订产品优先保护价收购合同，带动农户产业发展，安排贫困劳动力就业。目前，该地区的水稻“一种两收”技术可使周年水稻产量超过 1 000 千克/亩，实现“吨粮田”，与一季稻相比，每亩增收 500 元左右。

科技助力再出发

2020 年新年伊始，一场突如其来的疫情阻挡了人们出行的脚步，打乱了人们的正常生活节奏。然而，春耕不等人，备耕正当时。作为每年度农业生产的首仗，直接关系到全年粮食生产稳定。游艾青和他的团队往年这个时间基本都在下面跑，但那段时间到田到户指导很困难，而水稻播种育秧误不得，不能面对面跟农户讲解，就需要在线答疑，视频指导。疫情期间，粮作所组建了农业科技在线专家服务队，录制农技网课，拍摄短视频，通过社交软件群组、电话、手机 App、电视节目等多种形式，对企业及农户在春耕生产过程中遇到的技术难题进行“云指导”。年过半百的游艾青说：“2 月、3 月，几

乎天天守着手机，生怕漏掉了农户的重要信息，第一次如此依赖手机。”

武汉“解封”之后，游艾青又开始重新奔波在实验室和田间地头，跟进科研项目和农民的致富项目。现在比任何时候都更觉得时间宝贵，也更有干劲，因为他深知：一粒米、一颗稻种里承载着乡村振兴的希望。

案例点评：

“好粮须好种”，著名水稻育种专家游艾青领衔的湖北省农科院水稻团队始终坚守“振兴民族种业、保障国家粮食安全”这一初心使命，一代一代水稻育种专家接续奋斗、协同攻关。从优良品种选育，到配套栽培技术研发和推广示范，从实验室的分子育种技术运用，到田间的大面积试验示范，从科企联手攻关，到扶持企业并带动贫困户脱贫致富等方面取得了突出成绩。先后选育了多个优良品种，配套集成了多种栽培技术，有力提升了长江中游稻米品质，成功打造了“国宝桥米”“瓦仓米”等知名品牌，为湖北水稻产业发展、助力脱贫攻坚做出了一个育种家的贡献，用实际行动诠释了当代育种家的初心使命。真正实现“把成果留在农民家，把论文写在大地上”。

（周　雷　徐得泽　程建平　李进波）

4 以果兴农，让百姓的幸福挂满枝头

——咸宁市农业科学院果树团队科技扶贫故事

2015 年，咸宁市农业科学院（以下简称咸宁市农科院）果蔬研究所所长李景柱接到对口科技帮扶崇阳县港口乡油榨村任务的时候，已经 58 岁，咸宁市农科院果树科研人员郑丽，刚参加工作 2 年，加上徐绳武、施仕胜、夏文娟、杨硕四个其他学科的科研人员，这六个人组成的果树团队，开始了他们科技助力精准扶贫之路。

认真做好每一个产业扶贫基地

崇阳县属于湖北幕阜山区集中连片特殊困难地区，港口乡油榨村地处深山腹地，西庭岩与云头山相峙相望，一湾碧水东堡河依村蜿蜒流淌，油榨村山林居多，耕地面积小，自然环境优美，油榨村“贫”在产业，“困”在发展。随着生活水平的提高，休闲采摘越来越受到人们的青睐，红肉火龙果观赏性强、采摘期长，营养保健价值高，经济效益显著，适合发展休闲农业，引发了种植热潮。咸宁市农科院果蔬研究所于 2013 年开始引进红肉火龙果进行设施栽培，已掌握红肉火龙果在咸宁地区种植表现及设施栽培技术，红肉火龙果一上市，就深受消费者青睐，产品供不应求。

油榨村驻村工作队以“精准扶贫，产业先行”为原则，多次到咸宁市农科院向阳湖试验基地调研、考察红肉火龙果基地种植和经济效益情况，并多次与咸宁市农科院果蔬团队探讨油榨村种植红肉火龙果项目的可行性，考察论证结果是：油榨村可以种植火龙果，该项目投资收益快，发展前景好，经济效益高。经多方商议决定帮助油榨村引入资金，成立崇阳仁康火龙果种植专业合作社，建立红肉火龙果采摘基地，咸宁市农科院作为技术支撑单位，参与基地建设。

▲ 2015 年 11 月，李景柱所长带领驻村工作队到咸宁市农科院基地现场考察火龙果

撸起袖子，说干就干。2015 年 11 月 13 日，李景柱所长带领着果蔬所全体成员第一次来到油榨村开展果园选址和测绘的工作。由于油榨村成片平整的土地很少，面积也不大，果园被迫选址在一个四面环山的水田，老所长带着团队成员和合作社成员一步一步丈量着脚下这片被村民给予厚望的土地，这片土地上留下了他们深一脚浅一脚的足迹，也记录着基地建设的点点滴滴。

2015 年 11 月至 2016 年 4 月，咸宁市农科院专家团队全程跟踪服务，完成了火龙果定植前的准备工作，从园地选择到实地测绘再到设计规划，从基地设施小区划分到沟渠路的建设再到土壤改良，事无巨细，都一一参与。

2016 年 4 月 28 日，咸宁市农科院果树团队现场培训基地工作人员火龙果定植技术。定植后他们经常查看火龙果长势，并定期培训火龙果土肥水管理、整形修剪、花果管理、病虫害防治等日常管理工作。针对火龙果的安全越冬，他们对基地工作人员进行培训，并指导其搭建双层钢管大棚，覆盖内、外膜及其他安全越冬措施。

2016 年 4 月定植的二年生火龙果大苗，于当年 7 月挂果，8 月开园采摘销售，每亩收入达 2 万余元。在火龙果基地打工的贫困户有 20 余人，现在种植火龙果的效益日益凸显，大伙儿干起来也是信心十足。而且火龙果的销售期可以持续到 12 月，在这期间，可以不间断地有新鲜的火龙果上市，效益很可观。贫困村民舒甫候年纪大了，不能外出打工挣钱，在基地做事，一天 150 元，一个月可以挣几千块钱，对他来说，这是天大的好事。

2017 年，在咸宁市农科院果树团队的跟踪指导下，火龙果长势喜人，30 亩火龙果已于 7 月全部挂果，第一批果实已经上市，在网上发布消息，慕名前来采摘的人们络绎不绝，火龙果供不应求。油榨村支部书记熊进华笑着说，“得到咸宁市农科院专家的指导，种出来的火龙果质优味美，深受消费者喜爱，吉祥果果然名不虚传，给我们村带来了吉祥富裕”。油榨村已于 2017 年摘掉了贫困村的帽子，李所长也能安心退休了，把科技帮扶油榨村的重任交到了郑丽手上。

借力东风顺势为，寻得真经领民富。如今，火龙果是村里名副其实的“致富果”。仁康火龙果种植专业合作社是贫困户的“甜蜜社”，2017 年销售收入 23.45 万元，2018 年 28.08 万元，现已建好了保鲜冷藏库。咸宁市农科院还研制出了高品质的原酿火龙果酒，让每个果实发挥最大的经济价值。火龙果产业效益显著，油榨村尝到了农旅结合带来的甜头，打算扩大规模，丰富水果采摘的种类。2018 年，新建仁康生态农庄带动贫困户 8 户。在咸宁市农科院的帮扶下，2019 年新建 10 亩柑橘采摘园、30 亩湘莲基地，2020 年新建 30 亩黄桃基地及林下养鸡场等，已绘就“四季鲜果，田园农庄”的立体田园诗篇。火龙果产业的发展也促进了油榨村美丽乡村的建设，火龙果采摘基地建设以来，油榨村积极开展了垃圾分类、河滩整治、植树造林、改厨改厕、道路硬化等活动，极大地美化了油榨村人居环境，促进了美丽乡村的建设。

以点带面，示范带动

红肉火龙果采摘基地取得了良好的经济效益、社会效益和生态效益，带动了周边村湾发展火龙果种植，引起了广泛的社会关注，前来参观学习的人们络绎不绝。2018 年 9 月 18 日，油榨村作为湖北省农业科技“五个一”行动千村深度合作示范基地，供全省科技人员参观学习。

2017 年 8 月，咸宁市农科院果树团队来到通山县南林桥镇石门村。石门村位于湖北省东南部通山县南林桥镇，地处深山腹地，属于湖北幕阜山区集中连片特殊困难地区。通过与当地扶贫工作组、村民干部及企业老板座谈，实地考察产业扶贫基地，果树团队得知了石门村精准扶贫现状及存在的问题。精准扶贫工作队 2017 年 3 月入驻石门村后，根据石门村特有的山水资源、长夏畈古民居和楚王山革命老区红色旅游资源，大力发展观古民居、瞻仰革命遗址的旅游产业，新建 200 多亩水果四季采摘园、60 亩湘莲、7 亩香菇基地等扶贫产业，为使石门村新建的四季采摘果园、湘莲、香菇等基地能够更快地发挥效益，咸宁市科协（驻村单位之一）牵头，联合咸宁市农科院、湖北省农科院成立石门村科技助力精准扶贫专家工作组，咸宁市农科院果树团队主要负责对接 260 亩四季采摘观光园，种植了葡萄、红心猕猴桃、桑葚、红肉火龙果、马家柚等水果。

经过精心的管理，四季采摘观光园已初见成效，特别是葡萄采摘深受消费者喜爱，供不应求，2018 年“十一”期间，1 万多名游客涌来，石门村开门迎客，首次吃上了旅游饭，极大地带动了当地观光休闲、生态采摘、赏花垂钓、农家乐等第三产业的发展，促进了贫困户脱贫致富。

石门村曾是一处藏在深山里的古村落。近年来，随着精准扶贫的深入推进与乡村振兴战略的大力实施，石门村旧貌换新颜。围绕脱贫攻坚抓产业，围绕乡村振兴抓旅游，该村修通了 8 公里的新“茶马古道”，让原本闭塞的石门一下子火了起来，游客量逐渐增多，迅速带动了当地村民发展农家乐、民宿等旅游产业。2019 年 7 月，石门村入选第一批拟入选全国乡村旅游重点村名录，2019 年 9 月 23 日，中国农民丰收节湖北主会场活动在通山石门村举行，石门村再一次出现在全省的聚光灯下。

2020 年 4 月 14 日，咸宁市农科院果树团队参加由咸宁市农业农村局组织开展的“推技术、兴产业、保增收、促脱贫”桂乡农匠送科技春季行活动，为通山县石门村提供技术服务，受到了乡亲们的热烈欢迎。

咸宁市农科院果树团队科技帮扶的村还有通山县大畈镇官塘村、长滩村，通山县黄沙铺镇晨光村、新屋村等，崇阳县港口乡小沙坪村，金塘镇畈上村，白霓镇白霓村……

以产业兴旺促咸宁乡村振兴

农村产业脱贫要靠科技，科技的支撑需要人才。咸宁市农科院果树团队除了以点带面地做好每一个科技助力精准扶贫示范基地，更是以面带全，站在全市的高度，谋划咸宁市水果产业的发展。柑橘产业和猕猴桃产业是咸宁市两大水果产业，在咸宁市农村经济中占据非常重要的地位。当下正值脱贫攻坚战的关键时刻，做大做强咸宁市水果产业，对带动果农脱贫致富，促进农业供给侧结构性改革，推动美丽乡村建设有着重大意义。咸宁市农科院果树团队深入调研了咸宁市的柑橘产业和猕猴桃产业的发展现状和存在的主要问题，邀请省内专家学者为咸宁水果产业会诊把脉，献计献策。

根据调研会诊结果和咸宁水果产业实际情况，咸宁市农科院果树团队分别于 2017 年和 2019 年建立了咸宁市柑橘示范基地和猕猴桃品种展示园，共引进 30 余种新优品种进行试种，筛选适合咸宁种植的好品种，并开展配套栽培技术示范工作。2019 年 11—12 月，位于通山县大畈镇官塘村的咸宁柑橘示范基地，风景如画，果实累累，游客络绎不绝，基地生产的“爱媛 28”、鸡尾葡萄柚供不应求。基地负责人阮诗建高兴地对团队成员说：“谢谢你们农科院的指导，我这 30 棵树，卖了 4.5 万元！”看到基地效益如此好，也起到了示范带动效果，果树团队打心底里高兴，更加深刻体会到“柑橘院士”邓秀新说的“让农民增收的技术才是真正的好技术”。

案例点评：

咸宁市农科院用实实在在的帮扶，以产业振兴促乡村振兴。百姓的幸福挂在枝头，心里自然充满希望。

这是一支传帮带的队伍。科技人薪火相传，为人民服务的精神在相传；这是一支注重发挥党员先锋带头作用，将党员先锋模范作用与乡村振兴结合起来，带动共同富裕；强化扶贫资金监管，将国家帮扶资金成为百姓致富助力器。

人的一生都在摆渡：为你，为我，为他人。为他的人生，才是幸福的人生。共产党人，更是为他的摆渡人。为他人，就是为人民。共同致富，就是为人民谋幸福。

咸宁市农科院既是技术服务的平台，也是政府关爱农民的平台，更是党员传播感召力的平台。平台做大做强，才能将更蓬勃的力量传播到四方。

（丁坤明）

5 零距离帮扶，科学种菜鼓起了农民的“钱袋子”

——湖北省农业科学院辣椒团队的科技扶贫实践

“要把小辣椒做成大产业”，这是湖北省农科院辣椒团队的工作理念和服务宗旨。辣椒团队围绕辣椒育种及栽培进行研发，有着20年辣椒育种的经验，现阶段团队成员平均年龄40岁左右，在国家有突出贡献中青年专家姚明华研究员的带领下，团队始终践行着服务“三农”的使命，在科技助力精准扶贫和科技引领乡村振兴的道路上取得了丰硕成果，得到了社会各界的认可和赞誉。

▲ 国家有突出贡献中青年专家姚明华研究员在麻城市宋埠镇开展辣椒种植技术服务

2011 年 7 月的一个上午，湖北省农科院经济作物研究所的姚明华研究员迎来了一位风尘仆仆的客人，他看见姚明华就打招呼："姚教授，我找你找得好辛苦，赶紧帮我们介绍几款好的辣椒品种，我们麻城市彭店村的辣椒品种在市场上卖不动呀。"这位客人是湖北兆至现代农业科技股份有限公司（麻城市兆至蔬菜专业合作社）董事长肖明兆，他在陕西省杨凌国家农业高新博览会上一眼看中了姚明华选育的薄皮辣椒新品种"高山薄皮王"，非常激动，认为这就是麻城辣椒今后发展的方向。2014 年，湖北省农科院经济作物研究所与湖北兆至现代农业科技股份有限公司签订了共建麻城辣椒研发中心协议，计划共建校企研发中心，依托湖北省农科院的人才、科技力量和资源优势，联合培育皮薄、口感好的优质多抗系列辣椒新品种"薄皮王""新佳美""鄂椒薄皮 1 号"，并在该村进行了大面积示范推广，实现了辣椒品种的更新换代，保住了麻城辣椒的市场份额。彭店村于 2019 年入选农业农村部第一批乡村振兴农业科技引领典型示范村。"鄂椒薄皮 1 号"荣获 2019 年中国种都武汉种业博览会大会重点推荐品种。

多年来，姚明华团队坚持创新，把最新的科研成果转化到荆楚大地的田间地头，坚持把论文写在大地上，在科技助力精准扶贫的道路上取得了一系列的成绩单，特别是在鄂西地区和大别山区赢得了良好的口碑。

扶贫先扶智，治穷先治愚

个大、肉厚、辣味浓的辣椒，绿得油亮；枝条上硕果累累的番茄，浅绿的、红色的、橙色的宛如一串串彩色灯笼……这是如今的南漳县高山蔬菜留下的美好景象。然而，10 年前，这里还是一片片玉米地，贫困的农民眼中充满了对致富的渴望。

作为一名农业科技人员，姚明华深知思想贫困是农民贫困的主要原因，也是制约全面建成小康社会重要因素。如何转变贫困农民传统的思想观念，重塑农民的精神世界很重要。姚明华认为，村民富不富，关键看支部。因此，他充分发挥了农村基层党组织联系群众的桥梁纽带作用。姚明华所服务的襄阳市南漳县板桥镇晏山村，起初农业生产力水平低下，每亩年收入不到 800 元，脱贫困难重重。姚明华根据当地气候特点和海拔高度调整当地农业种植结构，由传统玉米改种高山番茄新模式。他与该村党支部书记冯祖习达成共识，先走访做村干部工作，然后由村干部做农民工作，再召开村民大会，从市场需求、栽培技术等方面给农民面授知识和技术，为公益性的农业科技扶贫找准了路子。

科技扶贫一定要接地气，着力点要放在“适应发展需要，因地制宜、创新完善”，姚明华下定决心，扎住农村，定点、定户，指导他们调结构、转方式。山区基地分布较分散，交通又不方便，姚明华徒步走遍了一座又一座山。

第一年，多数农民开始抱着试种的态度只种了半亩到一亩地，通过他的田间现场指导和集中培训，农民开始掌握种植高山番茄的技术要点。一茬结束后，年平均亩产值0.84万元，有的农户纯收入达到万元以上，比当地种植玉米的经济效益要高出8~10倍。

由于第一年高山番茄试种成功，晏山村第二年的种植面积由原来的20亩迅速扩大到100亩。该村高山番茄的年平均亩产值达到0.9万元以上，有的农户纯收入达到1.3万元以上。

连续两年高山番茄成功种植，使该村的农业种植结构发生了改变，经济收入得到快速增长，村里还成立了专业合作社。邻近的薛坪镇政府找到姚明华，希望他能从技术上继续扶持其他2个镇5个贫困村发展高山番茄、辣椒，姚明华爽快地答应了。南漳高山番茄、辣椒种植面积很快在3年内发展到3 000亩。

2011—2015年，姚明华连续5年被南漳县委、县政府评为“科技创新与实用技术推广先进个人”。

典型来示范，科技作支撑

贫困地区，多数是交通不便或农业自然资源条件差，农民思想封闭，信息闭塞的地方，农业种植模式较为低效、传统，概括为一无产业，二缺科技，三少劳动力。

按照农业供给侧结构性改革的要求，姚明华立足贫困地区的资源禀赋和国内外市场需求，培育比较优势，生产适销对路的农产品。他针对建档立卡贫困村(户)的实际需要，定点、定户精准指导，建立了核心示范基地，示范推广农业新技术、新品种、新模式，组织开展技术培训。

在农业科技扶贫的路上，姚明华注重典型示范，以点带面。麻城市三河口镇平堵山村是一个高山贫困村，村里常年种植水稻，平均亩产 250 千克左右，每亩收入 600 元左右。2014 年，姚明华指导麻城市兆至蔬菜专业合作社发展高山辣椒种植。从麻城市内到该村，需乘车 3 小时，山区路窄、急弯多，经常出现晕车、呕吐，但他还是克服下来了。

第一年该村先发展 100 亩辣椒，保底收购价 1.6 元/千克，由他手把手教科技示范户怎样种植高山辣椒，再由示范户带动其他农户。当年村民平均亩产值达到 0.5 万元左右，比水稻每亩增收 0.44 万元，每亩纯收入 0.35 万元，该村高山辣椒面积一下子发展到 1 000 亩。

在农业科技扶贫之路上，有些路子虽小、法子虽土，但只要对贫困村民增收管用，姚明华就正视它们的效应。

目前，麻城市兆至蔬菜专业合作社发展设施蔬菜、露天蔬菜、高山蔬菜 6 800亩，辐射麻城市 10 多个乡镇，带动 5 000 户贫困户实现户均增收 1.2 万元。该社被评为全国百强合作社、湖北省十强蔬菜专业合作社、黄冈市十佳示范合作社。

锻炼队伍，辣椒事业薪火传承

辣椒团队传承着一种蔬菜精神，科研工作也需要“夏练三伏、冬练三九”。辣椒育种是项苦差事，辣椒授粉、调查、选种大多在烈日炎炎的夏季，特别是武汉的夏日更是让人辛酸，当别人都在家里乘凉避暑的时候，辣椒团队的成员却要钻进闷热的大棚中挥汗如雨，一个个白面书生都晒成了黑脸的包公。团队成员每年夏季都要经受这种炼狱式的考验。

2006 年，王飞从西北农林科技大学毕业来到湖北省农科院经济作物研究所工作，由于研究生阶段一直从事辣椒研究，被分配进入姚明华领衔的辣椒团队，10 多年来见证了辣椒团队的飞速发展与壮大。

盛夏的武汉似火炉，而鄂西山区利川市南坪乡南坪村的菜地却是一片绿意盎然。青的、红的辣椒长势正好，个大、肉厚、辣味十足，挂满枝头。垄沟间挺立着环境监测器，地面铺满了防草的薄膜，四周还插放着黄色的粘虫板……

一个偏远山区贫困村却是一片现代化菜地的景象，这得益于湖北省农科院经济作物研究所的辣椒团队。

“南坪村传统作物是玉米，这里自然气候条件不错，但农业生产力水平低下，靠自然条件，凭经验生产，品种单一。一年下来，亩均收入不到千元。”这是王飞2015年初到南坪村时的印象。

从研究室，到田间地头，王飞就是其中之一。作为蔬菜专家，他和团队来到距离武汉600多公里车程的南坪村。“扶贫之处，多数信息闭塞。我们就要打破这个限制，立足贫困地区资源禀赋和外部市场需求，生产适销对路的农产品。”他说。

面对无产业、缺科技、少劳力的实际情况，王飞和团队成员根据当地气候和地势特点，决定调整当地农业种植结构，由传统玉米改种鲜食辣椒。为了让村民看到实实在在的好处，2015年以来，王飞与村干部每年在南坪村展示辣椒新品种与新组合，以及收益情况，给农户充分的选择空间。

“技术是成熟的，但想让农户愿意种，并且能种好，还是要蹲下来，一点一点耐心细致地手把手教。”王飞说。正因此，每天挨家挨户上门解答技术问题，指导制定特色产业发展规划，成了王飞和同事们在村里的主要工作。

▲ 2020年4月，辣椒团队赴利川市南坪乡南坪村开展技术服务

每年从国家大宗蔬菜产业技术体系和国内市场征集100多个优质多抗辣椒新品种，种在老百姓的家门口，让他们对新品种看得见、摸得着。连续几年高山辣椒新品种的成功展示，推动了该村农业种植结构及品种的调整。如今，1 000多亩辣椒已成为该村稳步增收的动力源泉，平均每亩产值9 200元，农户一年可以拿到纯收入3 000元以上，远远高出种玉米的收益。

农村产业脱贫要靠科技，科技的支撑需要人才，科研院所科技扶贫要在人才的使用上下功夫。辣椒团队审时度势、未雨绸缪，目前团队已申请蔬菜种质创新与遗传改良湖北省重点实验室，鼓励团队成员积极申报科技项目，启用骨干成员管理协助重点、重大项目，推行“组长总管 + 成员分管”的人才组织和培养、锻炼模式，将团队成员按研究重点纳入学术梯队，培养、锻炼团队成员的团队协作意识，从而提高团队的研发能力和学术水平。

把小辣椒做成大产业

一粒种子可以造福万千苍生，农民盼良种，良种助脱贫。在辣椒团队全体成员的眼里，小小的辣椒不仅仅是个产品的概念，辣椒产业的发展不仅能形成一个完整的产业链，而且还能带动相关产业的发展，创造就业机会，创造社会财富，小辣椒背后大有文章可做。

湖北省是全国嗜辣省份之一，近年来诸如“周黑鸭”“小胡鸭”等一批休闲食品产业的快速发展，对耐煮高辣型的加工辣椒需求量逐年增加。“普通辣椒不太好卖，市场上每千克卖不到2元钱，而加工辣椒每千克能够卖到24元到36元。”姚明华团队正在为鹤峰土产林专业合作社定向培育耐卤耐煮高辣朝天椒品种，供应给“周黑鸭”企业。

其实，在姚明华团队眼里，小辣椒背后还有个很大的市场问题，科技扶贫也不是简单的送种子下乡，还有生长各阶段的技术扶持，重点是解决销售问题。辣椒团队从起始阶段就注重辣椒产销环节的平台整合，充分利用中国园艺学会辣椒分会、湖北省园艺学会、湖北蔬菜协会等平台，做好生产者与大市场的中转桥梁，及时为合作社和农民提供市场供销信息。

谈起科技扶贫的感受，姚明华感慨颇多：“全面脱贫奔小康，难点在农村，用科技支撑贫困山区，用智慧服务千家万户。只有练好科技扶贫的内功才能更好地为社会服务，鲜食辣椒育种是我们长期坚持的特色，符合当今辣椒产业的发展趋势,下一步,我们要利用好这一宝贵资源,为我省农村的脱贫致富贡献力量。”

案例点评:

小辣椒背后有大文章。湖北省农科院辣椒团队在国家有突出贡献中青年专家姚明华研究员的带领下,始终践行科技报国、服务“三农”的使命,从品种到技术,从生产到销售,从产地到工厂,围绕辣椒育种及栽培技术进行研发,成功培育出了系列辣椒新品种,配套研发了多项栽培技术,并将这些品种和技术在多个地区进行大面积示范推广,取得了明显实效,为农民增收致富和精准脱贫做出了突出贡献。团队成员始终坚持与农户零距离,进企业、下农村开展技术指导,凡是种辣椒的地方处处活跃着团队成员忙碌的身影,受到社会各界广泛关注和赞誉。

(王　飞)

6 多方发力，打造科技扶贫航母

——天门市农业科学院科技扶贫纪实

10公里，10分钟，十分美丽的小村庄呈现在您面前：一栋栋白色小楼掩映在绿树花丛中，三三两两的村民或在半夏地里施肥除草，或在大棚里采辣椒，或在农田里摘玉米……这就是汪场镇方桥村。

天门市汪场镇方桥村位于天门市西南。方桥村是天门市的贫困村，共有建档立卡贫困户36户113人，贫困发生率为6.8%，是天门市贫困发生率最高的自然村之一。3年来，湖北省农科院经济作物研究所、农业质量标准与检测技术研究所、中药材研究所、农业经济技术研究所和天门市农业科学院（以下简称天门市农科院）等单位，通过院市合作，形成科技航母，多方齐发力摘掉了贫困帽子，全村村民过上了小康生活。

找准根源，摸清方向，领航新时代

“做好扶贫工作，必须找到穷根，扶到点子上，不能只是挂在嘴上。”刘晓洪书记经常这样说，也是这样做的。自2018年年初开始，湖北省人大农业与农村委员会副主任委员、湖北省农科院党委书记刘晓洪多次带领专家团队，主动与汪场镇方桥村结队帮扶。作为航母舵手，作为天门市选出的湖北省人大代表，刘晓洪多次参加汪场镇人大代表小组活动，亲自到方桥村田间地头实地考察、走访贫困户，了解方桥村基本情况，寻求方桥村脱贫致富的方向。

2018年6月1日，刘晓洪来到汪场镇方桥村，参加汪场镇第一代表小组活动，听取基层代表意见建议，走访慰问帮扶对象，鼓励贫困户坚定信心，争取早日脱贫。在参加代表小组活动时，刘晓洪提出，充分发挥人大代表在脱贫攻坚中的监督、参与和推动作用，在脱贫攻坚中展示风采、体现作为，用农业科技进步创新助推产业发展、助力脱贫攻坚、促进乡村振兴。

2018 年 10 月 17 日，刘晓洪再次来到汪场镇方桥村，参加汪场镇第一代表小组活动，并调研扶贫产业工作。当天，刘晓洪来到汪场镇雷场村、方桥村精准扶贫基地，现场查看半夏、知母等中药材及蔬菜的长势，了解精准扶贫工作开展情况，走访慰问了汪罗字、杨炎青等帮扶对象，鼓励贫困户坚定信心，争取早日脱贫。

深入细致走访调研，专家团队认真仔细分析研判，方桥科技扶贫的实施路径脱颖而出，即利用湖北省农科院的技术人才优势，建设“专家团队 + 合作社 + 示范基地 + 种植大户”的扶贫模式，贫困户的土地入股到合作社，参与分红，同时安排部分贫困户到合作社打工或参与管理，由专家团队作为联系入股合作社的主研人员，积极组织开展科技项目技术攻关和成果转化，以项目实施培训农村“明白人”、推广新技术，通过科技武装产业，通过产业发展带动贫困户脱贫。

政策倾斜，调优结构，逆水而上

2019 年 2 月 14 日，天门市人民政府发布了《天门市深化农业供给侧结构性改革扶持特色产业发展奖补办法》。在天门市惠农政策的引导下，湖北省农科院农业经济技术研究所免费为方桥村作了十年规划，主要是立足村情民意，着力培植特色种植业，按照“一心一带一区五园”（“一心”即半夏产业发展促进中心，“一带”即农旅结合产业带，“一区”即半夏规模化种植区，“五园”即种苗繁育园、科技创新园、产品加工园、电商物流园、道地药材文化展示园）的产业园发展规划要求，建设半夏产业发展促进中心、种植资源保护区、种苗繁育基地、半夏规模化种植区。

天门半夏“一种两收”，种一季每年收成 2 茬，种植户一年可收获 650 千克，2019 年鲜半夏市场价 28 ~ 32 元/千克，除去成本，每亩可净赚 8 000 ~ 10 000 元。同时，天门半夏播种和采收，都需要大量的工人，播种的工钱 100 元/天，采收的工钱 200 元/天，一年下来，许多村民打零工收入在 5 000 元左右。而相同的田块当地农户种植小麦、玉米、大豆等亩平收入还不到 2 000 元。

科技助力,提速加油,创新引擎

延秋辣椒如何提质增效?湖北省院经济作物研究所专家姚明华在孙波大棚内讲得深入透彻、浅显易懂:当每株结果10~15个以后,把上部顶心和空枝全部摘除,减少养分消耗,促进果子膨大长足。要注意水肥控制防旺长,用20毫克/千克多效唑加0.5%磷酸二氢钾喷雾,每亩15~20千克连续用2~3次。

2018年2月26日,姚明华团队在方桥村党员群众服务中心为前来取“科技经”的农民,开展了题为“大棚辣椒高产高效栽培技术”和“红菜薹高产高效栽培技术”的技术培训,介绍了辣椒、红菜薹新品种、新技术和新模式,捐赠了技术指导书籍30套。随后姚明华团队到天门市云丰农产品种植专业合作社辣椒育苗基地,现场指导辣椒育苗,对农户特别关心的“辣椒如何提早上市”“苗床灰霉病的防控”等问题进行现场答疑,帮助合作社做好蔬菜种植规划,为产业提质增效、企业增收、精准脱贫献计献策。

如何把“天门半夏”产业做大做强?彭立军研究员在方桥村会议室授课,他从市场研究入手,对“天门半夏”产业做了详尽分析:市场为主导,品质是关键,诚信是保证,加工是主题,品牌是保障。

2018年8月13日,天门半夏地理标志现场评审会在汪场镇举行。会上,8位专家评委对该镇“天门半夏”地理标志申报资料进行了审定。当天,湖北省农科院农业质量标准与检测技术研究所所长彭立军,全国半夏专家、湖北省农科院中药材研究所副所长林先明,湖北省农产品质量安全中心主任周先竹等8名专家,来到汪场镇雷场村天门半夏种植示范基地,现场采挖了半夏样品进行品质鉴评。随后的评审会上,专家评委们审阅了汪场镇“天门半夏”地理标志申报材料,经过现场答辩,顺利通过专家评审。2018年12月21日,第三批农产品地理标志登记产品公示信息发布,“天门半夏”榜上有名。

“这几株叶片颜色暗红,与正常的嫩绿不一致,是施肥过重造成的。”在方桥兴耀合作社半夏基地,湖北省农科院中药材研究所专家何银生分析说。他提醒种植户:半夏喜温润湿、喜水忌涝,要注重配方施肥、科学防治病虫草害。2018年12月24日,中药材研究所张美德团队,来到了方桥村,分别进行了半夏品种筛选、不同密度、不同施肥量以及植物病虫害防治等试验示范。

▲ 中药材团队在天门市汪场镇方桥村指导半夏病虫害防治

天门市兴耀中药材种植专业合作社位于天门市汪场镇方桥村，由于前些年半夏种植经验不足，田间病虫害发生严重，收成不是很理想。合作社负责人杨志华找到了天门市农科院，在其帮助下与湖北省农科院中药材研究所专家团队进行了对接，在方桥村推行“两减”增效模式，试验示范合理密植，用种量每亩250 千克，比当地有些农户的用种量400 千克少150 千克，每亩第一次投入就节省了成本4 500 元。同时，推行配方施肥，每亩减肥 25 千克。推广综合病虫草害防治技术，顺利解决了半夏高产高效种植及病虫害防治问题。两年来，收成由原来每亩平均400 千克，提升到一年可收获650 千克。

2018 年之前，汪场镇方桥村种植半夏面积 200 亩，因为技术原因，不管是合作社，或者是农户，都不敢大规模种植半夏，在吃了湖北省农科院和天门市农科院专家团队给的“定心丸”后，汪场镇方桥村从原来的200 亩扩展到

1 000 亩。根据当地合作社、种植大户、村老干部、种田能手的要求，专家团队适时进行科技培训。杨志华、雷波等 20 多个种植大户经湖北省农科院中药材所的专家培训后，成为远近闻名的半夏“土专家”。“土专家”已累计外出指导、讲座 20 次，在实践摸索出来的农药农资配方也成为半夏行业的秘方。“农科帮扶引擎”成了脱贫攻坚战的“核武器”。

推陈出新，大胆尝试，擎好旗帜

2014 年的一场连绵阴雨，不仅下在了云丰种植合作社的菊花田中，更浇在了合作社负责人孙波的心头上。他自己承包了 200 亩地，周边农户种植了近 1 000 亩饮品菊花，因为长时间的雨水，饮品菊花的品质至少下降了三个档次。“做人要诚信，再亏不能亏老乡，一定要兑现农户年初签订的种植合同。”孙波顶风着雨一家一户按照合同价收购菊花，这次大雨使孙波遭受的损失近 100 万元。

吃一堑长一智。一个偶然的机会，在江苏盐城一次学习过程中，一个客户将黄蜀葵介绍给了孙波。说干就干，孙波引进了黄蜀葵，并进行了示范，没想到，这一示范带动起了一条生产线，也彻底打开了孙波发财致富的思路。

知识就是财富，科技就是敲门砖。2015 年至今，孙波分别尝试种植过知母、半夏等中药材，也尝试种植过辣椒、红菜薹等蔬菜。经过不断的摸索学习，在湖北省农科院经济作物研究所、中药材研究所和天门市农科院的帮助下，形成了一季中药材一季果蔬的大棚种植模式。

发展到今天，云丰农产品种植专业合作社，现有钢架大棚 76 个，其中单层棚 22 个，3 层棚 54 个，露天示范田 30 亩，水肥管网设施齐全，配套有百吨冷库一座、200 平方米的产品分拣库房及办公室、百人会议室等。云丰农产品种植专业合作社带动周边 200 户农户，发展露天蔬菜 800 多亩。园区东片主要以种植辣椒和菜薹为主，产品主要销往广州、深圳、武汉等地，蔬菜年产量 1 300 吨，年产值 300 多万元。园区带动贫困户 12 户，创造务工就业岗位约 50 个。2018 年，由市、镇两级政府推荐，云丰农产品种植专业合作社成为精准扶贫百企深度合作“示范基地”。

主动学习,家乡就业,就地赚钱

“等这期半夏卖了,我接您喝酒。”半夏田里,困难群众汪罗字一脸笑容地对村支书汪又年说。汪罗字今年60岁,是方桥村的一个贫困户,早年一场大病让汪罗字家掏空了家底,加上孙子去年考上河北的一所大学,家庭过得异常艰难。

听到湖北省农科院专家讲解方桥村的土地特别适宜种植半夏、知母等中药材后,汪罗字的心动了。随后他参观了云丰合作社孙波、兴耀合作社杨志华的半夏基地,认真地学习半夏种植技巧。2019年,汪罗字种植的1亩地半夏、10亩地知母,喜获丰收,在半夏收获地里汪罗字开心地想要接湖北省农科院的专家们尽情喝酒。

俗话说“人穷志短、马瘦毛长”,对于贫困户来说,他们的心理是很脆弱的,他们的愿望也是很简单的。困难群众王青娥,今年62岁,早年丧夫,自身有高血压,常年患病,在家带孙女。她的愿望很简单,就是想要找一份家门口的工作,可以照顾孙子,有一份收入,帮助家里分担一下负担。云丰合作社孙波了解到王青娥的情况后,主动找上了门说:我的蔬菜分拣车间干活不累,只要细致就行,上班时间也较自由,你也照顾到了孙子。于是王青娥到云丰仓库里上班了。据了解,方桥村所在云丰农产品种植专业合作社、李胖子蔬菜合作社、兴耀中药材种植专业合作社等实现贫困人口家门品就业100余人,涉及脱贫户30户,实现人均增收4 000余元。

晒账单,比幸福,蜜甜到永远

方桥村全村533户,有稳定住房户533户,住房达标100%,贫困户医保参合率100%,水泥硬化路通村组、通贫困户门口100%,全村安全饮水达到100%,义务教育阶段“零辍学”,改建总面积1 000多平方米的党建、村务、信访、文化、培训等功能室和方桥村公共文化服务中心……

一项项惠民政策频出、一件件民生工程相继建成投入使用,方桥村的扶贫工作成绩单也是村民们引以为豪的幸福账单。

聚民心、办实事,方桥村村容村貌、人居环境的改善,让每一位村民感受到了变化和幸福,他们心里都珍藏着一本幸福账单。

汪罗字家里四口人，属低保户。他本人大病初愈，儿子外出打工但收入甚微，孙子在读书。因为贫困，汪罗字的半夏种植梦一直没能实现。村支书汪又年积极帮汪罗字筹借万余元启动资金。

▲ 2018 年 10 月，湖北省农科院向汪场镇捐赠扶贫物资

为了解决贫困户半夏种植投入过高的问题，结队帮扶人刘晓洪组织调运了30吨科技有机肥，帮助村里30余贫困户。“有了这批物资，我的创业梦又近了一步”，2019 年 10 月 19 日上午，合作社负责人孙波代表贫困户，从帮扶人手中接过30吨的爱心科技肥时，激动不已。2019 年，汪罗字家半夏获得了大丰收，每亩除去成本净收入 8 000 余元。

说起这一系列变化，方桥村支书汪又年很是得意：“脱贫攻坚这几年，大家富了，村民的心更齐了。科技干部三天两头进村帮扶，连历史遗留的群众矛盾也解决了，现在生产修路，一事一筹，费用都不用催了，在村头一说、微信群一喊，大家都自觉地交上来了。”脱了贫、奔小康，方桥村正大步走在新时代社会主义幸福的大道上。

案例点评：

有这样一群人，是共产党员，是农业专家，是农民的知心朋友和贫困户的贴心人;有这样一群人,是党的“三农”政策的宣传员,是扶贫攻坚的排头兵,是引领农民致富奔小康实现伟大中国梦想的践行者;这样一群人,就是以湖北省农科院党委书记刘晓洪为代表的一大批农业专家和天门市农科院的一大批科技工作者。他们立足村情民意,科技帮扶,着力培植特色种植业,描绘方桥村“一心一带一区五园”发展规划的总体蓝图;他们深入大棚,讲解高产高效栽培技术;他们走进田间地头,根据天门半夏的特性,研究“一种两收”的新课题,增产增收;他们根据季节性的特点,创建了“一季中药材+一季果蔬”的大棚轮种新模式,提质增效;他们依据市场法则,实施了新型扶贫模式,稳固了产业发展。他们勇于探索、开拓创新的精神,给予农民脱贫致富的信心和力量;他们始终把党和人民的利益放在高于一切的位置,认真负责、扎实高效、科学严谨,是扶贫攻坚的光辉典范。他们不忘初心,牢记使命,诠释了共产党员的崇高理想。一分耕耘,一分收获。如今的方桥村已经摘掉了贫困的帽子,所有村民都过上了幸福美满的小康生活。

(汪友元)

7 扶贫路上，他们一直在努力奔跑

——荆门农业科学研究院家畜营养团队科技扶贫实践

荆门农业科学研究院（以下简称荆门农科院）家畜营养创新团队由2016年成立的“青贮玉米和豆科作物创新团队”更名而来。2018年7月，荆门农科院有幸入选湖北省畜牧业重大技术协同推广成员单位，参与全省畜牧业重大技术协同推广工作。一直以来，团队与湖北省畜牧推广总站、湖北省农科院畜牧兽医研究所等科研院所紧密协作，依托湖北省畜牧业健康养殖技术协同推广平台，围绕荆门市农业供给侧结构性改革，调整农牧业种养殖结构，积极推动农业高质量绿色发展，开展了一系列技术攻关，为荆门市争当江汉平原振兴发展示范区排头兵，体现担当、展现作为、贡献力量。

“久困于穷，冀以小康”，自精准扶贫工作开展以来，荆门农科院家畜营养创新团队立足资源禀赋，以产业促脱贫，以产业谋振兴，探索出了“以企带村、村企共建”的发展模式，带动当地百姓共同脱贫致富。

生态养殖，餐桌上的美味佳肴

2019年5月22日，初夏时节、小满刚过，湖北省畜牧技术推广总站、湖北省农科院畜牧兽医研究所、荆门市农业农村局的领导专家及荆门市70多位企业老板和养殖能手汇聚荆门农科院家畜营养创新团队示范基地钟祥祥牛牧业、荆门掇刀金润花卉苗木专业合作社，共同参加荆门畜牧业的盛会——湖北省畜牧业健康养殖技术协同推广现场会。湖北省农科院专家说：“这种花园式养牛场、休闲娱乐式的生态养鸡场，一点味道都没有，鸡、牛休闲自在，是未来我们畜牧业的发展趋势啊。”

荆门农科院家畜营养创新团队秉承市民对食品安全诉求为己任，承担畜牧健康养殖技术的集成创新工作，探究出了生物发酵床生态养鸡、牛场床一体化、蛋鸡粪污资源化利用等生态养殖技术模式。

▲ 钟祥市祥牛牧业花园式养牛场

当你走进祥牛牧业花园式养牛场，一阵阵青贮饲料发酵后的清香扑面而来。来到牛栏，美丽的鲜花展现在眼前，轻柔的音乐萦绕在耳畔，牛儿休闲自在地打盹、漫步、嚼食，干净的牛舍见不到一只蚊蝇，闻不到一丝臭味。企业负责人用“享美食、晒太阳、看鲜花、听音乐、睡软床、做运动”打趣牛儿的日常生活现状。

荆门农科院家畜营养创新团队与该企业合作，依托创新牛粪发酵床模式，促进生态环保。在饲料中添加酶制剂和益生菌，确保牛舍内无蚊蝇、无臭味，牛场采用全现浇结构，对外不排放粪尿和污水，做到粪污零排放。钟祥祥牛牧业年出栏 4 000 头，现建有 6 000 平方米大型饲料加工仓库、12 000 立方米青贮池。根据不同季节，实行就地取材，其常年收购当地柴湖镇、文集镇、九里镇及洋梓镇等乡镇秸秆，湖北广源食品、稻花香集团等食品企业的饼干渣、豆渣、酒糟等下脚料资源发展肉牛养殖，确保了“原料多样性、营养全面性”。据统计，企业年收购利用农作物玉米秸秆 12 000 吨，带动当地农业增收190万元。

每天天刚蒙蒙亮，白庙村贫困户邓云就在自家后院忙活起来，倒水、添饲料、捡鸡蛋，年近70岁的邓云干起活来毫不含糊。“我家屋后这林地适宜养鸡！用的饲料都是有秘方的，养出来的土鸡肉质细嫩，熬出来的鸡汤口感也特别鲜美”，聊起“养鸡经”，不善言语的邓云却打开了话匣子，“以前主要靠种地，现在，我们俩老年纪大了，也只能干些体力轻的活。跟着谢老板养鸡，鸡苗由他提供，还负责技术指导，销售上也不用我们操心。去年试着养了300只赚了3 600多元，今年我们养了1 000只”。邓云口中的谢老板就是荆门掇刀金润花卉苗木专业合作社的谢勇。

近年来，家畜营养创新团队负责人刘建军同志带领团队成员先后参与了东宝荆东村、金榜村、小河村等10多个村畜牧产业扶贫的技术指导和培训，并根据贫困户资金少、风险承受力弱的特点，因地制宜、因户施策确定了能经营、风险小、投资少、见效快的生物发酵床生态养鸡产业作为团队扶贫主推产业，充分利用无污染荒山、野坡、山地果园、林地等资源，将垫料转化为优质的有机肥还田。同时，通过在家禽饲料中添加益生菌减少饲料用量和饲养用药，实现了无药残、无公害畜产品生产。

开对“药方子”，才能拔掉“穷根子”。家畜营养创新团队先后与荆门掇刀金润花卉苗木专业合作社、荆门掇刀春秀园土鸡养殖场等企业（合作社）协商，采取订单式养殖模式，让企业按市场价的标准为贫困户（村）提供鸡苗，并与贫困户（村）签订委托养殖协议，帮助回收鸡蛋等产品。经过几年的合作，企业和贫困户（村）实现增收双赢，年均带动贫困户80余户，户均增收4 500元。近几年，家畜营养创新团队年均下乡指导50余次，接受电话咨询100余次，年推广发酵床生态养鸡技术饲养生态鸡20万羽，每羽增收20元，年增收400万余元。

订单种养，农企双赢的至尊法宝

早春的三月，尽管还带有一丝寒意，但在青山碧水掩映下的仙居香龙山牧业有限公司门前宽阔的场地上却显得异常热闹，原来这里正在描绘一幅农企双赢美好蓝图。

2016年3月，在仙居乡发旺村村支书杨景平、仙居香龙山牧业有限公司总经理朱大新的陪同下，荆门市农业农村局副局长蔺江霞带领团队成员实地进行调研后，针对企业发展、村民创收开展研讨。大家一致认为，在国家大力倡导调结构、转方式的背景下，企业走种养产业融合、生态养殖循环模式，更适合企业长远发展。

村支书杨景平激动地说道："蔺局长，感谢您给我们提供了这么好的门路，我们发旺村位置偏、人均耕地不足、产业结构单一，不少村民生活贫困，这下可算了了我的一块心病，而且有你们这些专家做技术支撑，我心里一百个踏实。"

香龙山牧业有限公司总经理朱大新拍着胸脯说："一个人富，不叫富，大家共同富，才是真正的富。"

说干就干，当年春播期间，香龙山牧业有限公司采取"企业＋合作社""企业＋农户""企业＋合作社＋农户"等多种形式签订青贮玉米订单 1 100 亩，夏播青贮玉米 500 亩。

要想高产，一定要先选对品种。他们是这么想的，也是这么做的。2016 年以来，团队就青贮玉米品种筛选、集成高效生产技术等项目展开研究，先后从 71 个青贮玉米品种中筛选出"郑青贮 1 号""北农青贮 208""豫青贮 23"和"澳玉 5102"等适宜本地不同播种时期的优质高产青贮玉米品种，在仙居乡发旺村建立了青贮玉米千亩高产示范区。青贮玉米订单生产累计 1 万亩以上，青贮玉米种植面积辐射仙居乡 27 个村，企业每年收购青贮玉米 6 000多吨，种植农户总收入可达 170 万元，一季青贮玉米亩平收益 1 400 元左右。

在人声鼎沸、机器轰鸣的青贮玉米收购现场，一辆辆满载青贮玉米的农用车有序排列，依次过磅，交售粉碎青贮玉米，每位种植农户脸上都洋溢着丰收的喜悦。

种植产量上去了，养殖规模也应发展壮大。2018 年以来，香龙山牧业有限公司依托家畜营养创新团队技术支撑，采取"农户领养（免费）＋企业收购"的模式，参与农户 400 余户，其中贫困户 50 户。团队成员走乡串户，应邀为肉羊养殖农户问诊把脉，解决肉羊喂养生产中的疾病防治、饲养管理难题。同时建议农户改变传统喂养方式，采用粗细料合理搭配、科学喂养，肉羊每只多增重 4 千克以上，每户贫困户领养 2 ~ 3 头肉羊，每户肉羊养殖纯收入 1 500 元以上，团队共组织肉羊养殖技术培训 2 场，印发技术资料 1 000 份。

“他们不搞‘花架子’，带给我们的都是满满的‘干货’”，发旺村 3 组贫困户杨光兴望着门前绿油油的玉米地、又看了看羊圈里“咩咩”叫的小羔羊，由衷地说出了自己的心里话。

稻鸭共育，田埂上的欢声笑语

有一次无意间，钟祥银泉硒谷水稻种植专业合作社理事长伍安兵发现收割后的稻田在无人管理的情况下重新抽穗，于是他带着村里种田大户，到沙洋、监利、洪湖等县市的再生稻种植基地学习，并向湖北省农科院和华中农业大学的专家求教，以“专供 1 号”为主打品种，终于试种成功。初尝甜头的伍安兵一发不可收拾，通过吸纳周边贫困户以土地参股，实施土地流转，于 2016 年 1 月 22 日成立了钟祥市银泉硒谷水稻种植专业合作社，并担任理事长。在短短 4 年多的时间里，合作社已从成立之初的 7 名股东发展到 208 名社员，在种植、管理、加工、销售等方面合作社实行产业化一条龙服务。目前，该村再生稻种植面积达到 3 500 亩，带动冷水镇再生稻种植达 7 000 亩。该地的再生稻往往还没上市，便被预订一空。每千克 30 元，是普通大米的 6 倍。每年和彭墩富硒米业有限公司签订 100 多万千克的优质稻米代收协议，年产值从当初 90 万元增加到现在的 580 万元。合作社注册的“荆楚银泉”大米因富含硒、品质优而畅销全国。

2018 年初，银钱村将土地进行“田字”改写，将原来的不规则小块田“改写成”便于机械耕作的大块田，使路、渠、地融为一体，用于规模化生产再生稻。

“听说了没？伍书记今年又要弄花名堂了，要在稻田里养鸭子了”，“是呀，是呀，伍书记的点子就是多，跟着伍书记干，准不会吃亏”，最近走进银钱村，总能看见村民们三五成群聚在一起，叽叽喳喳地议论着。

曾几何时，稻鸭共育走进了人们的视野；曾几何时，稻鸭共育淡出了人们的视线。而如今的钟祥市冷水镇银泉硒谷水稻种植专业合作社让稻鸭共育，小荷又露尖尖角。为了积极响应国家“两减两增”及“农业面源污染防治”的号召，2019 年初，家畜营养创新团队结合合作社土地连片、沟渠配套、交通便利的有利条件，鼓励合作社“大展拳脚”，确定以优质水稻“洋西早”为主打品种，落实稻鸭共育面积 150 亩。

“过几天水稻要晒田了，鸭子该上岸了，我们一定要把鸭子后期育肥管理跟上”，这是团队负责人刘建军最近总是挂在嘴边的话。2019 年 7 月 20 日，顶着似火的骄阳，刘建军带着团队成员来到了钟祥市冷水镇银泉硒谷水稻种植专业合作社稻鸭共育基地，合作社理事长伍安兵及 20 多名社员早已恭候多时。远远望去，满目苍翠，微风拂过，碧波涟漪，一穗穗的稻粒“低着头”随风摇曳，犹如闺阁中待嫁的女子，羞涩而又充满了喜悦。走进细看，稻田四周布满了围网，田埂上搭建了鸭棚，一株株稻秆健硕挺直，一颗颗稻粒圆润饱满，一块块稻田整洁干净。“快看快看，那只鸭子又肥又大，快看快看，那两只鸭子还在抢虫子吃咧”，社员们站在田埂上，嘴里不停地叫嚷着，手里不停地比划着，个个心里美滋滋的。

合作社理事长伍安兵自信满满地介绍，“今年的稻鸭共育应该算是成功大半了，这种模式不仅保证了鸭与稻的和谐共生，同时减少水稻病虫草害，提升了鸭子和稻米品质，降低农业生产成本，改善农田生态环境，实现了稻鸭双增收”。通过估算，稻鸭共育较单一种植再生稻，每亩节约成本(农药、肥料)70 元，共计 1.05 万元；每亩增产 20% 以上，每亩平均节本增收约 800 元，共计 12 万元；同时，投放的 3 000 只鸭苗成活率达 95% 以上，按照市场价 20 元/只计算，扣除饲养成本，实现利润约 2 万元。

2020 年，荆门农科院家畜营养创新团队将合作社稻鸭共育示范面积增加到 500 亩，将放养肉鸭改为蛋鸭，预计 10 000 只蛋鸭将增加收益约 50 万元。

大麦种植，冬闲田里的丰收之歌

为解决每年春季青贮饲料短缺、成本较高的难题，2018 年 11 月，荆门农科院家畜营养创新团队与湖北华耀牧业有限公司合作进行饲料大麦青贮试验示范，与周边农户合作，尝试采取订单种植大麦 200 亩。

2019 年 4 月下旬，正是大麦灌浆的时候，也是青贮大麦收获最佳时机。4 月 29 日，雨过天晴，家畜营养创新团队人员循着隆隆的机器声来到大麦种植基地，一台台收割机忙得不亦乐乎。

▲ 钟祥市冷水镇银钱村大麦收割现场

"种植大麦不影响我们栽秧接茬，错开季节我们可以种三季。既种了再生稻，又可以种大麦，所以老百姓对于种植冬大麦都说好。我种了20亩的大麦，纯收入有万把元"，钟祥市冷水镇银钱村村民张学思高兴地向我们"炫耀着"，淳朴黝黑的脸上难掩内心的兴奋。

刘建军作为畜牧养殖专家，从营养学角度对其进行分析道："青贮大麦蛋白质含量高达5.6%，可提高湖羊的适口性和消化率，不仅增膘长肉快，产奶多，还能节省精料，补充冬春青绿饲料的缺乏，保证反刍家畜青绿饲料全年供应的稳定性，相比其他的作物，青贮大麦的生长期相对比较短，对下一季的再生稻种植来说，是一个比较好的接茬时期。"

湖北华耀牧业有限公司副总经理李习兵对订单种植大麦的初衷娓娓道来："因为这里土地资源比较丰富，加之现在农村青壮年劳力外出务工，留守人员偏向年老体弱，而种植大麦是一种比较粗放式的管理，不需要什么技术，是冬闲田种植不错的选择。如果今年青贮之后，羊的长势确实不错的话，我们明年计划整村推进，把大麦种植做成商业化，既满足本企业需求，还可以向附近的养殖户出售，从而破解养殖户因冬春青饲料短缺、饲料价高导致养殖成本居高不下的瓶颈。”

银钱村现人均耕地面积4亩，从2019年的收获情况来看，每亩产青贮大麦达到2吨多，按照公司的收储价格270元/吨计算，农户亩均收入可以达到500元，人均增收2 000元，同时养殖企业每吨饲料节约成本100元。

汗水不会白流，心血不会白费。荆门农科院家畜营养创新团队近年来在开展农业科研的同时，积极投身脱贫攻坚主战场，将科研成果应用于扶贫事业，走出了科技扶贫、产业脱贫的新路径，真正诠释了“把论文写在大地上”的生动实践。在畜禽粪污资源化利用、种养结合技术集成与创新、农作物秸秆综合利用方面，开展科研立项8项，发表论文8篇，申报国家发明专利3项，总结形成生产模式2套，直接或间接带动贫困户产业脱贫90余户。一种合理的模式带动了产业结构调整，一个先进的企业带动了当地百姓增收，一个不断创新的科研团队带动了种养技术提升。“雄关漫道真如铁，而今迈步从头越”，成绩已成过去，奋斗成就未来，站在新的起点上，荆门农科院家畜营养创新团队向着更高的目标坚实迈进。

案例点评：

“牛儿在山坡上吃草，放牛的却不知道哪里去了？不是他放牛丢了牛，那放牛的孩子王二小”，很多人知道这首《牛儿在山坡上吃草》。但以前这种放牛的生活场景看不到了，现代养牛的场景也在改变：享美食、晒太阳、看鲜花、听音乐、睡软床、做运动。

不仅是养牛，养鸡、养鸭、养羊，各种饲养场景都在发生变化。鸭稻共生、种养结合，科技，在改变生活。

数字是最有说服力的：团队服务、科技立项、申报专利，带来了人均增收、脱贫户数、企业增产等一系列数据增长。把论文写在大地上，这些才是最好的奖章。数据的变化，就是农民生活的变化。数据增长了，农民的笑声才更爽朗，企业家才更有干劲，科技人员才更有前进的动力。

征途漫漫，靠脚步丈量。牛羊满圈，靠辛勤饲养。改变农村新生活，不是一步到终点，而步步是起点。走好每一步，才是对科技和劳动最好的回报。

（张文珍）

8 结对帮扶，托起贫困户的致富梦

——咸宁市农业科学院打造科技扶贫新模式

2009 年，嘉鱼县渡普口镇渡普口村村民曾岸辉，还在咸宁市农科院向阳湖基地打零工。10 年来，在咸宁市农科院粮油研究所老师们的悉心指导和帮助下，曾岸辉如今熟练掌握了水稻区域试验栽培管理技术、机收再生稻高产高效栽培技术、双季稻周年规模机械化栽培技术、稻田养虾高效管理技术、稻田养鳅综合种养技术，从一个普通农民蜕变为种粮大户。2018 年，他成功创办了湖北岸辉农业实验发展有限公司。同时，也带动了周边农户、贫困户致富增收，曾岸辉每年至少要聘用 20 个农民在自己的公司工作。

因病致贫的广告公司老板

50 多岁的曾岸辉是嘉鱼县人，早年妻子因病去世，父子俩曾在外地经营一家广告的公司，几年前，儿子在送货途中突发车祸，家庭遭受重大打击，耗尽了曾岸辉经营广告公司所积攒的积蓄。为了筹集后期治疗费用，被迫转让了广告公司。他无奈带着儿子回咸宁休养，一方面要照顾儿子的饮食起居，加快恢复儿子的身体健康，另一方面他急需一份工作赚钱来维持生活开支。生活的艰辛与不易从来没有让他低下头，失去对生活的信心，骨子不服输的韧劲促使他不断负重前行。

2009 年，曾岸辉找到咸宁市农科院粮油研究所向阳湖基地负责人黄志谋，希望能在农科院的试验基地做点事情，跟黄志谋讲述了自己前期的工作经历及遭遇的生活挫折，愿意用自己勤劳、踏实的双手获取一份工作。黄志谋细心聆听曾岸辉的难处与困境，当时便应承下来。

水稻专家黄志谋从事农业 20 多年,初心就是用知识为群众脱贫觅出路,用科技助力农业稳产增产,这份初心一直伴随着他、指引着他,他的脚步遍布咸宁山区的各个角落。他一直在探索,如何用知识、科技来改变农业生产难题,增加农民收入。经过多年的摸索,他总结出一套行之有效的扶贫做法,让老百姓过上了小康生活。

科技助推农业产业规模化发展

曾岸辉在咸宁市农科院工作期间主要是协助管理向阳湖试验基地,在粮油研究所专家的悉心指导和帮助下,曾岸辉熟练掌握了水稻区域试验栽培管理技术、机收再生稻高产高效栽培技术、双季稻周年规模机械化栽培技术。同时,向阳湖宝塔村的部分田地出现了无人种植的尴尬境地,看到这种场景,黄志谋心中泛起难过的情绪,半辈子与农业打交道,早已与土地结下了不解之缘。2016 年,为破解这一难题,在黄志谋的建议下,曾岸辉在向阳湖流转土地,种植 100 亩再生稻,凭借自身的种植经验与理论知识,曾岸辉开启了创业之路。当年 9 月,向阳湖镇宝塔村种植的水稻,长势喜人。风起稻穗如浪涌,置身彩色稻田中,随风扑来稻香阵阵。

功夫不负有心人,在咸宁市农科院专家的指导下,100 亩再生稻迎来大丰收,头季每亩产量 630 千克,第二季 300 多千克,两季平均每亩能赚 1 000 元左右,相比种植一季中稻,每亩至少增加收入 600 元。尝到甜头的曾岸辉第二年又在郭家湾扩大了种植面积,并在水稻专家黄志谋的帮助下,让再生稻的亩产取得了新的突破。

粮油研究所专家外出开会交流时发现,稻田综合种养是当前最新的种植模式,该模式具有种植效益高、产品附加值高、认可程度高等优势。我们最为熟知的就是绿色、高效的“双水双绿”模式,例如稻虾共作、稻鳅共作等。水稻专家黄志谋对这种模式产生了浓厚的兴趣,因为他知道这是农民最喜欢、最认同的技术模式。与农民群众打交道多年,他熟知农民的做事风格,他们不怕吃苦,就怕不赚钱,该模式不但可以调动农民种田积极性,还能增加他们的收入。既然有这么好的种植模式,就一定要想方设法让它在咸宁市落地生根,让咸宁市的农业更上一层楼。

▲ 曾岸辉在咸宁市农科院试验基地查看水稻长势

黄志谋决定先在试验基地引进该模式，以基地为抓手，以点带面形成辐射区域。2017 年，依托湖北省第二批现代农业产业技术体系稻田综合种养项目，在向阳湖基地开展了稻虾综合种养试验示范，经过一年试验，水稻、龙虾均获得丰收，表明该技术在咸宁地区具有可复制性。曾岸辉了解到稻田综合种养模式既可以种水稻，又可以养殖鱼虾等水生动物，经济收益比单纯种植水稻翻番，想进一步增收的曾岸辉主动联系专家，想在向阳湖流转土地，开展虾稻共作。

稻田养虾是一种种养交叉模式，该模式生产出的农产品社会认同度高，具有较高的经济价值，是农民勤劳致富的新机遇。但是，新机遇中也蕴含着新挑战，该模式同时具备种养的两种风险，养殖、种植过程中讲究连贯性，考验农业公司对抗风险的能力，不能因产品滞销、饲料储备不足等问题引起种植、养殖过程的中断，否则会给种植大户、养殖大户带来极大的经济冲击。咸宁市农科院粮油研究所和水产研究所通过结对子的方式组成种养科技服务团队，通过学科互补发挥各自的优势，当好农民朋友的贴心人，解决好他们的生产实际难题，当好他们的风险管理师，利用好自己的职业优势，为他们规避风险，提高抵御风险的能力。

在曾岸辉向专家们表明想从事虾稻共作后，咸宁市农科院水产研究所主动为其提供技术培训。在掌握了虾稻共作模式的基本技术之后，2018 年曾岸辉在向阳湖流转了 20 余亩稻田，水产研究所的专家全程技术指导曾岸辉开展稻田选址、稻田改造、水草种植、苗种选购、水质水位调控、日常生产管理等操作，确保曾岸辉顺利开展养殖生产。从事虾稻共作当年，曾岸辉就获得了 3 600 元/亩的经济收益。

尝到虾稻共作高收益的甜头之后，曾岸辉主动找到水产专家，打算进一步发展壮大。为此，专家协助曾岸辉成立了湖北岸辉农业实验发展有限公司，联合该公司成功申报了咸宁市科技局农业研究与开发项目——克氏原螯虾苗种选育关键技术研究与示范，联合其开展小龙虾优质苗种选育科研试验。一方面，通过科研项目试验，帮助其优化技术，培育上市早、抗病力强、大规格的优质小龙虾苗种，通过养出大规格、上市早的商品虾，进一步提高经济效益。该项目的实施，使曾岸辉的经济收益在原来的基础上提高了 700 元/亩。另一方面，也为其发展壮大提供了项目资金支持，带动了更多周边农户、贫困户就业增收。

在咸宁市农科院粮油研究所和水产研究所的技术指导和扶持下，曾岸辉从一个种粮大户到成立公司，成长为公司负责人，经济收入大幅提升，掌握了水稻种植、虾稻种养技术，致富增收的能力也大幅提高。通过科技助力，激发了他的内生动力，实现了由“输血”向“造血”的转变。

▲ 2020 年 3 月，黄志谋赴岸辉农业实验发展有限公司指导早稻育秧

农业的发展，离不开农业生产技术的现代化。曾岸辉要想将自己的产业发展壮大，必须依靠强有力的技术保障措施。曾岸辉刚开始与咸宁市农科院粮油研究所合作时，主要采用人工种植的方法种植水稻等作物，简单粗放且劳动强度大，经济效益、社会效益、生态环保效益较差。在咸宁市农科院的推动和支持下，曾岸辉不仅技术手段实现了革新，生产手段也实现了革新，先后购置了打田机、耕整机、收割机等现代化机械设备，基本实现了农业现代化种植和生产，为企业的长远发展打牢了基础。

组建科技帮扶专家团队，实现长期精准帮扶

为了帮助曾岸辉及其公司实现长期稳定的发展，咸宁市农科院组建了粮油和水产科技帮扶专家团队结对帮扶。粮油科技帮扶专家团队由所长黄志谋任团长，科技人员刘伟、杨汉、杨康任队员；水产科技帮扶专家团队由所长赵伟任团长，科技人员张阳、金芳华、文玲梅、黄光荣、吴政为队员。专家团通过长期不间断地为曾岸辉提供农业发展政策、农业生产技术、农业产业发展规划等指导和服务，为其量身定制了一条发展壮大的致富路，帮他实现了从个体发展到现代化农业公司的华丽转变，实现了从劳动密集型发展模式到现代化技术密集型模式的转变。为了帮助曾岸辉实现持续发展，咸宁市农科院积极主动地帮助曾岸辉出谋划策，一方面，实时提供最新农业产业化发展政策，鼓励支持他扩大种植生产规模，帮助他注册申请现代农业企业；另一方面，根据本所科研项目要求，积极主动与曾岸辉合作，联合开展相关科研，帮助其发展壮大。

曾岸辉从一个普普通通的农民一步步发展到现在成立现代农业公司，离不开咸宁市农科院长期的全方位扶持。由曾岸辉创办的湖北岸辉农业实验发展有限公司现已流转土地420亩，发展了高档优质稻、再生稻、稻田养虾等多种新型农业生产模式，2019年实现纯利润30余万元。每年宝塔村有20户贫困户通过在曾岸辉公司打零工的方式，实现户均增收20 000元左右，为贫困户实现真脱贫和脱真贫提供了长期稳定的收入来源。

曾岸辉的扶贫帮扶模式，是咸宁市农科院一直推崇和坚持的。他们将这种模式概括为“大户（企业）+贫困户”。依托他们的技术、政策指导，帮助相关种植大户、新型农业经营主体发展壮大，在帮助企业壮大自身规模的同

时，积极引导企业雇佣、聘请具有劳动能力的贫困户从事相关农业生产工作，帮助贫困户实现长效精准脱贫。通过“大户（企业）+贫困户”的模式，一方面，帮助企业通过扩大生产、技术革新实现了发展壮大，另一方面依托企业发展，带动了当地产业的发展，有利于实现当地产业兴旺发展，助推乡村振兴，企业通过自身发展，吸纳了当地贫困农户就地就业，为贫困户创造了一条致富增收的新路径。

案例点评：

咸宁市农科院科技助力，帮助贫困户成为农民企业家的案例，正应了《红楼梦》中这句话：“好风凭借力，送我上青云。”

企业家青云直上，靠的是科技好风：十几年的跟踪扶持，使一个贫困农民变身农民企业家，并帮助更多的贫困人口脱贫；多位专家接力扶持，帮助一个农业企业从小到大，推动乡村振兴；“大户+贫困户”模式，帮助企业壮大，帮助农户脱贫，实现路径新转化。

科技人的胸怀如向阳湖一样宽广，他们眼中有星辰和大海。帮助更多农户成为企业家、帮助更多贫困户脱贫致富，才是他们的梦想。诗人泰戈尔曾说：“我一无所求，只站在林后。”一无所求的更是我们科技人，他们站在背后，托起的是贫困户的致富梦想！

（丁坤明）

9 天门半夏 方桥起飞

——湖北省农业科学院农产品质量安全团队科技扶贫纪实

“出发，去武汉签约！”3 月 14 日一大早，天门市蒋场镇李场村荆半夏合作社社长刘书华喜气洋洋。当天，他带着几个种植大户和村支书，与武汉某知名药厂签订合作协议，村里种植的荆半夏，又多了一个销路。

半夏，是一味用于止咳平喘的传统中药材，由于原荆州地区出产的半夏品质最优，因此又被称为荆半夏。天门有着悠久的半夏种植历史。据湖北省农科院彭立军研究员介绍，我国每年半夏用量约 5 000 吨，日本、韩国及东南亚国家还把半夏制成药粥、药饮料等保健品。我国有千余家制药集团以半夏为主要原料生产 500 多种药品。大家熟知的解暑利器藿香正气口服液就有半夏的“功劳”。别看半夏貌不惊人，可是个“金疙瘩”。

宋太山是李场村里第一个“吃螃蟹”的人。2001 年，他拿出 4 亩地试种，井打多深、沟挖多宽，他一步步摸索，第一年虽然没赚到什么钱，却总结出了一套种植技术。在他的劝说下，原来承包水电工程的刘书华流转了 300 亩地，尝试大面积种植。他们一改之前传统的荆半夏地栽模式，选择了“筐种植、住温室、带滴灌、可追溯”的新型种植模式。白色薄膜像一条条长龙绵延展开，一条条沟渠将这些白色长龙隔开，用来滴灌的水管，就架设在沟中。

“半夏怕干也怕湿，滴灌可以延长半夏的生长期，增加产量，一亩田可以多收 6 000 到 8 000 元”，蒋场镇农办主任张本虎介绍。由于技术先进，管理精细，2018 年，刘书华的地里，最好的一亩半夏卖了 6.5 万元。

“尽管头年投入多，但相对于传统种植，半夏的产出比要大得很多”，张本虎介绍，2018 年全镇半夏种植面积为 3 000 亩，今年计划扩大到 5 000 亩。

当地多以销售种子为主，每年，甘肃等地都会来大量收购半夏种子回去种植。“半夏种子每千克价格约 44 元，比卖大果实划算，镇里销售的半夏约有七成是种子。”

10 多年前，汪场镇就有农户开始种植半夏。当时每千克半夏可卖 40 多元，一亩半夏收益可达一万余元，虽然具有良好的经济效益，但没有形成规模。

据彭立军研究员介绍，“农户受种植传统农作物习惯的影响较大，再加上种植半夏投入较大，又没有经验，因而没有形成规模”。

转折点发生在 2014 年左右。那一年，不少新型农业经营主体看到了半夏的巨大商机，纷纷试种半夏，雷场荆半夏种植专业合作社便是其中之一。

2014 年 8 月份，雷场村村民雷友平无意中发现种植半夏收益很高，于是和 4 名农户一起合办了雷场荆半夏种植专业合作社，最开始试种了 15 亩半夏，一举成功。

“种植半夏的关键在于种子，一亩半夏成本是 1 万余元，大部分都是花在种子上了”，雷友平告诉记者，“第一年成本高，半夏一年可以收 2～3 季，收一季半夏就能回本了”。

▲ 彭立军研究员在方桥村指导半夏优良品种选育及标准化生产

试水取得的甜头，让雷友平信心倍增。他加大投入，不断学习新的种植技术，将合作社半夏种植面积扩至现在的700余亩。

专家科技引领，农民增产增收

星星之火，可以燎原。在湖北省农科院专家的指导和雷场荆半夏种植专业合作社的示范效应下，曾经星星点点分布的半夏，如今已是汪场镇种植面积最大的特色经济作物。目前，汪场镇已有6家专业的半夏种植合作社，总面积达5000余亩，年产量跃进200万千克。

"收了一季半夏就把成本赚回了"，谈起第一次种植半夏的成果，方桥村10组村民曹德军乐开了花。

曹德军拿出2亩自留地种植半夏，"以前种了近10亩的小麦、黄豆等作物，一年忙到头，总收入也不过万元"。10月收过一季半夏后，除了收回成本，曹德军还留足了半夏种子，盘算着明年扩大半夏面积。

此前，种植半夏的高成本让曹德华一直持观望态度。当他看见兴耀中药材种植专业合作社的社员们热火朝天的干劲，家家户户都有好收成，曹德华也加入了合作社。

兴耀中药材种植专业合作社成立于2017年。理事长杨志华之前做过杂粮生意，从事过啤酒批发，也收购过农副产品。2015年，他在杨林街道办事处公冶村流转了100亩土地种植半夏，第二年正值大量收获的时候，一场大水让一切投入化为泡影，这场意外让杨志华损失了50余万元。

尽管损失惨重，却没让杨志华灰心。2017年，杨志华回到老家方桥村，拿出自家的5亩田试种半夏，当年就收获了两季，"半夏市场需求量大，经济效益高，这也是我继续种植半夏的原因"。目前，兴耀合作社半夏种植面积达1 500余亩。

在杨志华的推动下，100余户农户与合作社签订了合同。合作社采取"农户+合作社"经营模式，统一为社员供应种子、提供技术指导、负责销售，农户只需出地便可享受分红。

当下，汪场镇有近千户农户种植半夏，年产量一跃达到250余万千克，备受农户青睐。

市场供不应求，过去汪场镇方桥村村民却鲜有人种植。原来，种植半夏投入大，特别是第一年投入较大，不少村民宁愿种植传统作物赚个稳妥钱。当廖广林、雷友平、杨志华等大户率先种植，且销路不愁，再加上湖北省农科院农业质量标准与检测技术研究所、天门市农科院的技术帮扶，大家纷纷尝试大面积种植。在专家们的精心指导下，采用“筐种植、住温室、带滴灌、可追溯”的新型地栽模式，产量收益更高。在种植基地杨志华介绍说，采用滴灌可以延长半夏的生长期，增加产量，每亩田可以多收入 6 000 ~ 8 000 元。去年，全国很多地方半夏大减产，而“天门半夏”喜获丰收，收购价高达 36 元/千克，一亩半夏能卖到六七万元。

“尽管头年投入多，但相对于传统种植，半夏的产出比要大很多”，天门市汪场镇人民政府副镇长胡卫华介绍，今年全镇半夏种植面积已扩大到 8 000亩。目前，该镇采取有序采挖，做到“确保质量，持续性发展，产业化开发”，让全镇人民能够从半夏的产业链中持续得到实惠。

聚力扶贫攻坚，助力转型升级

“小康不小康，关键看老乡”，近年来，湖北省农科院农业质量标准与检测技术研究所以农业产业扶贫为特色，依靠科技，助推精准扶贫，联手天门市农科院，开展“五个一”行动，开展“聚力脱贫攻坚、人大代表在行动”等活动，发挥了科技的力量，有力支持了“天门半夏”产业做大做强。

2018 年 6 月 1 日，经湖北省农科院与天门市人民政府协商，决定整合湖北省农科院与天门市农科院的科技资源，共建湖北省半夏产业研究院，湖北省农科院农业质量标准与检测技术研究所所长彭立军研究员任院长。在彭立军的带领下，半夏研究院从产业发展规划、品种资源收集与评价、优良品种选育、标准化生产技术规程制定、加工技术研发、品牌培育、产业经济等方面开展研究，以半夏产业发展为纽带，按照需求引领、资源整合、各尽所长、合作共赢的原则，为“天门半夏”产业发展提供了全方位科技支撑，探索出一条产、学、研深度融合的农业科技成果转化新路。

在方桥村经济作物示范区，知母、白芷等作物长势良好。该示范区占地 100 余亩，在湖北省农科院的帮助下建立，专门种植半夏、白芷、知母等作物，其中半夏种植面积有 20 余亩，按照湖北省农科院专家的指导进行整地、播种、种植。

▲ 农产品质量安全团队在天门市开展农业科技“五个一”行动

产业要壮大,政府引导不可缺位。为发展壮大半夏产业,汪场镇成立了“天门半夏“产业专班,制定了“创建品牌雏形—形成规模—创建品牌—品牌引导—产业链发展壮大”的半夏发展规划,通过多方努力,与湖北省农科院达成了合作,成立了半夏研究院。湖北省农科院专家从种植技术、销售渠道等方面为该镇提供指导,助推半夏产业提档升级。

2018 年以来,湖北省半夏产业研究院先后开展培训活动 12 次,举办农民课堂技术讲座 5 次,开展科技咨询 5 次。围绕“天门半夏”产业发展,开展了“天门半夏”产地环境评价,制定了《“天门半夏”产业发展规划(2019—2021 年)》;收集全国半夏品种资源并建立了半夏品种资源圃;开展半夏品种资源的评价和优良品种的选育,制定了《“天门半夏”生产技术规程》,建设标准化示范基地;开展“天门半夏”品质分析,组织申报国家地理标志产品并获得批准。这一系列的科技帮扶,助力“天门半夏”产业插上了科技的翅膀,步入高质量的发展轨道。

科研成果转化、科学技术推广、园区示范引领,成为科研助力天门扶贫攻坚的主要方式。以湖北省人大农委副主任委员、湖北省农科院党委书记刘晓洪“聚力扶贫攻坚，人大代表在行动”为契机，湖北省农科院帮扶汪场镇方桥等村打赢脱贫攻坚战，在湖北省农科院质标所、中药材所、经作所等单位的支持下，建立了“汪场镇方桥村半夏扶贫产业园”“汪场镇方桥村经济作物扶贫示范园”。目前，方桥村半夏扶贫产业园依托兴耀中药材种植专业合作社的核心基地种植面积30亩，示范面积500亩，辐射带动8 000亩。两年来，半夏收成由原来平均每亩400千克，提升到一年可收获650千克。除去成本，每亩可净赚8 000～10 000元。2019年6月24日，“天门半夏”获得农业农村部农产品地理标志登记证书，国字号“天门半夏”品牌知名度飙升，实现了产品溢价销售，增强了产品竞争力。特色产业的兴起，解决了汪场镇贫困户就近就业300多人，帮扶贫困户调整种植结构500余亩，使当地的贫困户年收入平均增加5 000元以上。

在省、市专家的科技帮扶下，汪场镇成功承接了农业农村部全国种植结构调整现场会，与会领导及专家对该镇因地制宜发展优势产业、特色农业的成效给予了高度赞扬。今年，全镇半夏种植面积增至8 000亩。荆萱黄花菜成功获得国家绿色食品认证，该镇龙头企业荆萱公司被评为天门市2018年度农产品加工十佳企业。以薄皮青椒为代表的蔬菜大棚种植，经过专家们的精心指导，通过精选种植品种，改良种植方式，所生产的薄皮青椒售价比同类每千克高1.0～1.6元。其面积已达500亩，带动周边200余户发展露天蔬菜800亩。以黄蜀葵为代表的中药材订单，靠科技“壮胆”，种植面积达2 000亩，正成为农户抢种的新宠。与此同时，受科技帮扶的新型合作组织不断壮大。更可喜的是，很多半夏种植户实现了从普通农民向半夏专家和农业经纪人的转变，半夏产业实现了从种苗输出向模式输出、技术输出的转变。

近两年来，质标所专家多次现场指导和12场次的培训活动，使全镇思想观念有了根本性的变化，种植技术上有了较大飞跃。农户逐步打破传统种植思维禁锢，向高效农业产业发展、规范化规模化种植迈进，形成了半夏、黄花菜等多种高效产业发展思维，从过去等政策、要补贴、靠天收的传统农户习惯，形成了以合作社为引导，以示范基地带动，种植上讲科技、求品质、力争高效益的思维。

如今,科研优势成了天门发展产业的“核武器”,特别是成了全国有名的半夏道地产区,也促进了扶贫产业质的提升。特色产业面积更大了,农户增收了,行业话语权更重了。“我们与多家药企进行了对接,计划引进一家,进一步完善产业链,建设线上线下交易平台,发展壮大半夏产业”,该镇有关负责人介绍。

天门半夏道地产,筐种滴灌两季收,科技引领人人富,飞出方桥畅神州。汪场镇半夏种植火爆的背后,离不开专家的科技引导,新型农业经营主体的示范,农户的积极参与。在各方的共同努力下,汪场镇的半夏产业将越做越大,越做越强。

以半夏为核心,蒋场镇将中药材种植加工作为调整产业结构的突破口,菊花、夏枯草、黄蜀葵、白芨、艾草等中药材也受到当地村民的热捧。目前,该镇中药材已斩获5 000万元订单,同比增长近50%。

案例点评:

一个又一个动人心弦的故事,真实反映了湖北省半夏产业研究院院长、湖北省农科院农业质量标准与检测技术研究所所长彭立军及其团队,联手天门市农科院,科学打造“天门半夏”品牌,帮扶农民脱贫致富所取得的丰硕成果。他们是具有博大胸怀的“三农”人,因地制宜而又高瞻远瞩,为天门市规划设计半夏产业的发展方向;他们是践行伟大“中国梦”的“三农”人,用科技引领半夏种植,采取“筐种植、住温室、带滴灌、可追溯”的新模式,一次种植二季收获,产量收入倍增,家家脱贫致富,农民梦想变成现实;他们是有理想、有情怀、最可爱的科技“三农”人,尽心尽力、求实创新,按照需求引领、资源整合、各尽所长、合作共赢的原则,为天门半夏产业提供全方位的科技支撑,探索出了一条产、学、研深度融合的农业科技成果转化之路。伟大的事业来之于一个个平凡的工作,崇高的品质来源于共产党人的初心和使命。他们辛勤劳作,带领农民进行一个又一个、一次又一次的科学实践活动,让“天门半夏”插上了“科技的翅膀”,飞出方桥,誉满神州。

(姚晶晶　严　伟)

10 果蔬助扶贫 科技帮大忙

——荆门农业科学研究院果蔬团队科技扶贫实践

荆门市地处鄂中，是蔬菜、水果生产大市。蔬菜播种面积常年稳定在80万亩左右，主要分布在江汉平原汉江流域以及中心城区城郊，露地种植品种主要有白萝卜、甘蓝、大白菜、西兰花。全市果树栽培面积近40万亩，钟祥旧口的砂梨、漳河库区的柑橘、屈家岭的黄桃在国内市场上也有一定影响。近年来，钟祥柴湖经济开发区、荆门市中心城区周边的花卉生产基地迅速扩大，白掌、红掌、凤梨、百合、蝴蝶兰等高档花卉不断从荆门走向大中城市。随着脱贫攻坚的逐步深入，果蔬、花卉产业因劳务用工带动性强、产值高成了不少贫困村助力扶贫的主导产业之一。

面向经济建设主战场，面对科技需求新变化，湖北省农科院荆门分院第一时间集中技术力量于2013年初组建了果蔬科研团队，专业方向覆盖果树、蔬菜、花卉等领域。团队自组建以来，以实施湖北省农业科技“五个一”行动“研百项”“联百企”“入千村”“帮万户”“育千名精英”为抓手，扎实开展果蔬、花卉栽培实用技术创新、新品种引进筛选、高效模式集成示范，促进果蔬、花卉科技成果落地转化，团队深入新型经营主体指导科学生产、推进“公司（合作社）+基地+农户”经营模式发展，带动帮扶贫困户依靠果蔬花卉生产脱贫致富，取得了帮扶对象全体顺利脱贫的成果，受到了社会各界的一致好评。

院士甘蓝可真甜

2014年10月12日，钟祥市石牌镇马祠村田头，一群人一会儿在仔细观察，一会儿又相互探讨。望着蓝绿色一大片颗颗壮实的秋甘蓝，中国工程院院士方智远等一行专家在田间仰观俯察，舍不得离开。这是荆门分院果蔬团队邀请的中国农科院、华中农业大学、湖北省农科院的全国顶级蔬菜专家一行到荆门市蔬菜基地开展的考察活动。专家们先后前往位于钟祥市胡集镇的万亩蔬菜种植基地、钟祥市彭墩集团的日光温室蔬菜基地和位于掇刀区团林镇的蔬菜科研基地，一路察看、一路指导，方智远院士等一行专家对果蔬团队与中国农科院蔬菜花卉研究所前期合作的甘蓝等蔬菜新品种、“两减”栽培新技术的试验示范效果给予了赞赏。次日，院士专家们欣然接受荆门市政府邀请，在荆门市挂牌成立了蔬菜院士工作站。

随后，荆门分院果蔬团队与王龙巷蔬菜种植专业合作社、民惠万亩蔬菜专业合作社、荆沙蔬菜种植专业合作社等10余家签订了产学研合作协议，依托蔬菜院士工作站开展蔬菜新品种新技术的科研与应用推广。2015年，果蔬团队引进院士专家对选育的50多个春甘蓝、秋甘蓝、白萝卜等蔬菜新品种进行筛选试验。与此同时，选择品质优良、适应性强、商品性好的6个蔬菜新品种在各个基地进行示范生产。当年年末，在果蔬团队与王龙巷蔬菜种植专业合作社的共同努力下，马祠村40多户贫困户参与种植的4 000亩露地栽培秋甘蓝新品种喜获丰收，因其甜脆爽口、品质绝佳，在田头的每千克销售均价就达到了2.4元，不到半年的时间就取得了亩产收益过万元的经济效益，尝到甜头的贫困户们个个喜笑颜开。

2018年11月22日，院士团队的杨丽梅研究员、王勇博士及湖北省农科院经济作物研究所的朱红娟研究员来到位于沙洋七里湖的脱水蔬菜新品种示范基地，经现场察看，确定荆门分院果蔬团队在此试验的2个甘蓝新品种相比对照品种具有明显的产量优势和加工性状优势，新品种也得到了荆沙蔬菜种植专业合作社的认可。2年来，该合作社发展新品种甘蓝订单生产1万亩，果蔬团队及时跟踪服务，签订订单种植的100多户贫困户靠种植甘蓝取得了良好收成。

金旭蔬菜就是俏

2018年3月24日，《荆门日报》记者来到金旭农牧有限公司双碑农业循环产业园，只见草莓园里，一个个前来采摘的小家庭让美丽的田园风光更加动人。育苗车间，一畦畦茁壮生长的菜苗整齐排列，生机盎然，专供游人和附近村民订餐的食堂生意兴隆。“做农业，关键是做品牌、做特色，否则是走不下去的。”公司董事长罗光伍如是说。

2014 年，荆门分院与金旭农牧签订了产学研合作协议，集中院 3 个温室大棚、农工种植的 100 多亩土地、仓库设施等，支持该公司发展高品质蔬菜生产，果蔬团队的蔬菜绿色生产技术集成与示范推广、蔬菜院士工作站等项目也重点在该基地实施。

多年来，果蔬团队在该基地引进示范了甘蓝、黄瓜、菜用甘薯、西兰花、辣椒等蔬菜新品种，指导采用了水肥一体化、蔬菜“两减”、病虫害绿色防控等新技术，推行了猪—沼（肥）—菜、水旱（菜稻）轮作等生态种养模式。团队邀请专家为园区工人和周边农户进行了蔬菜产前、产中、产后技术培训。基地全部施用有机肥和低残留生物农药，生产的蔬菜不仅绿色安全，而且口感极好，西红柿、黄瓜、韭菜、苦瓜和小南瓜等产品，获得全国农博会金奖，深受市场的青睐，公司“春蓝”品牌蔬菜一入武汉批发市场就被抢购一空。荆门分院推荐其加入了湖北省农业科技创新联盟。目前该公司已建成了 600 亩标准化大棚设施蔬菜基地、2 000 亩核心蔬菜基地，辐射带动周边农户种植蔬菜面积达 1 万多亩，带动了周边 100 多户贫困户脱贫。

孙店新梨忘不了

2019 年 7 月 26 日，荆门市农业农村局办公楼门口，一件件纸箱包装的梨子在孙店村村书记范中华的带领下从车上搬了下来，原来这是该村为了感谢市农业农村局的帮扶支持，赠送给干部职工品尝的自有梨基地初结的果实。好意心领，但不能白拿。干部职工都自掏腰包、争相购买，品尝过的干部职工说：“这梨怎么这么好吃？汁多味甜、细嫩爽口，过去没吃过，一吃忘不了。”是的，当时荆门市场上还没有这种新品种的梨，买不到，大多数人都没吃过。忘不了的还有孙店村已脱贫的金克贵等 10 多户贫困户，驻村扶贫工作队队长熊守标说：“翠冠梨基地是荆门分院支持并留给孙店村长期受益的一笔财富，村民们只要一看到梨基地，就一定忘不了荆门分院果蔬团队的辛勤付出。”

记得那是 2016 年 10 月 20 日，果蔬团队黄昌武、邓军波陪同湖北省农科院果树茶叶研究所杨夫臣博士来到孙店村的一处荒坡上，只见一片白杨树高矮不齐、杂灌丛生。村干部讲，这杨树林都快十年了，没有任何效益。专家们详细踏勘了地形，又找几处位置挖土观察了土壤情况，一致认为此地块可以种植梨树，随即专家们指导村干部制定砍树除灌、翻地起垄方案，为来年定植做好准备。

▲ 荆门农科院果蔬团队在钟祥市旧口镇孙店村指导梨树生产

2017 年 3 月 4 日，果蔬团队捐赠给孙店村 3 000 株翠冠、圆黄梨树苗，到村的还有团队成员周家华、邓军波以及受邀进行指导的湖北省农科院杨夫臣博士。在梨树的种植管理等关键时期，团队成员以及湖北省农科院专家多次到基地现场进行技术指导，提出了开心整形、拉枝促花、肥水一体化等早果、早丰产、省力化管理方案，面对面传授梨树病虫防治、拉枝整形、修剪除砧、疏花疏果、肥水管理等技术。

2018 年 12 月 26 日，团队再次邀请杨夫臣博士到孙店村进行梨树栽培技术培训，孙店村梨园基地的管理人员及梨树种植户等 40 余人参与了培训。为确保种植成功，团队除多次到现场悉心指导外，还赠送了 2 万多元的树苗、10 余吨有机肥及 2 万元设施建设资金。栽后的第三年，新品种翠冠、圆黄梨挂上了枝头，有的树上结了20多个果实，村民们品尝后赞不绝口，周边贫困村的村民听到消息后上门参观。2020年5月22日，荆门市农业农村局驻村扶贫工作队队员肖红在微信朋友圈里写道："对口扶贫村孙店村的翠冠梨，今年长势喜人，结果量过多，只能采取人工疏果的办法，提高品质。果蔬团队在孙店村指导种植的新品种梨丰收在望。"

百合花艳前景好

《荆门晚报》报道：2020年5月12日是第109个国际护士节，300余支多头百合花被赠送到市二医院一线护士手中，接过粉、黄、橙等色彩缤纷、芳香扑鼻的鲜花，护士们露出了开心的笑容。这批百合花由荆门农科院赠予，全部现采自荆门农科院团队在荆门高新区掇刀区团林铺镇的试验基地，当前正值百合花盛花期，基地百余种良种百合花陆续绽放，农业部门以鲜花向护士队伍致敬，传递携手战胜疫情的正能量。

随着城郊都市农业和中药材产业的兴起，百合这一种植品种的市场前景被看好，特别是药食两用百合。荆门的野生百合资源较为丰富，近年来，药用百合、花用百合发展较快，百合也是用工量较大、效益较高、带动贫困户较好的一个扶贫产业项目。围绕百合产业的技术需求，果蔬团队主动联系中国农科院国家百合课题组，与之签订了技术合作协议，先后筹资近百万元，在明军研究员等百合顶级专家的支持下，开展了百合新品种的引选、脱毒种球组培快繁、鲜切花设施栽培、药食两用百合露地绿色栽培等技术研究。团队成员周家华、王光俊等多次赴京山、钟祥、漳河、东宝等地收集野生资源，到孙桥、柴湖、周河、却集等地调研百合合作社发展情况，指导新品种新技术的应用，努力提升百合产业的扶贫效益。

甘薯多用受欢迎

2019年10月31日，来自湖北省农科院粮食作物研究所的杨新笋研究员前来开展有关"甘薯高效栽培与机械应用"的培训会，会议由荆门分院果蔬团队组织，参会人员除了农业农村部门相关技术人员和从事甘薯生产、加工、销售的专业合作社、企业、种植大户、家庭农场等经营主体代表外，还有不少来自于沙洋县曾集镇、东宝区栗溪镇贫困村的干部和农户，果蔬团队成员张小贝硕士在会上详细介绍了荆门分院近年来在甘薯科研和产业扶贫上所取得的进展。

甘薯是一种保健食品，不但营养均衡，而且具有减肥、健美和抗癌等作用。甘薯还是一种绿色食品，生产过程基本没有病虫害，无需打药。甘薯也是一种“懒汉”作物，用工少，栽培省力。同时，甘薯全身都是宝，嫩叶和茎尖可以炒菜，藤和老叶可直接作为养殖用的饲料，地下块茎不仅是食品、工业原料，还可以直接烤了吃，香甜可口。

近年来，甘薯在荆门的种植规模不断扩大，特别是在扶贫村。果蔬团队张小贝在读研究生时就是做甘薯育种方面的研究，2017 年毕业到荆门分院工作后，团队随即组建了由其牵头的甘薯科研课题组，课题组收集了各种甘薯品种种质资源 200 多份，经配组杂交取得有价值的新品系 20 多个，有望成为栽培新品种。2019 年起，团队应栗溪镇花屋场村、子陵镇四坪村、柴湖开发区红英村等贫困村的邀请，进村入户到现场进行甘薯新品种的栽培技术指导，并为贫困村免费提供了新品系甘薯种苗。自 2017 年以来，春蓝蔬菜种植专业合作社等新型经营主体在果蔬团队的指导下，带动 100 多户贫困户种植的菜用甘薯、鲜食薯一直俏销武汉等地的市场。团队指导的甘薯生产在产业扶贫中发挥了重要作用。

果冻橙价创新高

“满园金橘俏迎客，岛上庄园享生活”这样的诗画田园生活，被可可（荆门）农业股份有限公司打造出来，庄园的主体是由漳河风景区岛屿与半岛组成的柑橘基地，占地 6 000 余亩。

基地的核心位于漳河镇肖岗村，但在 2015 年初时，这里大部分地区仍未通水、电，由于坡向不一、土质较差，种植的玉米等作物收成一直不好。当年 3 月，香港可可集团总经理何环来到荆门，在市农业农村局领导和荆门分院果蔬团队黄昌武的陪同下，考察了有机农业。何环看了张集镇新引进的“爱媛 28”新品种杂柑、漳河镇柑橘生产基地以及漳河库区生态环境后，决定在荆门成立公司开发新品种柑橘种植。公司陆续流转土地和进行橘园高接换种，当年组织高接换种 600 余亩。但到了下半年发现成活率不高，荆门分院果蔬团队现场查看后，指出要保留中间砧下部枝条作为辅养枝、树体内膛涂白或挂遮阳网以防日晒、加强肥水管理，并联系宜都市的柑橘嫁接团队为其提供高接换种服务。经悉心指导，新品种柑橘高接换种成活率不高的问题很快得到了解决。

▲ 2020 年 4 月，荆门农科院果蔬团队在柑橘试验基地开展技术服务

2018 年，中国农业科学院（以下简称中国农科院）柑橘研究所在荆门建立了专家工作站，2019 年荆门农科院果蔬团队派出研究生彭曼君长驻工作站参与技术服务工作。2017 年，香港可可公司“果冻橙”批量上市，俏销北京、上海等市场，最高售价达到 48 元/千克。从此，荆门柑橘进入高端市场。华中农业大学、湖北省农业厅专家现场察看后，一致认为其发展潜力巨大。荆门市也将果冻橙列为市农业八大重点产业之一进行支持。如今，香港可可公司规划建设的国家柑橘公园正在快速推进中。

近 3 年，香港可可公司成功建立了“企业 + 合作社 + 农户”的经营模式，不仅带动周边 4.5 万余人次转移就业，而且每年年底还向 219 户贫困户分红近百万元，带动了 500 余名库区贫困人口提前脱贫。

荆门分院果蔬团队自 2013 年组建以来，累计引进推广果蔬新品种 30 多个、示范推广新技术 20 多项、培训农户 2 000 多人次，示范推广面积达到 20 多万亩，指导新型经营主体 20 多家，产业扶贫联系 10 多个村，800 多户受益贫困户均顺利脱贫，为荆门市果蔬产业发展、科技助力精准扶贫做出了应有的贡献。

下一步，果蔬团队将继续围绕全市果蔬、花卉产业的发展需求，以及脱贫村集体经济发展需求、脱贫户果蔬种植增收技术需求，进一步深入实施湖北省农业科技“五个一”行动，大力开展果树、蔬菜、花卉产业的自主创新、集成创新、协同创新，大力推进科技成果转化，力争将更多的高效新模式推广应用到农户的田间地头，科技助力打赢精准脱贫攻坚战，为荆门市“三农”发展贡献智慧和力量。

案例点评：

果树扶贫、蔬菜扶贫、鲜花扶贫、甘薯扶贫，荆门农科院果蔬团队在传统扶贫基础上，开辟了扶贫新途径。不仅造福了一方百姓，也拓宽了技术服务新领域。

这是一群高学识团队，院士、研究员、博士，专家在为新农业赋能；这里也有一批新农民，他们接受新事物，懂得学习新知识；这里，更有一批农民企业家，他们讲究投资，讲究特色，讲究品牌。他们，在一起形成合力，将土地的利用，从天空发展到地下。这是一股澎湃的力量，也是新农村致富的希望。

科技的影子无处不在，科技的力量处处闪现。科技是第一生产力，也是经济增长的第一要素。科技在改变历史，更在改变农民的生活。

（张小贝）

科技助力精准扶贫实干篇

11 一片神奇树叶撑起科技扶贫路

——湖北省农业科学院茶叶团队扶贫纪实

在江城武汉，有这样一支团队：他们是一群年轻人，懂农业、爱农村、爱农民；他们是一群无畏者，扎根基地，敢吃苦、勇创新，逆流而行；他们是一群行走者，足迹踏遍恩施、五峰、英山、大悟、竹溪、宜都、夷陵、秭归、宣恩、巴东、赤壁、远安等贫困县市；他们是一群魔法师，用一片神奇的树叶撑起科技扶贫之路。他们就是2017年“全国科技助力精准扶贫先进团队”——湖北省农科院茶叶科技助力扶贫团队。

▲ 2018年9月，茶叶团队赴湖北西南茶叶市场调研

这个团队由全国农业先进工作者龚自明研究员带领,20 名成员中高级职称就有 11 人,平均年龄还不到 40 岁。他们每到一地,就与当地政府、企业负责人座谈,了解当地茶产业现状、存在问题及技术需求等,开展技术咨询、产业规划等服务。他们以企业为桥梁,加快新成果孵化及科技成果转化应用,不断增强企业科技创新能力和扶贫带动能力,促进当地茶叶产业高质量发展。他们多形式、多方位助力产业扶贫,通过一片神奇的树叶撑起湖北省各地科技扶贫之路。

对口帮扶,驻点克难脱贫攻坚

2016 年,龚自明和他的团队了解到英山县金家铺茶桑良种繁苗专业合作社在无性系茶苗繁育方面存在枝条利用率低、扦插存活率和扦插出圃率不高等问题后,结合湖北省“三区”人才专项计划和湖北省农业科技“五个一”行动,主动沉下心去扎根企业,与技术人员、茶农面对面开展技术指导。从采穗母本园树冠培育、扦穗扦插方法到扦后温湿度管理、肥水管理、病虫害防控等多个方面,开展无性系茶苗扦插繁育关键技术的集成与示范,形成适合该合作社的无性系茶树良种繁育技术体系,扦穗枝条利用率较以前提升 20% 以上,无性系茶苗扦插成活率、扦插出圃率分别提高 15% 和 11% ,茶苗繁育圃每亩增收 1 300 元以上,取得良好的经济效益和社会效益。如今,金家铺镇的东冲坳村已成功入选湖北省美好环境与幸福生活共同缔造活动示范村。

2016—2019 年,龚自明多次带领团体成员赴咸丰县开展精准扶贫工作。专家服务团先后调研官坝村等 6 个贫困村,实地查看茶叶基地建设、春茶采摘、茶树潜在病虫危害、茶园肥培管理及茶苗扦插生长情况,与茶农在田间地头深入交流、答疑解惑。他们还走访了恩施馨源生态茶业有限公司、咸丰富民茶业专业合作社等龙头企业,为加工人员讲解早春细嫩鲜叶萎凋、揉捻、发酵、摊青、杀青、做形、干燥等红绿茶加工关键技术要点,并就企业提出的技术疑难进行现场解答。在调研中他们得知,咸丰县正在着力打造“唐崖茶”公共品牌,但相关标准缺位,特别是各茶类的加工工艺千差万别,导致产品质量良莠不齐,制约了产业的发展。为此,专家服务团主动作为,精准施策在“唐崖茶”系列产品标准及其加工技术规程等方面提供技术服务和指导，促进了当地茶产业高质量发展。

“茶园有种弓弓虫，常把茶叶吃光，对茶叶生产影响非常大，难以对付！”这种让浠水县茶农闻之色变的弓弓虫其实就是茶尺蠖。2016—2019 年，龚自明带领团队成员多次赴浠水县董河茶叶专业合作社茶叶基地，解决虫害问题。为了保障茶叶安全生产，同时最大限度地减少农药使用，他们决定采用核型多角体病毒治虫。历经 2 年多的试验，他们成功研发了茶尺蠖病毒大田应用技术，应用靶标害虫防效达 90% 以上，并且取得了长时期（长达 3 年）控害的优异效果，远优于传统的化学防治。曾经猖獗的虫害得到有效控制，茶叶零农药残留检出，合作社茶农无不交口称赞。在他们的支持下，合作社大力推行减肥减药绿色生产集成技术，通过应用绿色防控、有机肥替代化肥、茶叶专用肥等新技术、新模式，实现茶园亩均节本提质增效 500 元以上，带动 25 户贫困户脱贫，惠及董河村及周边 2 000 余名茶农增收。合作社快速发展壮大，已由原来的作坊式茶场发展成为先进的茶叶专业合作社，先后获得国家农民合作社示范社、农业农村部极具发展潜力品牌奖、中茶杯全国名优茶评比特等奖、国家地理标志农产品等荣誉。

▲ 龚自明研究员向副院长邵华斌介绍试验茶园的茶叶长势情况

2018—2019 年，龚自明到大别山革命老区大悟县挂职任副县长，协管全县茶产业，同时负责新城镇金岭村茶叶等特色优势产业发展。任职期间，他多次深入全县 12 个茶叶主产乡镇和 20 家茶叶企业进行调研指导，针对全县夏秋茶资源开发利用率低、茶园病虫害防治难、茶树无性系良种成活率不高等问题，大力推广茶园绿色防控技术、茶树无性系良种快速成园技术，着力开发市场畅销的出口茶、名优红茶、红碎茶等新产品。据初步统计，2018 年仅夏秋茶开发利用，全县全年茶叶亩均增收就在 600 元以上，科技助力扶贫成效显著。在金岭村，针对该村产业基础薄弱、农民持续增收困难的现状，龚自明因地制宜，选择茶叶、蔬菜等特色优势产业，长短结合。100 余天里，他吃在村、住在村、干在村，做着看、带着干，通过一年多的艰苦努力，建成茶园 400 亩、果园 500 余亩、油茶 2 000 亩、西瓜蔬菜基地 20 亩，为金岭村可持续脱贫奠定了坚实基础。

把脉问诊，精准助力脱贫攻坚

龚自明带领的茶叶科技助力扶贫团队以湖北省农业科技“五个一”行动为契机，建立了“科研单位 + 企业 + 基地 + 贫困户”的产业扶贫模式，搭平台、研产品、培品牌、育人才，把脉问诊，对症下药，解决企业和茶农实际困难，帮扶企业做大做强，促进当地茶叶产业提质增效与提档升级。

他们在了解到贫困山区对茶叶技术的迫切需求后，为 20 余家企业提供了科技支撑。如在湖北采花茶业有限公司，他们就卷曲形绿茶连续化自动加工工艺，即在电磁杀青、自动揉捻、滚烘二青、滚炒做形、流化床干燥等关键技术环节给予指导、培训，提升产品质量。在湖北金果茶业股份有限公司，他们根据市场需求，帮助企业研发香茶、毛峰、炒青、橘红茶等名特类茶叶新产品 4 个，取得较好的经济效益，并带动当地 500 多户农民户均增收 1 100余元。他们指导神农架炎帝奇峰茶业集团有限公司装备“绿茶连续化加工生产线”，在车间规划布局、工艺流程设置、加工设备选型、生产线装配、能源选择等方面给予技术指导。他们帮助郧西县神农茶业有限责任公司、秭归县清口茶业有限公司等企业装备名优绿茶、红茶加工设备，开展茶叶新产品研发，取得较好的经济效益。

为了充分发挥科研院所科技、人才优势和企业品牌、市场优势，2017 年，龚自明专家服务团队与湖北金果茶业股份有限公司共同申报湖北省重大专项 1 项，承担项目 4 项，获得资助经费 400 万元，为新成果孵化和成果转化应用奠定了基础。同时，为加快成果转化，切实做好茶产业供给侧结构性改革，他们向该公司转让技术成果（国家发明专利）1 项；还共同获得湖北省科技进步二等奖 1 项，申报国家专利 11 项（发明专利 3 项）。通过院企深度合作，企业科技创新能力明显增强。此外，还协助当地政府成功举办“2017 第四届中国茶业大会”，提高了当地茶产业的社会知名度和影响力。2018—2019 年，该公司仅龙马基地生产线就生产干茶 1.2 万千克，收购茶农鲜叶 6.4万千克，支付鲜叶款 57.6 万元，带动当地 500 多户农民户均增收 1 100 余元，新增就业岗位 15 个，助力多人脱贫致富。

在五峰县，春茶发展好，但夏秋茶资源利用不足，龚自明提出大力开发名优红茶、香茶、出口茶、高品质砖茶的设想，并带领科技人员在湖北采花茶业有限公司开展工艺试验，取得成功。目前，名优红茶、香茶、高品质砖茶已成为该公司新的经济增长点，销售收入占比 20% 以上。该公司先后获得农业产业化国家重点龙头企业、国家高新技术企业、湖北省科技创新示范企业、湖北省重合同守信用企业等称号。2017 年，该公司茶叶总产量 6 750 吨，产值达 5.7 亿元，企业规模不断扩大，扶贫带动能力不断增强。

龚自明带领的茶叶科技助力扶贫团队特别注重对茶农和企业员工的培训和培养，从种茶、管茶、采茶、制茶各个环节手把手地向茶农传授技艺，包括举办培训班、开展技术讲座、进行示范推介等。2017—2018 年，团队到基地培训 9 场次，培训技术骨干 150 余人次；2019 年，团队举办茶资源保护、茶园绿色防控技术、现代茶叶加工、绿茶标准化加工、茶叶深加工及综合利用等各类技术培训 12 场次，培训基层技术人员 530 人次、种植大户 220 人次、茶农 660 人次，累计咨询服务 270 余人次，发放《茶树机采鲜叶加工技术规程》《宜红茶加工技术规程》手册、光盘等各类技术资料 1 000 余份，提升了贫困人员就业能力，提高了从业人员素质。

身处震心，抗疫不忘脱贫攻坚

2020 年初，一场新冠肺炎疫情打乱了专家服务团的常规工作。他们不忘岗位职责，积极助力春耕生产。他们通过电话、微信、QQ 等进行线上技术指导，对接恩施、咸丰、宣恩、五峰、长阳、英山、宜都、巴东、大悟、十堰、赤壁、襄阳、武汉及神农架等 16 个县市区 30 多家茶企、合作社，服务 110 余人次，内容涉及茶苗扦插繁育、标准茶园建设、绿色防控、平衡施肥、茶园防冻、名优茶加工及销售等。龚自明还组织编写了《疫情下湖北春茶生产管理应对技术措施》,指导全省春茶生产。团队骨干高士伟作为派遣长阳县的产业顾问,密切关注当地疫情及产业情况,提出调研摸底、加强服务、强化宣传、发挥协会作用等针对性意见,并随时进行远程指导。团队成员毛迎新主讲的《荆楚农时课》茶园防冻以及名优茶生产技术被推送到农业农村部网站;郑鹏程等及时制作发布了名优绿茶加工、优质红茶加工等技术要点小视频。龚自明等还通过湖北省茶叶学会会员微信群发布各类涉茶政策、春茶生产动态,共享相关先进实用技术、产销信息,交流典型经验、好的做法等,为全省茶区“抗疫情、保春耕”提供科技硬支撑。

2020 年是精准扶贫的决胜之年。对此,湖北省农科院茶叶科技助力扶贫团队带头人龚自明已经有所规划。于茶叶学科而言,接下来重点做好以下工作:一是帮扶企业规范毛尖、卷曲形绿茶等主导产品的生产,促进产业提质增效;二是协助研发速溶红茶等深加工产品,延长产业链,提高产品附加值,进一步助推茶产业转型升级;三是加强对贫困人员的培训、指导,提升就业能力,提高扶贫质量,实现可持续性脱贫。作为湖北省科协科技助力精准扶贫 18 支团队中的一支,他们将秉承初心,发挥科技引领支撑作用,积极投身脱贫攻坚洪流之中,继续担当科技扶贫的先锋队。

案例点评:

一个带头,一个享誉行业的知名专家;一个团队,一个年轻的群体,他们走遍荆楚大地,只是为了让自己掌握的科学技术能够造福农民。他们像救火队,哪里有需要就到哪里,农民需要什么就教什么,只是为了助力农民脱贫致富,实现习近平总书记全面脱贫的谆谆嘱托。为扶贫而组建,为扶贫而攻关,为扶贫而守候。他们用一片神奇的树叶,与农民结缘,为农民铺起脱贫之路,为农民致富托起明天的希望。没有更多的细节,没有更多的话语,仅从他们走过的市县名单,和他们为当地农民增收的数据,就足以看出他们的付出和功勋。无论什么岗位,无论什么地方,永远不变的是他们的初心和使命。

(高士伟　郎　鹏)

12 “苕专家”干“苕事业”助力脱贫攻坚

——湖北省农业科学院甘薯团队科技扶贫之路

湖北省农科院甘薯团队以杨新笋研究员为学术带头人，由雷剑、王连军、苏文瑾、柴沙沙、管勤禄等骨干成员组成，主要开展甘薯新品种选育及配套栽培技术研究。围绕甘薯生产的关键问题和产业需求，团队培育的鄂薯系列甘薯品种在湖北及周边省份有大面积的应用，专用型甘薯品种如高淀粉甘薯（“鄂薯 6 号”）、紫色薯（“鄂薯 12”“鄂薯 13”）、叶菜类甘薯（“鄂薯 10 号”“鄂菜薯 2 号”）等深受市场欢迎，创造了巨大的社会经济效益。

近几年，随着种植业结构调整的步伐加快，甘薯等高效特色经济作物自然而然受到农民的青睐，在脱贫攻坚战中发挥出巨大作用，小产业扛起了脱贫攻坚的大梁，昔日用来保命的甘薯，成为撬动农村经济发展的新杠杆。湖北省多个地方政府都开展实施了甘薯产业扶贫项目。为了响应国家和政府号召，湖北省农科院杨新笋带领的科研团队，积极投身甘薯产业扶贫事业。团队以扎实推进农业科技“五个一”行动为抓手，深入到对口联系的村组、企业、基地，结合“乡村振兴农业科技支撑行动”“科技闹春耕”“科技抗旱救灾”等活动真正做到了专家下沉、知识入户、技术落地。团队先后在湖北红安县、江西修水县、重庆彭水县、湖北武汉市江夏区等市县，培训农民 1 万余人次，直接带动贫困户 1 万余户脱贫。

红安苕助力精准扶贫

“红安苕”是著名革命老区“将军县”红安县的主要特色农产品，种植历史悠久，品质佳、口感好，深受广大市民喜爱，是中国第一个红薯地理标志产品。但由于长期的农民自繁留种，品种退化严重，产量低，种植效益下降，特别是长期种植后病虫害发生较重，种植户收入没有稳定的保障。杨新笋带领甘薯团队，针对生产中出现的问题开展相关研究，在征集现有品种的基础上，对市场接受度高的三个类型的品种进行脱毒提纯、品种改良，结合现代先进的农艺措施对传统的种植技术进行改进。经过多方征集、归类，团队将“红安苕”分为三个类型的品种，历时3年，利用茎尖脱毒技术，对三个类型的品种进行脱毒提纯，2016年完成从试管苗到大田苗的培育过程，开始大田扩繁。团队还为红安引进甘薯新品种76个，对比“红安苕”三个不同类型的品种与全国不同类型品种的差异，进一步挖掘资源的潜力。

▲“红安苕”产业精准脱贫促进会召开

团队通过品种选育、配套绿色种植技术，确保优质安全；通过实施农业信息化，实现节本增效。近3年来，团队共培训农户210户，培训种植户300多人次，实现了种植的标准化、防控的绿色化、操作的机械化。2020年4月，在湖北红安经济开发区的甘薯种植基地里，红安县红薯产业数字化试验田建设正式启动，一架无人机腾空而起，绕着下方的红薯地飞行。20分钟后，2 274张图片和200多组数据传到了该公司的数字平台上。对着大屏幕，杨新笋认真仔细地分析数据和图片，逐一指出种植上存在的问题，并开出“诊断药方”。

“红安苕”标准化种植面积从几百亩扩展到近4 000亩，每千克售价由0.6～1.0元上升到30元。直接带动贫困户135户，通过企业、合作社辐射带动农户1 000多户，户均纯收入超6 000元。2016年10月，在红安县觅儿寺镇湖北根聚地新农业发展有限公司工厂举行“红安苕”爱心拍卖会，不到300千克甘薯共拍卖出4.22万元爱心款，所得款项全部当场捐献给当地贫困农户。2017 年 9 月 21 日，在楚天传媒大厦举行主题为“精准扶贫红安县倾情助销传爱心”的“红安苕”爱心扶贫推介品赏会上，杨新笋宣讲了甘薯的营养价值及保健作用。“红安苕产业”采用“公司 + 合作社 + 贫困户”的模式，统一种苗供应，统一标准种植，统一技术指导，统一质量标准，统一收购销售，改变传统种植思路，赢得广大消费者认可。生产出来的人参薯最高每千克 60 元、紫罗兰每千克 16 元、麻皮薯每千克 14 元，且产品供不应求，“红安苕”摇身一变成了“金果果”。另外，红安苕积极延伸产业链，做大产业，生产红安苕全粉、红安苕色素、红安苕面条，包子、馒头、饼干、冰淇凌、蛋糕、酒等红薯产品将陆续开发上市，覆盖甘薯全产业链。

菜用甘薯成为扶贫利器

菜用甘薯是近几年兴起的一个叶菜类甘薯新品种类型，以薯叶、叶柄、嫩梢作为日常蔬菜食用。菜用甘薯叶、柄、梢宜炒食，味甘、质滑、可口，营养丰富。与一般甘薯叶比较，蔬菜型红薯品种与普通红薯品种在主要经济器官的可利用价值上存在根本不同，普通红薯品种主要利用块根，蔬菜型红薯品种主要利用茎尖。普通红薯品种的茎尖虽然也可以食用，但与蔬菜型红薯品种的茎尖有显著差别。叶菜薯与常见的蔬菜比较，矿物质与胡萝卜素的含量均属上乘，被称为“蔬菜皇后”。菜用甘薯作为蔬菜作物具有众多的优势：具有良好的营养保健功能；适应区域广泛，对栽培条件要求不高；耐热，可作为夏季度淡蔬菜产品；种植效益高；利用保护地设施可进行周年生产；抗病，少虫。正是由于菜用薯具有以上众多优势，菜用薯越来越多地得到认可。

武汉是国内菜薯的最早发源地之一，是目前国内菜薯种植最大的区域，也是市民接受度最高的区域。湖北省农科院甘薯团队选育了 3 个不同类型的菜用甘薯品种，已通过国家鉴定，拥有“江城薯尖”等多个品牌。菜用甘薯种植简便，产值高，销路好，不仅成为湖北省内助推精准扶贫的重要选择，也是国内一些贫困地区的重要选择。

2010 年，湖北省农科院甘薯团队与武汉维尔福生物科技股份有限公司合作，开展了菜用甘薯新品种脱毒种苗基质扩繁和示范工作。为黄陂区引进菜用甘薯新品种 6 个，已形成年际种苗销售量 1 000 万株以上的生产能力,脱毒的相关甘薯新品种也在进一步的开发中。通过科企合作,菜用甘薯每亩平均效益达到上万元,带动了当地农民增收。

2007年,团队与武汉市精耕农业发展有限公司开始合作,开展菜用甘薯新品种示范工作。目前黄陂区三里桥菜薯生产面积达1万亩以上,主要品种为"福薯18",2015年开始引进新品种"鄂薯10号"。生产的薯尖主要销往武汉市蔬菜批发市场。2016年提供就地就近就业岗位1.2万个,产值700万元。

2015年武汉市江夏区山坡街精准扶贫对象任九红开始种植菜用甘薯,甘薯团队对他进行了专业指导,提升并稳定菜用甘薯薯尖种植的品质及产量。2016年,任九红光荣脱贫,并带动村民一起致富,扩大了种植规模,就近聘请用工20余人,年提供务工收入20余万元。

▲ 杨新笋研究员在甘薯试验基地指导复工复产

2017年,甘薯团队与随州市曾都区专家大院对接,开展菜用甘薯新品种示范工作,为曾都区引进菜用甘薯新品种2个,建立菜用甘薯新品种示范基地100亩。团队积极开展技术培训,共培训农户20户,培训种植户30余人次,带动种植户35户。通过品种引进与技术示范,当地的菜用甘薯新品种平均亩产1万千克以上,每亩种植效益超过1.2万元。

2017 年 6 月 28 日，湖北省农科院甘薯团队受西藏山南市乃东区农牧（科技）局邀请，进藏开展叶菜用甘薯生产技术指导。西藏生鲜叶用菜十分缺乏，蔬菜生产受到当地农业和科技部门的高度重视。乃东区农牧（科技）局经多方咨询，确定引进叶菜用甘薯开展试验，寻找解决当地生鲜蔬菜缺乏的途径，他们了解到湖北省农科院的菜用甘薯研究在全国领先，遂向杨新笋发出定向邀请，请求支持。

杨新笋带上叶菜用甘薯新品种——“鄂菜薯 1 号”进藏，并及时移栽入乃东区颇章乡阿坝村温室大棚，同时，对乃东区农牧（科技）局全体干部及试验基地技术人员进行了培训。当年，该品种就获得丰收，实现亩产值过万元，赢得了当地农民的点赞。

2018 年，河南兰考县红庙镇引进“鄂菜薯 1 号”，示范种植 130 亩。菜薯助力兰考奔小康，得到了当地农民的肯定。

案例点评：

湖北省农科院甘薯团队在杨新笋研究员带领下，几十年如一日，开展甘薯新品种选育及配套栽培技术研究，聚焦做大做强“苕产业”，团队培育出多个系列甘薯品种，研发出高效绿色栽培模式。紫色薯、菜用薯等专用甘薯品种深受市场和农民欢迎，在脱贫致富中发挥了重要作用，小产业扛起了脱贫攻坚的大梁，也创造了巨大的社会经济效益。团队通过与企业的强强联合，打造了以“红安苕”为代表的知名品牌。甘薯这个过去不起眼的“红疙瘩”，如今变成了市民餐桌上的“抢手货”，成了农民脱贫致富的“金果果”。

（雷　剑）

13 高虹:心有“菇”事的追梦人

2020年2月9日,正值湖北省新冠肺炎疫情肆虐之时,阳新县泉口村香菇合作社负责人陈迪强的手机响起急促的铃声。接通后,耳机传来一连串熟悉而急切的追问:“咱村的香菇出菇情况怎么样?春栽菌种都放到合适的地方了吗……”电话那头是湖北省农科院的高虹研究员。当听到陈迪强一切都已安排妥当的答复时,高虹连日悬着的一颗心才放下。陈迪强无不感慨地告诉身边人:“高虹老师的技术服务在此时显得尤为重要和感人。在他的指导下,防疫期间香菇生产有条不紊地进行着。”

▲ 高虹研究员在阳新县泉口村菇房查看香菇出菇情况

让陈迪强满口称赞的高虹老师，是湖北省农科院食用菌团队的负责人。2015 年起，高虹带领他的科技扶贫团队助力泉口村发展香菇产业。5 年来，泉口村依靠香菇产业，成功使全村村民摘掉贫困的帽子。一度沉寂的小村子变得有生气了，村民们紧锁的眉头舒展开来，脸上的笑容多了，手头宽裕了，泉口村实现了华丽的蜕变。

高虹和泉口村是如何结缘的呢?

泉口村是阳新县典型的贫困村，地处幕阜山深处，对外交通闭塞，产业长期得不到发展，困境中的泉口村找到湖北省农科院寻求技术支持。高虹研究员听闻后，第二天一早就带领团队人员驱车前往泉口村。不过，让他们意想不到的是，从下高速路口至泉口村不到 10 公里的路程，开车竟然走了两个半小时。泉口村实际状况更是超出大伙儿想象：全村贫困人口多，残疾、老弱和留守人员占多数，村集体常年负债。得知这些情况，让来到泉口村的团队成员倍感压力。

守初心、担使命，到最需要的地方去

“在最需要的地方发挥我们科技人员的作用，让我们的技术成果落地生根，为泉口村乡亲们脱贫尽一份力，对我们而言不仅是挑战，也是机遇”，高虹语重心长地开导团队成员，鼓励大家脚踏实地，凝心聚力，一定要把泉口村的香菇产业搞起来。正是这份初心和使命，开启了泉口村香菇产业依靠科技的脱贫创业之路。

如何开工破局是高虹首要解决的问题。刚到村里的情景仍历历在目：一片狼藉的生产场地，一个个情绪低落、意志消沉的村干部和村民代表，既缺少技术也缺乏资金。面对这样的状况，高虹一次次召集大家商讨对策。针对严重缺乏流动资金的现状，他积极主动向湖北省农科院领导汇报，把泉口村确定为院级重点扶贫村，并先后争取了 8 万元扶贫款和 20 万个菌棒支持，解决了泉口村的燃眉之急。针对传统种植模式落后、菌棒质量差、产量不稳定的状况，他组织农户开展“香菇种植新技术新模式”集中培训，培养了一批熟练技术工。在与乡亲们相处的日子里，高虹深切地感受到村民的质朴和对过上好日子的期盼。他深情地说：“看着那一双双充满期待的眼睛，我愿意把自己所学化为脱贫的种子撒播在泉口村的土地上，我愿意通过我们的付出和努力让乡亲们过上好日子。”

用坚持和汗水成就梦想

泉口村地处鄂东南，常年气温较高，所产香菇品质不过关，在市场上无人问津，滞销严重。2015 年春夏，高虹带领团队早出晚归，多次深入阳新县香菇基地，终于摸清了症结所在——品种退化严重、生产设施落后、病害风险突出。针对这些问题，高虹开出了独特的“药方”。

——带领团队在实验室夜以继日地研究香菇贮藏和品质，最终选用适合鲜销的 808 菌种，确定以生产适合鲜销香菇为主，注册“泉水菇”品牌，一炮打响。

——推广“集中制棒、分散出菇、保底回收、分级加工”的香菇生产新模式。这套凝聚了他多年心血的标准化生产体系，核心在于保证菌棒生产的标准化和降低菌棒污染率，提高产出效益。这个模式激发了泉口村村民种菇的积极性。

——指导村里成立湖北泉口生态农业科技发展有限公司，统一管理设施设备，提高生产效率和收益。“我们自己搞了几年赔得一塌糊涂，没想到专家来了就赚钱了！”陈迪强心服口服，高老师不搞花架子，带来的都是实实在在的“干货”。

——加强标准化生产培训，联合公司制定湖北省地方标准《鲜香菇贮运技术规程》，降低香菇的损耗率，提高了泉口香菇的品质和声誉。“泉水菇”订单源源不断，该公司的销售人员腰板挺直了，说话更有底气了。

2016 年，刚过了元宵节，高虹就带领团队下基地入菇棚，送技术送服务，组织农户开展集中培训，在灭菌、接种、发菌丝、出菇等各个环节进行现场指导。这样的干劲、这样的情怀，感染了当地的科技同行，高虹研究员被聘为阳新县食用菌产业专家服务团特聘专家。这个“帽子”是泉口百姓对自己工作的认可，但高虹感觉到身上的担子更重了：“我必须更加努力、更加用心地把泉口村的香菇产业搞上去。”

有科技支撑的香菇产业，为贫困的泉口村插上了奔向希望的翅膀。村民们种菇热情高涨——搭建标准化菇棚、引进新型灭菌设备等，香菇标准化生产效果显现，泉口村香菇产业发展日新月异。5 年来，泉口村已建成机械化集中制棒生产线和占地100亩的全自动钢架香菇大棚,香菇生产规模由6万棒发展到100万棒,村民守在家门口赚票子的好日子越过越红火。

脱贫路上一个也不能少

每次到基地,不管刮风下雨,高虹总是第一时间查看香菇长势,掰着指头算日子——什么时候要采摘蘑菇了,什么时候该为菌棒打孔增氧了。每次在基地,不管多累,行程多紧张,他都要和技术工人交流,怎么防止烧菌、畸形菇,怎么减少菌袋污染。在村民眼里,他不仅是一名专家,更是一位老朋友,当地的农业科技工作者、农业大户都把高虹当作知心人,跟他聊贴心话。

实现村民共同富裕一直是高虹最大的梦想。他提出"实地调研找问题、集中培训练技术、现场示范抓细节、跟踪流程求实效"的工作方式,讲究效率,突出示范,重点对10个贫困户进行手把手的技术传授,通过QQ、微信、电话和手机等开展全天候的技术咨询和沟通。在高老师的帮扶下,贫困户逐步掌握较为成熟的香菇种植技术,激发了自主脱贫致富的动力。

授人以鱼,不如授之以渔。陈敬堂是泉口村的贫困户,妻子痴呆,几年前的一次意外,陈敬堂失去一只手,让他对生活失去了信心。像陈敬堂这样的贫困户,泉口村有50多户。"走访贫困户就是走亲戚,要贴心,听到他们的心声才能为他们排忧解难",高虹这样要求自己。

"不用掏一分钱就能领到1万个菌棒",陈敬堂不曾想到,不用"花钱投资"也能挣钱,"多亏了高老师他们来到我们村,依靠他们帮助搞活了香菇,我们家脱掉了贫困帽子。"陈敬堂现在月薪达3 000元,又入了合作社的股份,年底还可以分红。

高老师手把手地传授技术,让贫困村民尝到了技不压身的甜头。一些贫困户感慨地说:"通过参加高老师举办的技术培训、帮扶指导,让我们在家门口掌握了香菇种植和管理技术。只要好好干,生活就有盼头了。"

在香菇生产管理实践中,高虹和村委会一道创造性地总结出了"三零三有"的精准扶贫机制:对具有劳动能力的贫困人口以"零距离"参与基地就业,"零投资"种植香菇,"零风险"保底年收入1.5万元。

辛勤的付出换来了丰硕成果。湖北泉口生态农业科技发展有限公司已发展成为湖北省林业产业化省级重点龙头企业，村支书陈迪强当选为湖北省人大代表，高虹的食用菌团队成员被评为省级优秀科技特派员，入选湖北省“三区人才”计划。《湖北日报》《农村新报》等媒体相继报道了高虹帮扶阳新县食用菌发展的事迹。如今，阳新县的“泉水菇”成了远近闻名的香饽饽，“种香菇就找省农科院高老师”也成了当地菇农的口头禅。

高虹有一个梦想，就是打造幕阜山区独特的“菌菇出万家”的壮阔美景，通过保鲜加工技术深度开发具有独特鄂东特色的美味“泉水菇”产品，借助电商销售平台，销往全国乃至世界各地。我们期待着！

案例点评：

一个农业专家，把帮助贫困农民脱困当成自己的事儿，到农民家里就像“走亲戚”，农民把他当成老朋友，见面就跟他说贴心的话，这需要多少默默无闻的付出和奉献！高虹扶贫助力，用智、用心、用情。他把泉口村当成人生舞台，把帮助当地居民脱困当成自己的事业，把素不相识的无数农民脱贫致富的梦想当成自己的责任。把自己多年的研究成果和经验手把手地教会农民，为农民思虑，为农民奔波，为农民规划未来。在最需要的地方，讲述了一个农业科技工作者践行初心和使命的感人故事。

（廖　李）

14 何华平:小小水果铺起脱贫路

何华平研究员是湖北省农科院特色果团队学术带头人,多年从事桃、葡萄、枇杷等果树育种栽培研究。作为一名农业科技工作者,他始终坚持在生产一线为农民服务,以成果、技术服务"三农",为湖北水果产业发展把脉问诊,为果农答疑解惑,毫无保留地把自己的科研成果及实践经验传授给果农朋友。何华平长期在一线开展生产技术指导。他有个调查的习惯,走到哪里,都会去了解当地的水果生产情况,分析制约当地水果产业发展的瓶颈。他有一个厚厚的笔记本,上面密密麻麻记满了有关对接合作社的各种信息——这家需要更新品种,那家经验值得借鉴,等等。他走村串户到农户家里,与果农交心谈心,倾听果农生产中遇到的困难。没有节假日与 8 小时以外这一说,他的字典里写满了"忙"和"农"。高温干旱或者天寒地冻,往往是果农最需要把脉支招、开药方的时节,恰好也是何华平最忙碌的时候。天热时,人一到田间就大汗淋漓,衣服湿了又干、干了又湿,还常常伴随蚊虫叮咬;天冷时,寒风刺骨,他顾不得热身,拿起枝剪刀就给果农示范修剪……他的足迹遍及全省 40 余个市县,每年在产区服务长达 180 多天,带领团队成员用科技助力精准扶贫行动,解决当地桃、葡萄、枇杷等水果产业发展中的问题。他先后推广农业新品种、新技术 200 多万亩,帮助农民实现增收 16 亿元,让小水果成为偏远山区脱贫致富的大法宝。他多次获得湖北省优秀科普工作者、湖北省优秀科技特派员等荣誉。2019 年,何华平获得"全国科技助力扶贫先进个人"荣誉称号。

科技创新,丰硕成果促增收

发展产业扶贫离不开科技创新。为了发挥科技在脱贫工作中的支撑作用，何华平带领团队创新了“政府＋科研院所＋合作社＋基地＋农户”的多元化产业发展模式。每到一处扶贫点，他都会实地调研当地产业发展情况，因地制宜制定科技助力扶贫方案，培育联合社，研发关键技术，建立示范基地，全程跟踪指导，落实各项技术措施。

▲ 何华平研究员在荆州市指导桃病虫害防治

孝昌县丰新村是省级水库移民特困村，可耕种面积少，山岗面积占比大，缺少稳定的经济来源，贫困人口居高不下。据精准扶贫初期统计，丰新村有建档立卡贫困户101户、300人，占总人口的15.8%。何华平对接该村后，带领团队为合作社和丰新村贫困户进行科学规划，提出“有序布局、适度发展”的思路，确定以地方红肉桃（血桃）为主打产品，建立核心示范基地，开展从品种到贮运的系列技术研发。根据当地土壤、气候条件，形成成熟期早、中、晚，果肉红、黄、白，肉质软、硬、脆的多品种合理搭配的种植格局，打造该村特色性强、效益高的桃产业。在他的协助下，当地引进新优品种（系）67个，经过试验筛选出17个新优品种，其中主打品种7个，免费向农民推广。团队培育了湖北省最具特色的地方红肉桃（血桃）新品种（系）12个，其中 2 个通过审定，获得省、市、县级科学技术奖励共 4 项，取得各类专利 6 项、成果鉴定 2 项、研发新技术 12 项、发布标准 5 项。

在何华平和他的团队的帮助下，该村的“七仙红”品牌培育为“全国名优果品区域公用品牌”，并获得国家地理标志商标“孝昌血桃”，让更多的果农享受品牌红利。丰新村这个水库移民村被打造成了全国“一村一品”——七仙红桃产业带，鲜桃线上销售从 5 月中旬持续到 10 月，最贵的七仙蟠桃 44 元/千克，最便宜的 10 元/千克。2018 年，在全国早熟桃销售不景气、全省早熟桃因阴雨天气过多而难卖的大环境下，红肉桃系列品种由于特色性强、品质优，逆势而上，出现供不应求的局面，为当地果农增收 20% 以上。正是由于科技助力脱贫攻坚效果显著，何华平所对接的丰新村 2019 年获得中国科协颁发的“全国科技协助十佳扶贫示范点”荣誉称号，成为湖北省唯一的全国科技协助扶贫示范点。

志智双扶，内外兼修提素质

授人以鱼，不如授人以渔。为了有效提升农民发家致富的能力，满足他们对农业生产技术的需求，何华平采用基层技术骨干及种植大户培训形式，提高科技传导能力，切实把果树栽培管理实用技术传授到果农手中。近 10 年来，他在全省 40 余个市县举办培训 100 余场，培训果农 1.5 万人次、技术骨干 2 000 余人次，发放技术手册 5 万余份。

他的电话、微信等每天都很繁忙。每到一个产区基地，他都会主动把电话给果农，把微信给加上，并告诉大家：“现在通信方便了，有任何问题都可以随时通过这些方式沟通，及时有效还节约路上来回的车费。”若有全省产业的共性问题或技术，他也都及时通过 QQ 群、微信群等分享和远程指导，促进了企业、果农的经验交流。他每年都会邀请全国现代农业产业技术体系的大专家为产区果农们带去最新、最好的技术。

何华平为新农村建设培养了一批应用技术的明白人、发家致富的带头人和带领群众致富的领头人，其中近 30% 成为当地的种桃能手，近 20% 成为当地科技示范户。他不仅仅给予他们物质上的帮扶，更切身为果农着想，从贫困户的思想和生存技能着手，让所有参训农民基本掌握农村果品的培育、种植、嫁接、修剪、管理等关键技术，同时还开阔了眼界，为个体、企业创业和产业发展增添了信心与希望。

产业引领，脱贫攻坚显成效

按照实施乡村振兴战略的总要求，何华平将产业脱贫与乡村振兴有机结合，立足对接服务点的长远发展，按照"一地一品"的规划，重点发展特色产业，将地方产业发展成为特色、绿色、高效的可持续发展产业，以新品种、新技术、新模式为重点，以观花、赏果、品文化为抓手推进果树产业的农旅结合，促进了一二三产业的融合发展，打造果业、观光休闲与生态发展样板模式，探索出新时期水果产业农旅结合、生态发展的新路子，有效地将脱贫攻坚转移到巩固提升脱贫成果、全面融入乡村振兴工作中来。

▲ 何华平研究员在崇阳县指导桃树修剪

抗击疫情，科技助力不松劲

2020 年新冠肺炎病毒来势汹汹，疫情防控的关键期正值果园春季生产管理的重要时期。何华平主动作为，编写《关于疫情防控情况下湖北省果树春季田间管理的意见》，设计图文并茂的流程图，编排清晰明了的管理月历图，录制示范性强的小视频。他利用微信、QQ、电话等，先后为武汉、孝感和襄阳等地 14 个县市的企业、合作社及种植户提供线上指导 100 余次，分发电子资料 1 500 余份。疫情取得阶段性胜利后，他亲临现场提供技术指导 5 次，为疫情期间助力春耕生产提供科技支撑，《湖北日报》、湖北广播网络电视台等媒体报道了他的事迹。

“惟其艰难，才更显勇毅；惟其笃行，才弥足珍贵”，何华平用爱心服务一方乡亲，用科技富裕一方水土，用热情助力脱贫攻坚和乡村振兴，用自己的肩膀扛起一位农业科技人员沉甸甸的使命。

案例点评：

小小水果，能够铺出农民的脱贫路，燃起农民致富奔小康的希望，成为乡村振兴的主打产业，靠的是何华平研究员这样的农业科技工作者的助力。他有心、有爱，懂农业、爱农村、爱农民。他常年工作在一线，足迹踏遍荆楚大地，只为圆无数农民脱贫致富的梦想。他用心去感受果农对技术的渴求，用爱去服务一方乡亲，用热情助力乡村水果产业发展，用自己的肩膀扛起一位科技人员的使命和担当。

（艾小艳　郎　鹏）

15 致力于猪好养肉好吃

——湖北省农业科学院养猪团队科技扶贫纪实

“梅专家好!”一到猪舍,同事们都会热情地和梅书棋打招呼。

扎实的科研实力、有分量的科研成果,以及可观的社会经济效益,“专家”这个头衔,对于国家科技进步奖二等奖获得者、国家技术发明奖二等奖获得者、国家“万人计划”科技创新领军人才、湖北省农科院畜牧兽医研究所所长、猪育种团队负责人梅书棋来说,可谓实至名归。

▲ 2019 年 1 月,梅书棋研究员获得国家技术发明奖二等奖

艰难时刻，尽显专家担当

2020年新年伊始，一场突如其来的新冠肺炎疫情，让无数企业停工停产，让无数人被迫休起了长假。然而，自疫情防控工作开始以来，梅书棋却一天也没有休息。

"目前，生猪养殖企业普遍面临物料受阻、人手紧缺、销售不畅等困难"，在电话调研武汉丰美禾畜牧科技有限公司、宜昌牧康牧业有限公司等多家生猪养殖企业后，梅书棋证实了心中的担忧。此时，正是疫情防控工作"最吃劲的关键阶段"。

猪肉消费，占我国居民肉食品消费的63%。湖北，是全国养猪大省。梅书棋深知，在大多数企业按下暂停键的时候，生猪养殖企业必须尽一切可能维持正常运转，这关乎老百姓的餐桌，更关乎市场和社会大局的稳定。

为稳定生产、保障供应，梅书棋第一时间撰写了《疫情对生猪生产的影响及应对措施》一文。以此为指导，他带领研究所猪育种团队，主动联系企业，调研企业受困情况，帮助企业复工复产；除了建立电话热线，他还组建微信群、QQ群，录制短视频、制作PPT，定时发布生猪饲养技术措施，对企业的生产和管理进行线上指导。

与梅书棋团队对接的湖北省农业科技创新联盟企业、产业化示范合作龙头企业正常生产，效益显著。在梅书棋团队的技术指导下，武汉丰美禾畜牧科技有限公司、宜昌牧康牧业有限公司、湖北晨阳生态农业股份有限公司、十堰梦萌实业有限公司、湖北天之力优质猪育种有限公司等企业克服疫情影响，保持了生产的稳定，扩栏效果显著。其中，湖北晨阳生态农业股份有限公司生产母猪存栏规模达2 000头，3月销售仔猪2 000头，价值360万元。武汉丰美禾畜牧科技有限公司年出栏生猪规模达到21万头。

让老百姓吃上优质猪肉

随着社会经济的发展，消费者对猪肉食品也有了更高的品质要求。而种猪质量直接影响养猪业的生产水平及猪肉品质。如何让猪好养、肉好吃，一直是生猪养殖企业关注的问题，也是梅书棋研究的重要内容。

以恩施黑猪为代表的地方猪肉质鲜美，采用黑土猪制成的熏肉、腊肉醇香味美,深受老百姓喜爱。养殖企业也纷纷看好恩施黑猪市场,近年来养殖需求日益增长。然而,生长周期长、品质良莠不齐、养殖比较效益不高等制约了恩施黑猪产业发展,跟不上当前消费市场升级步伐。

2019 年 1 月举行的 2018 年度国家科学技术奖励大会上,湖北省农科院畜牧兽医研究所梅书棋研究员作为第二完成人的成果——“猪整合组学基因挖掘技术体系建立及其育种应用”,获国家技术发明奖二等奖。

历时约 15 年,该研究成果突破了猪基因组学研究方法和工具数量不足、效率不高的局限,构建首个猪整合组学数据库,发掘出一批新分子育种标记;培育出肉质优良、繁殖性能好的湖北白猪优质系;2017 年,“硒都黑”优质猪新品种获省畜牧兽医局中试生产批准。在湖北省农业科技创新行动的支持下,“硒都黑”已进行中试生产与国家性能测定,力争 2020 年申请国家审定。

通过分子标记育种、发酵配合饲料研制等,“硒都黑”猪与普通恩施黑猪相比,母猪年提供断奶仔猪数由 18 头提高到 24 头,商品猪日增重由 400 克提升到 600 克以上,瘦肉率由 44% 提高到 56% ,养殖效益整体提高 20% 以上。在梅书棋团队的带动下,目前湖北省已建立 10 个优质黑猪养殖合作社,扶持建立标准化生产示范户 500 户,打造出“硒都黑”等知名品牌,价格比普通猪肉价格平均高 20% ~30% ,显著带动养殖户增收。

作为全省猪遗传育种领域著名的中青年专家,梅书棋研究员一直致力于优质、高效瘦肉猪新品种(系)培育与推广利用,为全省养猪业健康可持续发展提供了良好的科技支撑。在猪育种方面,硕果累累。他主持承担国家、省部级科技项目 40 余项,培育出抗应激杜洛克新品系、湖北白猪优质系、高繁大白猪新品系等多个瘦肉猪新品系,获国家技术发明奖二等奖 1 项、国家科技进步奖二等奖 1 项、湖北省科技进步奖一等奖 1 项、其他省部级科技奖励 12 项。

抓核心,占领行业制高点

品种,是养猪业发展的基础和先导。抓住了“种”,就占领了行业制高点。15 年来,梅书棋带领团队紧紧围绕“种”这个核心,不断开拓创新,培育出系列特色鲜明、具有自主知识产权的优质、高效瘦肉猪新品系。

湖北省一些大型养殖企业都以其培育的品种、研发的技术为依托。梅书棋团队提供从品种繁育到疾病防治的全方位、一条龙服务，已经成为湖北省养猪业的主要技术力量。

近些年来，猪肉消费向多元化发展。梅书棋团队培育出的新品种繁殖性能好、瘦肉率高，顺应了企业、市场和消费者需求，开发价值高、市场前景好，受到省内外很多养殖企业欢迎。

"梅书棋等专家，一年要往我这鄂西深山里跑好多趟哩"，提起梅书棋，恩施州建始县红岩寺镇天之力公司负责人胡建国，总是语带感激。借力梅书棋团队，天之力公司在"硒都黑"猪育种、标准化安全养殖方面攻关顺利，目前公司年产值 3 000 万元，年出栏"硒都黑"猪 1.6 万头。"硒都黑"优质猪新品种，获得了省级主管部门中试生产批准，重要经济性状相关指标初步达到国家品种审定的要求，有望于"十三五"末成为湖北省第一个通过国家审定的优质猪新品种，有效解决生猪良种"卡脖子"问题。

梅书棋带领团队，以优质增效、绿色养殖为目标，通过高通量测序技术、分子标记辅助育种、全基因组育种等技术，挖掘特色性状关键基因，研发特色高效饲料，持续选育提高新品种生产性能水平，建立优质黑猪良种繁育体系。

湖北白猪是我国最早的养猪学科院士熊远著率领团队，于 1986 年培育出的我国第二个高瘦肉率猪母本新品种，随后熊远著又以湖北白猪为母本，杂交出瘦肉型商品猪"杜湖猪"，20 世纪 80 年代成为畅销港澳的名优瘦肉猪。作为华中农业大学的弟子，梅书棋 2004 年与这位前辈合作，继续开展这一品种的新品系选育和利用、开发。通过导入通城猪、梅山猪血缘，应用分子标记辅助选择与常规育种相结合的现代育种技术，历时 10 年，团队最终培育出繁殖性能突出、肉质优良、适应性强的湖北白猪优质新品系。

在湖北白猪优质新品系选育过程中，梅书棋率先提出新品系应在五个性状上进行综合选择：达 90 千克体重日龄、胴体瘦肉率、饲料转化率、肌内脂肪含量和窝产活仔数。他在省内首次研制出适合于优良肉质母本新品系选育的综合选择指数；并将分子标记和多基因分子标记合并检测方法与优质母本新品系种猪综合选择指数有机结合，构建了完善的优质猪新型育种技术体系。鉴定专家组认定这一新型育种体系提高了育种准确性和效率，填补了国内外空白。

以湖北白猪优质系为基础，他带领团队优化筛选出以巴克夏猪、杜洛克猪为终端父本，大白猪为中间亲本的2套杂交组合“巴大湖”和“杜大湖”，与“杜长大”等外来品种商品猪相比，生产性能相近，但肉质指标均有突出优势，特色明显。梅书棋“开拓了我省优质地方猪利用新途径，丰富了我国优质猪品系和生产组合，填补了湖北省空白”。

养殖模式，引业内赞叹

养猪业是湖北省农业支柱产业，万头以上规模猪场数量居全国首位。但规模养殖带来的最大问题是污染，猪粪、污水等废弃物污染水源和鱼塘，臭气污染环境，在农村环境污染中居于首位，引起的纷争屡见报道。“业主难，百姓怨，政府急”，成为制约现代养猪业发展的瓶颈。

据测算，1个万头猪场废弃物排放当量相当于10万以上的人口城镇，而这些废弃物同时又是宝贵的生物质资源，相当于73万立方米沼气，折合原煤880吨；又相当于化肥使用量1 000～1 500吨。如何化腐朽为神奇，变废为宝，便成为社会的迫切要求。

从2008年初起，梅书棋率领团队，与湖北大学合作，开始了“大型猪场废弃物综合利用技术集成创新与示范”课题研究，秉承“源头削减、过程控制、末端综合利用”的先进理念，历时5年多，到2013年7月取得阶段性成果。该成果以沼气利用技术为纽带，综合集成源头减排、清洁生产、沼液深度处理及利用、沼渣制作有机肥等多项技术，构建出一整套技术体系。湖北省科技厅组织的鉴定专家组一致认为，该成果整体达到“国际同类技术先进水平”。

十堰梦萌实业有限公司从湖北省农科院引进“生物发酵垫料养猪模式”，进行“两清两减”生态养殖，饲养种猪1 000余头，实现销售收入4 000万元。公司实现年减少粪污排放2万吨，粪污无害化处理与资源化利用率达到100%。

▲ 2019 年 3 月，养猪团队在十堰市指导生猪健康养殖

在该公司养殖场，生猪活动在垫料上，猪舍几乎闻不到臭味。垫料由稻麦秸秆、菌糠、木屑、稻壳等组成，每平方米垫料可以消化一头猪的粪尿，堪称“微处理厂”。这种微生物发酵垫料处理粪尿时，会产生热能，温度像电热毯一样暖和，是生产生物有机肥的优质原料。经测算，在这种环境下养出来的猪，各项指标都很好，生猪生产性能显著提高。商品猪 158 天达 100 千克体重；全群料肉比 3∶1；全群死亡率 8.5%，头平兽药及疫苗投入 60 元。

专家们认为，这一模式技术成熟，高效、低成本，适用大型猪场，实现了产业经济、生态、能源、社会效益的统一，填补了湖北省内空白。

天门市湖北健康集团有限公司生猪养殖年出栏 4 万头，采用适应江汉平原特点的“大型沼气集中供气及废弃物综合利用模式”，建立起一座 2 500 立方米大型沼气集中供气示范工程，供气用户数达到 1 200 户；还建立了 5 122亩的沼液灌溉农田示范区，3 220 平方米沼液水培叶菜类无公害水上种植示范园；以及年生产能力 1 万吨的“健康之村”牌有机肥生产线，有机肥应用面积达到 1 万亩。

湖北健丰牧业有限公司生猪养殖年出栏 4 万头，除了建立半地埋式沼气工程、污水处理工程外，还建立了沼气发电工程，发电机组装机容量 100 千瓦，平均每天发电 3 ~ 5 小时，有效利用电能 300 ~ 500 千瓦时。该公司年生产“禾丰”牌有机肥 1 万吨，有机质含量 56.5%，达到国家标准，推广应用到瓜果、蔬菜、花卉苗木等植物种植栽培上，面积达到 1.12 万亩。

业内人士纷纷赞叹：“健康养殖新技术切实有效解决了生猪规模生产带来的环境污染问题，增强了我省大型养猪场竞争力。养猪生产的清洁化、生态化，促进了人与自然的和谐，为农村生态文明建设提供了技术支撑。”

接地气，推成果，支撑产业发展

梅书棋团队以“科研单位 + 畜牧推广部门（协会）+ 龙头企业 + 基地 + 农户”“技术 + 龙头企业（基地）+ 农户”等多种模式，深入武汉、宜昌、荆门、黄冈、十堰等全省生猪主产区，建立了 11 个核心试验示范基地，与武汉丰美禾、武汉金龙、宜昌牧康、十堰梦萌、湖北健康等 30 余家规模养殖企业长期紧密合作，集成与示范推广先进技术成果，化解“科技入户最后一公里”，示范企业武汉金龙种猪年提供仔猪断奶数从 18.7 头提高到 23.3 头，高出国内平均水平 5 头以上，宜昌牧康商品猪出栏成本从每千克 13.05 元降到 12.36 元，整体水平国内领先。示范基地与合作企业年示范出栏生猪 50 余万头，年均增收节支 5 000 万元以上，辐射出栏 300 余万头，辐射增收节支效益3 亿元以上。

带领团队以技术讲座、发放技术资料、技术咨询等多种形式开展养殖户的人才培训和技术服务工作，年均培训从业人员 1 000 余人次，100 多余人次现场服务企业，产业技术服务工作获得十堰市郧阳区、天门市、恩施州来凤县、黄石市阳新县等地方政府的肯定与表彰。

“科研工作者要懂哲学，具备哲学思维，这是科技创新的灵感源泉；要沉得住气，不浮躁，耐得住寂寞；科研工作要认真细致，科学数据要真实客观，经得起检验。”这段话，是梅书棋对自己的原则性要求，而在同事们看来，这恰是对他多年来科研攻关真实写照。

案例点评：

让猪好养、肉好吃，这是以梅书棋研究员领衔的湖北省农科院养猪团队始终坚持的目标。团队紧紧围绕养猪产业中的重大和现实问题，以品种创新为核心,以提升养殖技术为重点,以科企联合共同发展为特色,先后培育出系列特色鲜明、具有自主知识产权的优质、高效瘦肉猪新品系,研发出系列养猪新模式、新技术,攻克了养猪业规模生产带来的环境污染等技术难题。通过企业试验示范,成功将品种、技术实现转移转化,带动养殖户、贫困户脱贫致富,在精准脱贫中发挥了重要作用。科研无止境,现代养猪事业的发展更离不开科技的支撑,养猪团队正以昂扬的姿态、务实的作风向更高、更远的目标奋进。

(彭先文　程　妮)

16 蒋迎春:情系秭归大山,追逐峡江香橙富农梦

他为秭归大山群众脱贫觅出路,将先进、实用的农业科技送到田间地头,使大批农民靠柑橘脱贫致富;他示范柑橘新品种、新技术,建立高效示范基地,引导相关乡镇、农户将柑橘产业打造成脱贫致富的主要特色产业;他帮助调整优化柑橘品种产业布局,实行差异化发展,让多样化的柑橘种植帮助果农增收致富。他就是蒋迎春,现任湖北省农科院果树茶叶研究所副所长、研究员。

蒋迎春一直专注于特色柑橘新品种的开发。他和他的团队开发出享誉

▲ 蒋迎春研究员到秭归县柑橘示范基地调查柑橘枝梢生长和产量情况

国内外的优质鲜果产品“金峡桃叶橙”，实现了高产、优质和高效益，并带动特色柑橘新品种的大面积发展，为近万名贫困山区农民找到一条增收致富之路。他依托项目和科技成果，在湖北果树产区推广新品种、新技术，累计面积40余万亩，创造经济效益13亿元，受益农民多达5万余人。他带领科研团队，从产前（资源挖掘和品种选育）、产中（高效栽培）、产后（采后处理）全技术链条和全产业环节开展科技创新集成，通过科技支撑扶贫工作，促进产业高效发展和农民快速增收，深受农民好评。

打造标准化基地，提供精准技术服务

为了培育产业发展的基础和动力，蒋迎春和他的团队把抢救性保存品种资源，建立新品种母本园、采穗圃以及新品种示范园当成他们的首要任务。他们原地抢救性保存桃叶橙资源37份，选育出地方桃叶橙新品种——“金峡桃叶橙”，并获得国家植物新品种权保护。他们又与当地技术部门合作研究桃叶橙品种特性配套栽培技术，建立桃叶橙标准化生产示范基地550亩，开展桃叶橙密植园改稀、疏花疏果、果园生草培肥、地力提升、水肥一体化、有机肥替代、病虫害绿色防控等生态栽培集成技术示范，桃叶橙品质、产量和效益都得到显著提升。

蒋迎春利用国家、省、市、县科技资源，集成应用先进实用技术，开展生产管理技术创新服务。不管工作有多忙，他总要抽出时间，或利用周末、节假日到秭归柑橘集中产区，到“三区”人才科技示范基地，到他联系的贫困户去走乡入户，开展调查研究，为农民答疑解难。驻点期间，他开办了新型农民职业培训班，深入浅出地为农民培训柑橘先进种植技术，开展技术指导和培训30余次，培训基层科技人员、种植大户300余人，发放技术资料1 500余册，强化了农民的科学种植意识。

如今，秭归桃叶橙基地已经成为标准化、品牌化、科普性示范基地以及田园综合体、旅游休闲观光采摘示范基地，秭归桃叶橙也成了国家地理标志保护产品和三峡库区优质柑橘特色产品，成为三峡库区精准扶贫与脱贫的重点产业之一。

▲ 全国科技扶贫日，蒋迎春研究员到秭归县屈原镇长江村桃叶橙示范基地现场指导

科技助推企业，带动地方产业发展

蒋迎春带领团队积极争取国家、省、市项目来支持桃叶橙产业的发展。他服务的企业“宜昌市龙江农业科技开发有限公司”依托他所在科研单位的技术支撑，争取到了中央财政项目的支持，打造高效的样板园和示范园，带动周边10万余亩柑橘产业的发展，为当地农民提供就业岗位，开创了农民增收、企业增效、产业发展、脱贫致富步伐加快的良好局面。

2018年，桃叶橙示范基地平均亩产超过2 600千克，每亩产量提高30%，优质果率90%以上，价格3.0～3.5元/千克，每亩效益超过8 000元、净收入达4 000元。通过新品种及配套高效栽培技术的集成示范，他们打造出以现代新技术支撑的柑橘高效扶贫产业，推动了地方柑橘产业的健康发展，带动秭归地方脱贫攻坚取得实实在在的显著成效。

心系基地和群众，助力精准扶贫

蒋迎春在进行柑橘新品种产业化开发的同时，积极开展科技精准扶贫工作。他与秭归县屈原镇贫困村结对帮扶，由于多年扎根山村，很快地融入到村民群体。他因地施策，手把手培训技术骨干，不厌其烦地传授技术。他指导果农学,做给果农看,有效地促进了科技示范推广。该镇长江村彭泽贵、杜忠、杜华山、向秀山、熊俊昌等5户贫困家庭一直受蒋迎春帮扶。他为这些农户建立了贫困档案,制订了帮扶措施,传授科学的种植技术,这5个贫困户家庭的柑橘产量明显增加,品质全面提升,实现了增收。蒋迎春还组织贫困户家庭劳动力参与龙江农业科技开发有限公司柑橘示范基地的生产管理,既为贫困户家庭提供现场学习柑橘生产技术的场所,又为贫困户创造了就地务工增收的门路,为贫困户脱贫致富创造了有利条件。

蒋迎春以桃叶橙为主的"优质特色柑橘新品种选育及关键栽培技术集成创新"成果在秭归县等地进行试验、示范、推广。桃叶橙采用优质高效关键生产技术,提高了优质果比率,显著提升了果实品质,增加了果农的种植效益,有效保护了三峡库区柑橘生产的生态环境,践行了"绿水青山就是金山银山"发展理念。近年来,桃叶橙累计推广面积1.3万亩,新增产量3.9万吨,增加产值2.7亿元,农民新增纯收入达1.2亿元。2016年,这一成果获得湖北省科技进步一等奖。

蒋迎春在追逐科研和产业发展梦想的路上坚持了30余年,从"钟情""热爱"到"执着",创造了许多佳绩。谈及科技扶贫,他深有感触地说:"精准扶贫和乡村振兴离不开产业兴旺,只有培育和壮大产业,才能让一方百姓致富。科技帮扶在产业发展中有四两拨千斤的作用,我们是农业科技人员,帮助农民掌握高效农业生产技术,既是他们脱贫致富的重要途径,也是我们肩负的责任。在这条路上,我愿意一直走下去……"

案例点评:

心中有大爱,行动上才会专注。蒋迎春研究员心里装着农民,装着农民脱贫致富奔小康的梦想,才会不忘一个农业科技工作者服务农业、农村和农民的初心和使命,才会扎根贫困山区,多少年如一日用自己的专长为农民脱贫找出路。他甘于寂寞,专注于柑橘新品种的培育和新技术开发。他乐于奉献,毫无保留地把先进实用的农业新技术送到乡亲们手中。他把农民当亲人,把农民脱贫当成自己的成功,把农民致富当成自己的梦想。他默默无言,但脱贫的农民会记得他,秭归的大山会记得他。

(吴黎明　郎　鹏)

17 陈展鹏：致力“三农”润沃野　爱洒扶贫暖人间

“纵然膺使命，何以奉徽音。”他从事农业30余年，用脚步丈量责任，以实干诠释担当，用汗水浇灌成果。他的足迹遍布大别山下红土地的每一个角落，对农业的一枝一叶见微知著，了然于胸，他知农、爱农、护农、为农的情怀感人至深，他是当之无愧的农业先锋。作为一名农业科技工作者，他醉心科研，无私奉献；作为一名管理者，他锐意改革，以身作则，严谨规范；作为一名实干者，他心系农桑，为民解忧，助农脱贫。他倾注满腔热忱投身农业科技、生态农业、农业扶贫，在平凡的工作岗位上做出了不平凡的业绩。他就是黄冈市农业科学院（以下简称黄冈市农科院）院长、湖北省“三区”人才陈展鹏。

心系桑梓，为农立志

1967年，陈展鹏出生在武穴市梅川镇的一个农民家庭，作为农民的儿子，他从小就目睹农民吃不饱肚子的艰苦日子，为了让农民吃上饭，过上好日子，他立志学农，希望用科学的农业技术增加农业产量，提高农民收入，解决农民的温饱问题，这一想法在他幼小的心里埋下了种子。1986年，19岁的他以优异的成绩如愿考入华中农业大学农学系。从入校的那一天起，他始终没有忘记自己的志向，勤奋学习，希望通过自己所学的农业科技知识来帮助农民，改变农村贫穷落后的面貌，让农民吃得饱、穿得暖。

1990年，23岁的陈展鹏被分配到黄冈市农业局工作，他利用所学到的农业科技知识，为提高农作物产量、解决农民的温饱而刻苦钻研专业技术。1991年，他在浠水县滨江农场从事棉花品种推广及栽培试验，在农场一待就是3个月，吃住在农民家，每天都是一身水一身泥。为了掌握农情，他虚心向老棉农请教，再加上他扎实的理论功底，工作起色很快，在三年时间里，先后获得棉花创高产综合栽培技术项目省政府农业丰收计划二等奖、棉花应用调节胺技术项目获省政府农业丰收奖一等奖、“鄂棉 18”大面积试验示范项目获省政府湖北星火奖三等奖、水稻品种“鄂早 14”选育项目获省政府科技进步三等奖、区域性测土配方施肥智能化技术研究与应用项目获黄冈市人民政府科技进步一等奖。

专注科研，为农服务

乡村振兴，产业先行；产业发展，科技为魂。2017 年 8 月，陈展鹏调任黄冈市农科院担任院长，他站在黄冈区域经济发展的高度，谋篇布局，精准施策，结合黄冈农业实际，在育种上发力，在新技术、新模式上用功，紧紧围绕黄冈市主导产业发展，以高技术、高质量、高效益为目标，打破常规的农业生产方式，将种植与养殖有机融合，实现粮食与经济统筹兼顾，推动生产与生态协同发展，探索出“稻蛙鳅鱼”“稻菌连作”“果园立体种养”“礼品西瓜精准化栽培”等每亩纯收入过万元的高效种养新模式。尤其是“万元示范工程”的推出，破解了长期困扰黄冈市农业发展的冬季生产缺效益、秸秆综合利用缺途径、面源污染治理缺办法的难题。通过科研进步，他从源头上找到了解决各类难题的措施和对策，对下一步的农业产业结构调整、能人回乡创业兴业、后脱贫时代产业巩固和乡村振兴战略实施都具有极高的指导价值。他主编的《农业种养实用技术》获省科技推广二等奖，主编的《农业高质量发展的创新实践》荣获黄冈市第十届自然科学优秀学术论文一等奖。《农业高质量发展的创新实践》一书收列了 12 项最新的农业科技成果转化项目，充分体现出科技含量高、经济效益高、标准化程度高、产品质量好、市场前景好、生态保护好的特点，这些项目非常适合在黄冈市适宜的地方开发推广。团风县上巴河镇党委书记何耀清还专程带领 29 个村的村干部到黄冈市农科院考察学习，在全村推广应用新技术、新模式。

惜才如命，为农育人

“科技创新，人才是关键”，在农业系统管理岗位上工作多年的他，深刻体会到人才的重要性。他说，科技人才、农业管理人才、农产品推介人才是推动农业发展的关键。要想把准科研方向,必须要将科研与生产紧密结合。因此,他以农业科技“五个一”行动为抓手,选派一批“科技副总”、科技特派员到企业进行定点跟踪服务,把研究室搬到生产一线,“零距离”一站式推广转化科研成果,为黄冈现代农业发展注入新动能;并不断从生产中发现问题、解决问题,寻求新的研究方向,把论文写在广袤的大别山土地上。黄冈市农科院都市农业研究所的徐丽荣,在他的精心引导下,主动对接各县市水果生产主体达50余家,积极开展技术指导,为果树企业及果农带来1 000多万的经济收益,2020年被评为全国科技助力精准扶贫先进个人;水稻所的李兴华,作为“科技副总”选派到湖北三夫、湖北业丰、湖北健鼎公司开展稻田综合种养技术指导,成为黄冈稻田综合种养第一人。截至目前,黄冈市农科院先后选派8名省“三区”人才、3名科技特派员和18名黄冈市科技特派员对30多家农业新型经营主体进行跟踪服务,选派6名“科技副总”到企业挂职锻炼。他既是领导,更是同事们的良师益友。为了帮助新的科研团队快速成长,他总是亲力亲为,亲自教学。虽然他平时工作繁忙,但是每一份文件他都亲自修改,每一个工作细节他都亲自指导。食用菌团队的杨俊是黄冈市农科院最年轻的团队负责人,也是他指导最多的人。杨俊说:“陈院长虽然平时很忙,但对我们食用菌团队的发展很上心,经常跟我们探讨食用菌的栽培技术,他什么都懂,让我们很佩服!”他严谨的工作作风和精湛的业务水平,与他勤于学习、善于思考、重于实践是分不开的。在他的办公桌上放着30多本笔记本,他喜欢记日志,他常说:“好记性不如

▲ 陈展鹏院长与科技人员探讨生产中的问题

烂笔头。”他把他平时的所思所想及时记录下来，这是他多年养成的好习惯。

调研立项，为农引路

为了加快科研成果转化，促进产业发展，他探索出了“科研院所 + 能人回乡创办企业”联合科研攻关共赢模式。自黄冈市实施能人回乡创业“千人计划”以来，大量能人回乡创业，他们有丰富的资金、先进的管理经验和广阔的销售渠道，但苦于投资方向不明，没有农业技术指导。作为黄冈市唯一一家农业科研机构，黄冈市农科院拥有精干的技术队伍、较强的科研实力、专业的研究方法、丰富的产业资源、前瞻性的研究课题。但苦于科研经费的不足，涉及本地特色产业的实用性研究断断续续，导致自选课题研究成果出得慢，转化应用速度不快，在服务乡村振兴、脱贫攻坚中的作用没有得到充分发挥。作为黄冈市农科院院长的陈展鹏，主动作为，与回乡创业的能人一起同向发力，优势互补，资源共享，联合攻关，走出了一条创新驱动发展、共建共赢共生的可持续发展之路。经双方商定，由企业出资金、抓管理、找市场，黄冈市农科院出技术、搞指导、出成果。按照因企施策、因地制宜的原则，通过制定研发方案、派驻“科技副总”、落实专项物资等方式，帮助企业制订规划、起草标准、培训技术、打造品牌，解决生产之困、技术之困、市场之困。先后与湖北三夫、湖北业丰、湖北健鼎等公司联合开展稻田综合立体种养新模式，辐射带动周边村约 3 000 亩农田，实现了一个项目帮带一方的目标，打造了周边 6 个村的扶贫特色产业，带动了近 500 多户农民脱贫致富；在黄梅、罗田、武穴、团风与黄州春阳蔬菜专业合作社、武穴武途现代农业公司等 8 家企业、合作社合作开展稻菌连作新模式，辐射推广近 2 000 亩的种植面积，带动了近 400 余户农民脱贫致富。通过“科研院所 + 能人回乡创办企业”联合科研攻关，实现了科研出成果，企业出效益，推广出经验，提高了科技贡献率。同时，重点培育了一批带动能力强的新型农业经营主体，带动有劳动能力的贫困户就近就业，发展产业脱贫，增强造血功能。

尽心竭力，为企解忧

哪里有困难，哪里就有他的身影。2020 年，突如其来的疫情，让许多企业陷入了困境。疫情无情人有情。作为农业专家，陈展鹏为助力企业复工复产，迅速组织科技人员，及时对接湖北健鼎农业科技发展有限公司、湖北业丰生态农业科技有限公司、湖北问心农业科技有限公司，帮助企业解决返岗、防控物资和生活物资短缺的问题；主动联系国家林草局、中科院亚热带农业生态研究所、黄冈市水科所等部门咨询稻田养蛙的问题；联系烘干商家解决湖北健鼎公司1万多斤羊肚菌干燥储存问题；帮助湖北问心公司协调解决蚯蚓养殖大棚建设、变压器增容、当地农民纠纷、环保评估、有机肥配方和蚯蚓销路的问题。

▲ 组织专家为湖北健鼎公司的稻田综合种养出谋划策

2020年5月29日，湖北健鼎公司稻鳖正式投产，为了提高成活率，降低企业损失，他就投苗后怎样确保鳖苗顺利度过过渡期，水鸟、蛇等天敌如何预防，饵料(鱼虾等)结构如何配置，投喂时间怎么安排等每个环节的关键技术都考虑得特别周全。湖北健鼎公司总经理毛全龙说："有陈院长在，我们心里就有底了！"这份信任来自他长期为企业服务的真心实意，小到铁栏门的安装，大到稻田综合种养规划，他都事无巨细，亲力亲为。他经常说："引进一个企业不容易，我们要让企业来得了，留得住，发展得好，带动得了。"同时，他帮助湖北美雅食品有限公司销售疫情期间滞销的产品，主动对接电商平台科惠网湖北滞销农产品专区，利用微信平台大力宣传，并动员亲戚、朋友、同事购买美雅食品。朴实的他,总把企业的事情当成自己的事情来做,这是他一贯的作风。

精准帮扶,为农增收

2018年,作为湖北“三区”人才支持计划科技人员,陈展鹏被选派到湖北驹龙园茶叶有限公司。他充分利用专业优势,整合多方资源,在茶品质、茶加工、茶旅文化上做文章,助推“驹龙园”提档升级,做出特色。截至目前,他邀请省、市、县的农业专家到驹龙园指导工作达50余次。他大力推广无性系苗木良种和无公害茶叶栽培技术,全村茶叶良种普及率达90%,无公害茶叶栽培技术普及率达100%,驹龙园茶叶合作社被评为“湖北十佳专业合作社”。在驹龙园的示范带动下,周边乡镇茶叶产业发展迅猛,现在合作社成员发展到3个乡镇20多个村,示范面积达6 000余亩,1 000余户茶农,茶农户平增收4 000元,70%的家庭盖起了楼房,真正实现了一个产业带动一方。茶叶合作社已成为助农增收的新平台,服务群众的新窗口,和谐社会的新亮点。

▲ 陈展鹏院长到湖北驹龙园茶叶有限公司开展科技服务

做给农民看,带着农民干。罗田县白莲河库区高上垸村是黄冈市农科院帮扶村,为巩固和扩大罗田县白莲河库区改革发展稳定成果,破解库区发展难题，陈展鹏带领农业规划团队实地考察，制订出白莲河库区旅游规划、高上垸村总体规划和村特色产业发展规划，并充分利用资源，为高上垸村争取扶贫资金20万元。现如今，高上垸村利用山场空地种植早晚熟水果品种，开展林下立体种养，增加农户收入，并开发旅游，推进村级民俗、餐饮等休闲服务产业的发展，主要打造旅游，配套发展特色产业，通过旅游带动村民脱贫致富，该村已经成为美丽乡村的典范。团风县回龙镇梅家墩村是黄冈市农科院的扶贫示范村。在他的努力下，引进湖北业丰、湖北健鼎、湖北问心等多家企业和果树种植大户，通过流转土地、产业发展带动、科研基地用工等，为贫困户提供大量就近就业的机会，每户劳务用工收入增加2万元/年以上。同时，他们帮助该村改造农田设施，建设学校、幼儿园、村集体办公楼等，村容村貌、村民的生活水平得到了极大的改善，现已列为乡村振兴示范村。英山县扁石畈村是黄冈市农科院的对口帮扶村，2016年洪水把该村的秧苗冲毁，秧田冲得坑坑洼洼，他亲自带领村民一起整田、插秧，抢时间，保季节。2019年遇上干旱，茶叶有些已干枯，村民一筹莫展。他赶到现场，指导村民种上桂花树，桂花树的香味渗透到茶叶中，提高了茶的品位，村民喜开颜。他结对帮扶的五保户付新国，是他最牵挂的人。他经常与付新国促膝谈心，了解他家的实际困难，帮助他争取落实国家政策、找工作，有时直接给予经济资助。在他的帮助下，付新国在村里找到了一份打扫卫生的工作，加上承包鱼塘、国家补助，每个月有5 000多元的收入。如今，扁石畈村"三基地一片"（蔬菜基地、茶叶基地、种养基地及一片绿色）产业发展已经形成……他带领科研团队，深入全市11个县市区73个核心村，赠送良种1 500多千克，开展农业培训300余场次，现场技术指导500余次，培训农业从业人员500余人，制定规划8项，推广水稻蔬菜果树玉米新品种10个、高效安全标准化生产技术6项、实用新技术10项和高效新模式10个，打造高档优质稻米品牌2个，辐射带动全市200多万亩优质农作物，实现增效增收近4亿多元。

回望走过的路，陈展鹏说："我知道什么是贫穷，什么是发展，什么是小康，我坚信，授人以鱼不如授人以渔，真正能够对农业经济产生革命性推动力的还是科学技术与管理技术。通过建立有效的技术支撑体系，提升农业产业附加值，推动农业产业结构调整，实现农业现代化，这才是我们追求的目标,我们农业人要做到的不仅是要让农民摆脱贫困,更要让他们站在田埂上看到希望。”

▲ 进村入户送良种

知常明变者赢,守正创新者进。黄冈市农科院的每一次华丽转身,都定格了他勇立潮头、勇于创新的风采;他每一处跋涉脚印,都镌刻着永不僵化、永不停滞的劲头。为了践行自己的理想,他一直走在路上!

案例点评:

“精准扶贫求实效,帮扶结对显情操。攻坚拔寨除穷帽,振兴乡村社稷牢。”在扶贫工作中,经济发展是农村建设的重中之重,扶贫干部要紧紧围绕农村实际情况,充分利用自己的政策优势、部门优势、技术优势,协助乡村盘活集体经济、培养优势产业、争取政策支持,帮助村民制定发展规划、开展技术指导、提供市场信息。扶贫干部必须始终坚持以民为本,把改善民生作为第一职责,忠实践行全心全意为人民服务的根本宗旨。陈展鹏和他领导的黄冈市农科院就是这么做的,陈展鹏正是我们党需要的扶贫干部!

(丁凤菊)

18 郑威:自甘书生拙 壮志垦农田

湖北省农科院位于武汉市美丽的南湖之滨,历史悠久,人才济济,科研成果累累。这里不仅汇集了许多全国、全省知名的专家和学者,而且还云集了一大批情系“三农”,默默无闻,辛勤耕耘,不计个人得失,将自己的成果和技术无私奉献给祖国大地的科技工作者。农业经济技术研究所富硒团队郑威研究员就是湖北省农科院众多专家中的一员。他潜心富硒研究,积极投身科技助力精准扶贫、乡村振兴战略中,参与湖北省农业科技“五个一”行动,为企业、农民不辞辛劳,乐于奉献。由于科研成果丰硕,郑威曾被中国科协、农业农村部、国务院扶贫办评为全国科技助力精准扶贫先进个人。

立志学农,情系“三农”

30 多年前,郑威高考成绩突出,本可以报考一些热门专业,但他目睹家乡贫穷落后的面貌,因此,他报考了原湖北农学院农学系,立志学农,为农业发展、农村振兴、农民致富奉献出毕生的精力。

他刻苦学习,努力钻研,除系统学习农业的基础理论知识外,还利用课余时间进行田间试验,锻炼动手能力。1985 年他以优异成绩完成学业,分配到湖北省农科院。参加工作后,他深感大学所学知识还远远不够,除在工作中不断充实外,他考取了华中农业大学农业推广(种植)专业硕士,系统学习作物栽培学、农业推广学、农业经济管理学的相关知识。2006 年他 42 岁时,考取了华中农业大学作物遗传育种专业博士研究生,系统学习分子生物学、作物高级育种学的相关知识,还熟练掌握了田间试验研究和实验分析的技巧,发表了 SCI 影响因子 3.2 的论文,以优异成绩顺利完成博士答辩,获得农学博士学位,为日后开展科学研究和技术服务,打下了扎实的基础。他说:

"学农痴心不改,活到老,学到老。"

潜心硒研究,十年磨一剑

郑威说,作为农民的儿子,当初填报农学院,就是为了将毕生精力奉献给农业、农村、农民,不忘初心,不忘家乡父老的养育之恩,要将人生与服务"三农"联系一起,以实际行动回报家乡、感恩社会。郑威是这样说的,也是这样做的。在《湖北农业科学》编辑部工作期间,他经常深入农村、基层单位开展调研,大量阅读国内外的科技文章,认真履职尽责,保质保量地完成领导交办的各项任务,针对农业生产中存在的问题,写出了多篇技术和科普文章,用以指导农业生产。2015 年,郑威开始从事富硒高效安全种植养殖及功能农产品开发研究。他主持了湖北省科技助力精准扶贫工程恩施州和天门市 2017—2019 年项目,连续入选 2015—2019 年年度湖北省"三区"人才支撑计划。他开发出富有机硒农产品标准化种养殖技术;研制出生物有机硒营养液,富硒生物饲料,稻米、小麦、茶叶、蔬菜、水果、中药材、猪肉、鸡蛋、小龙虾等富硒农产品;筛选出优质、高产、稳产、富硒能力强且适合湖北种植的水稻品种 5 个,富硒能力强且适合长江流域种植的小麦品种 18 个,形成了富硒品种筛选应用、富硒制剂标准化应用、富硒优质安全种植养殖、富硒农产品精准达标生产等一套集成技术。经不同地点和不同年份试验示范,生产的富硒农产品总硒和有机硒含量稳定,总硒稳定在 400 ~ 500 微克/千克,有机硒占比稳定达到 85% ~95%。生产出的富硒稻米稳定达到湖北省食品安全地方标准《富有机硒食品硒含量要求》(DBS42/002—2014)。他和团队在全省建立富硒技术示范基地 30 个,为 30 多家企业提供技术支持。生产的富硒农产品是普通农产品价格的 3 ~5 倍,仅富硒稻米一项就可带动农民增收每亩 500 元以上,企业增值每亩 3 000 元以上。其他的富硒农产品则附加值更高,真正实现了他带动农民增收致富的梦想。2018 年,郑威和他的团队获得湖北省农科院科技服务奖。

科技助力精准扶贫,打赢脱贫攻坚战

2019 年湖北省科技助力精准扶贫推进会上,郑威代表他的团队做了题为《科技助力精准扶贫,打赢脱贫攻坚战》的典型发言,获得现场的领导、同事的热烈掌声。这篇发言并没有什么豪言壮语，而是一些朴实、朴素的语言，却再现了一个农业科技工作者的扶贫之旅，彰显了一名共产党员的“三农”情怀。

▲ 富硒研究团队在水稻富硒降镉技术扶贫示范田取样检测

2017 年初，湖北省科协、省农业厅、省扶贫办联合启动了“湖北省科技助力精准扶贫工程”，首批由 17 支科技团队对 18 个县市区实施 18 个项目，郑威率领的富硒研究团队实施恩施州“加快推进恩施州硒资源开发利用（恩施市）”和天门市“富硒农业产业新技术、新品种引进和推广”两个项目。两年来，他深深体会到科技助力是打赢脱贫攻坚战的有效途径，团队先后 30 余次前往恩施市盛家坝乡下云坝、大集场、安乐屯村、龙洞河村，以及恩施市太阳河乡柑树垭村开展科技助力精准扶贫工作，共派出专家 90 余人次。帮助当地发展富硒稻基地 5 000 亩，富硒猪养殖基地 500 头，提供技术服务 30 余次，推广富硒新技术 3 项、富硒新品种 3 个、富硒新产品 2 个，培训人员 800 余人次，受益群众 2 037 人。团队先后近 20 次前往天门市净潭乡白湖口村，佛子山镇方场村、康台村，皂市镇团山村，麻洋镇鹿角岭村，开展科技助力精准扶贫工作，共派出专家60余人次。帮助当地发展富硒稻基地2 930亩，提供技术服务近20次，推广富硒新技术2项、富硒新品种2个、富硒新产品1个，培训人员400余人次，受益群众922人。帮助企业的8款产品参加了恩施世界硒博会、南京双创双新博览会、武汉农博会等展会；1款产品经过严格筛选，获准进入中央电视台农业频道乡土栏目展播，受到采购商和消费者的一致好评。

面对已取得的成绩，郑威和他的团队不骄不躁，更加谦虚谨慎，努力探索新的扶贫模式。他们采取了"企业＋合作社＋基地＋贫困户＋专家指导"扶贫方式，即以企业或合作社基地覆盖的贫困户为对象，选取能够增收致富且切实可行的项目，通过产业帮扶、技能帮扶、流转或托管种植帮扶、就业帮扶，取得了明显的扶贫带动效应，为科技助力精准扶贫发挥了重要作用。

▲ 2018年7月，郑威研究员在恩施市柑树垭村讨论富硒猪养殖扶贫方案

"科技成果一旦转化为农民增收致富的物化成果，不单是科技工作者之幸，而且是农业现代化必由之路"，郑威三句话不离本行，他认为必须深入企业和基地对实际种植情况和存在问题进行调研，针对性地精准施策。例如

针对恩施楚丰公司基地生产的稻米产品硒含量不达标而镉含量超标，严重制约富硒稻米产品的经济效益，导致企业产业扶贫效应不强的瓶颈问题，富硒团队与企业和基地在新品种推广、新模式引进、新技术服务、精准扶贫措施等方面进行了探讨和磋商，制定出详细的技术扶贫方案。

开展技术培训。培训中做到"四有"，即有培训计划、有培训阵地、有培训专家、有培训材料。富硒团队在企业和基地，重点围绕优质高效富硒种养殖技术、生物有机硒对作物的外源科学规范化干预、富有机硒农产品达标规范化生产技术等方面开展实用技术培训。

加强现场指导。为取得实效，富硒团队采取了培训与现场指导相结合的方法，对企业相关技术人员进行了实地现场指导。例如，如何在水稻不同时期进行科学管理、怎样开展生物有机硒营养液的叶面规范化施用、全程使用绿色生产技术等进行了现场讲解和指导。

个别指导。富硒团队不辞辛苦，到企业基地蹲点，无论寒暑，不分节假日，深入田间地头手把手指导，确保企业有效益，贫困户有收益，学到实用技术。

最后一点就是寻找市场。帮助企业联系参与各种形式的博览会、交易会，对接相关采购企业。

人与人并没有太大不同，因为坚持、刻苦、自信，便有了不同。只有对事业的无限热爱、对梦想的不断追求，才能在平凡的工作岗位上干出不平凡的事业。

当被问及今年的打算时，郑威不假思索地说："在新的一年里，继续巩固已脱贫贫困户的成果，做到不返贫，能够永续发展；开展未脱贫贫困户的科技帮扶，使其尽快脱贫，并辐射带动周边乡镇、村贫困户；形成富硒品牌，进一步提高附加值，由脱贫转为致富；建立富硒水稻技术扶贫模式，向全省推广。"

我们坚信，郑威和他的团队的科技成果，会像金色的阳光一样洒遍荆楚大地的田野，带来更多的丰收美景！

案例点评：

一个农民的儿子，青年时代走出大山。为了改变家乡"穷山恶水"的旧貌，立志学农。“三更灯火五更鸡，正是男儿读书时。”他孜孜不倦地学习，42岁获得农学博士学位。他不忘初心，将自己的人生道路与服务“三农”紧紧地连在一起！他就是湖北省农科院富硒研究专家郑威研究员。他把科技论文写在稻田，引导农民连片种植高效特色富硒水稻；他把科学实验做在猪场，指导农户养殖高效富硒生猪；他把技术课堂设在山村，帮助村民开阔致富视野；他把技能培训放在农家，手把手传授，让每一个农民都学会操作技术。他和他的团队精准扶贫，打造富硒品牌、助力产业发展，其研究成果：有机稻米、茶叶、蔬菜、猪肉、小龙虾等富硒农产品，誉满华夏。他几十年如一日辛勤耕耘，将自己的科技成果和实用技术无私地奉献给荆楚大地，以实际行动回报家乡、感恩社会，彰显了一名共产党员和科技工作者的高尚品德。富硒稻谷香，猪禽虾强壮，扶贫山村富，农民奔小康。

（吴远道　夏立村）

19 李平：把论文写在田野上 把答卷融进瓜果里

“李专家，您来了，帮我看下田里的西瓜，长得真的好，今年我家脱贫就靠它们了。”

“李专家，真的非常感谢您，不是您手把手地教，今年我就全军覆没了。”

…………

天气晴好，荆州农业科学院（以下简称荆州农科院）园艺研究所所长、正高级农艺师李平来到石首市大垸镇新沟村。他走进瓜蔬大棚，在田里劳动的农民纷纷围了上来，一边围着他打招呼，一边殷切地邀请他去自己的田里，看看西瓜、甜瓜等作物的生长情况，请他指导田间病虫害的防治措施。在田间，不管李平老师走到哪里，周围总是围着一圈人，听他的技术指导，不时向他投去敬佩和感谢的目光。

打造产业新模式，变不可能为现实

新沟村以前是贫困村，村里种植传统的粮棉油，没有支柱产业，群众脱困无门。

2008 年，荆州农科院西、甜瓜专家李平到这里开展服务指导，了解该村的基本情况后，提出发展西、甜瓜产业的构想，建议当地群众一次性投入搭建钢构大棚，引进种植西、甜瓜。

在当时，大棚种植西瓜多采用江浙一带的模式，搭建起简易的竹制大棚以节省成本。这种模式种植西瓜对地力要求很高，加上西瓜病虫害较多，在一块地上种植西瓜后，就必须换茬种植其他作物，这样，搭建的大棚多半就会废弃了。

听了李平的建议，当地农民将信将疑，多方打听对比，几家群众碰头后，决定在3亩地上先搭10个简单的竹制大棚进行试种,先看看试种效果。

面对大家致富奔小康的迫切愿望,李平感觉自己肩上沉甸甸的,他精心帮大家筛选了"鄂甜瓜5号"(大棚早熟甜瓜)和"荆杂18"(早熟西瓜)两个品种,采取双膜覆盖栽培模式进行种植。

苗好,种瓜就成功了一半。为了育好苗,李平一直在新沟村现场指导,直到农历腊月二十八才回家团圆,大年初三他就又回到了瓜苗棚。在李平的精心指导下,社员们在半信半疑中迎来丰收,大棚早熟甜瓜效益明显高于双膜覆盖西瓜。当年秋天,当地建立起石首市大垸镇天字号合作社,大家抱团脱贫致富。经过2009—2010年的摸索,一些社员脱掉了穷帽,真正认识到了科技种田的优势与前景,对李专家更加信任。

2011年秋,李平与社员们经过深入研究,合作社决定新搭建70亩钢筋塑料大棚,发展瓜菜种植,于11月上旬栽下莴笋苗子,等4个月左右的时间莴笋上市,次年3月初全部卖完。由于在春节期间,莴笋的市场批发价达到每千克1.8元左右,亩产值达到6 000~7 000元,当年就基本收回大棚投资成本。

▲ 2017年10月,李平专家在石首市大垸镇天字号合作社指导农户种植莴笋

可刚开始种植莴笋却非常不顺利，时值寒冬，即将到手的几十亩莴笋突然就生病了，合作社徐清华敲开了李专家的家门，请求“帮忙救救莴笋”。李平随老徐回到田头查看，也有点措手不及，因为“为蔬菜治病并非他的强项”，他当即拿起电话，向中国农科院著名蔬菜专家李宝聚、湖北省农科院蔬菜中心副主任姚明华求助。通过电话连线，专家会诊，开出了药方，李平与老徐一起，连夜到农资市场买药。当时正值春节前夕，好多店铺早早关门，李平和老徐一家家地叩门问，终于买到了对症药剂。

翻过年，等到李平正月初三再去时，老徐的大棚莴笋一片生机，正准备大量上市销售。李平说：“三级农科院专家的联合行动，感动了老徐和乡亲们，科技应用推广难，难在老百姓是否信任，能否见实效。”从此，老徐和社员们从内心上交上了李平这个好朋友。

接下来，合作社将“鄂甜瓜 5 号”甜瓜和“早春红玉”西瓜移栽到大棚里，在 5 月中旬上市，6 月中旬就可以清棚消毒后再种一季秋西瓜、甜瓜，两季瓜每亩净收入至少 8 000 元，这就是净赚的钱。合作社的黎师傅捧着赚到的钱开心地说：“没想到，李专家的法子这么好用，我们再也不用为孩子的学费发愁了。”

老百姓高兴了，附近的乡亲们看到天字号合作社依靠科技种田带来的效益，忍不住纷纷前来参观学习，不少贫困村民主动加入到合作社，希望依靠科技的力量早日脱贫致富。一些乡镇干部也找到了李平老师，也想成立合作社，希望在李专家的技术指导下帮当地群众早日脱贫致富。

看到农民们喜悦的笑容、期盼的目光，李平的内心也是一样高兴，更感到农业科研工作者肩上沉甸甸的责任。

为了解决大棚种植的重茬障碍，提高瓜果品质和产量，李平带领园艺团队开展生物有机肥试验，早熟西、甜瓜新品种配套技术模式试验，研发出“瓜—瓜—菜”模式，在石首大垸镇一带推广，为当地搭起丰收的框架。瓜蔬产业成为石首群众脱贫致富的法宝，打破了大棚不能重茬的说法。李平介绍，该高效模式利用普通塑料大棚，种植两茬西瓜或甜瓜（早春一茬、夏秋一茬）和一茬秋（越）冬蔬菜（莴笋、冬瓜或芹菜），实现一年三茬周年循环生产。一般西、甜瓜年亩产可达 6 000 千克以上，产值 1.4 万元，蔬菜可达 4 000 千克以上，产值 0.6 万 ~ 0.8 万元，除去开支，亩纯收入超过 1.5 万元。

如今，石首市天字号瓜蔬土地股份专业合作社已经从10个大棚、不到3亩地发展到2 000亩，实现大棚西、甜瓜种植连续10年不嫁接，并轮作秋冬蔬菜，以推广大棚“瓜—瓜—菜”模式为主，采取设施西、甜瓜绿色高效可持续栽培，每亩产值年均稳定在2万元以上，社员纷纷盖起了“西瓜楼”。并且以“协会 + 联社 + 合作社 + 基地 + 农户”模式服务辐射周边近万亩设施瓜蔬生产，带出了几个“百万元农户”，包括西、甜瓜在内的多个产品获绿色认证。“天字号”瓜蔬品牌享誉“两湖”地区，每年吸引省内外十几批、近千人次前来取经学习。

▲ 李平专家在监利县网市镇刘王村现场指导西瓜种植

2018—2020年该合作社连续承办3届石首市西瓜节，吴明珠院士和许勇首席研究员亲自到会点赞。2019年该社理事长徐锋当选团中央与农业农村部共同表彰的第十一届全国农村青年致富带头人。尤其在今年新冠肺炎疫情的不利情况下，该合作社实现了4月28日产品上市，成为今年湖北最早上市、瓜价最好的西、甜瓜基地，并成功举办了网上西瓜节。不仅较往年提前一个月上市，举办的西瓜节甚至还早于我国最大的早熟西瓜主产区山东昌乐和北京大兴的西瓜节。目前该模式被李平制定成荆州市地方标准，作为精准扶贫的首选项目在荆州及周边地市全面推广，目前推广面积超过1.5万亩，实现年产值达3亿元。

科技扶贫送成果，论文写在大地上

从松滋到天门、从石首到江陵，田间处处都有李平参与园艺产业扶贫的身影，荆州农科院西、甜瓜也成为品质、口感的代名词，更成为群众脱贫致富的靠山，李平也成为荆州市科技局、科协、市场监督管理局等单位的精准扶贫、产业扶贫首席专家顾问。

22年来，为了推广应用西、甜瓜新技术、新品种、新模式，李平一直扎根基层，足迹遍布荆楚大地100多个西、甜瓜产业村，覆盖全市所有主产乡镇，对各地情况了如指掌，以实际行动“把西甜瓜论文写在荆楚大地上”。作为国家西、甜瓜产业技术体系武汉综合试验站技术专家、荆州市瓜果菜首席专家，李平下乡时，时刻关注着农村的一切，他立足生产，展望未来，心里有明确的科研目标。他选育的新品种有面向当前大众生产需求的品种，也有为了适应设施生产的高端品种。每当有新品种审定，或者新的栽培技术、栽培模式试验成功，他都不遗余力地深入生产第一线指导推广，荆州各县市区都建有示范点。他没有节假日的概念，只要到了播种季节，他走遍每一个示范点的田块，农民瓜田有了病害，他接到电话就立刻赶去，农民来电他一直耐心解答，直到瓜农满意。他从没喊过累，脸上始终挂着温和的微笑。

李平先后主持和参与选育出了9个西、甜瓜新品种，其中西瓜“荆灵1号”和甜瓜“鄂甜瓜5号”分别通过了国家审定，填补了湖北省无国审品种的空白。他获得湖北省科技进步二等奖1项、三等奖1项，荆州市科技进步奖励2项。为了将成果转化成农民的收益，多年来，李平坚持以更大的耐心、更高的热情，点面结合，以多种形式帮扶指导产业脱贫。曾经自掏腰包带领农户走出去学习大棚西、甜瓜生产技术，在大年正月初三就来到田间指导育苗，经常性利用电视、电台传播农业技术，搞培训、办现场，利用电话、微信解答农民疑问，在贫困地区累计指导培训农户上千人次，推广新品种、新技术十几个(项)。他每年集中组织现场观摩会不低于2场，培训农户500～1 000人次，印发技术资料2 000余份，每年下基层搞调研、办示范、作指导，累计超过 100 次，参与省、市电视电台媒体技术服务节目 20 余次，推广了很多实用技术和新品种，应用规模累计超过 200 万亩，推动社会效益新增 4 亿～5 亿元。

李平带领的园艺专家团队不断创新科技服务方式，结合实施湖北省农业科技“五个一”行动，指导 10 余家合作企业实施湖北省菜篮子工程项目、国家蔬菜标准园建设及湖北省基层农业示范基地建设等多个项目，并提供了大量科学的规划建议与技术论证。先后指导江陵县郝穴镇丰泽园公司发展农旅一体化项目；引导江陵县马家寨乡同心村利用扶贫项目资金，建起了大棚基地，发展大棚西、甜瓜和蔬菜；帮助公安县科润合作社优化产业结构，从单一葡萄种植向瓜、果、菜综合均衡发展；在江陵县沙岗镇方乐寺村建成该镇首个标准化蔬菜大棚示范生产扶贫基地；全程规划指导省级贫困村监利县网市镇刘王村发展西瓜产业。他十几年来精心指导的石首市天字号瓜蔬土地股份合作社成为湖北省农业科技“五个一”行动首批核心示范基地，所在村被纳入 2019—2022 年农业农村部乡村振兴科技引领示范村建设项目。湖北省农科院党委书记刘晓洪、院长焦春海等领导多次到现场调研指导，并给予充分肯定。

▲ 2020 年 5 月，湖北省农科院院长焦春海调研天字号合作社

多年来,李平直接或间接带动获益脱贫的贫困人口累计不少于120人,他全身心投入科技扶贫,全力助推乡村振兴,不计回报,取得了显著社会效益,赢得了社会一致好评,多次被评为先进工作者、优秀共产党员。2009年,李平同志获评全国西瓜、甜瓜科研生产协作先进个人,2012年获“湖北省农业领域产学研合作优秀专家”称号,2015年获荆州市特等劳模,2016年作为荆州市唯一的中国科协九大代表,参加了“全国科技三会”,2017年被湖北省政府评为“第四届湖北省科普先进工作者”。2017年9月28日,《农民日报》头版以《穷理致知 反躬实践》报道其个人先进事迹。2019年,李平获全国科技助力精准扶贫先进个人。

案例点评:

诗经有云:“有匪君子,终不可谖兮。”意思是高雅先生真君子,一见就不会忘记。李平老师让我们看到古代君子的身影。

西瓜、甜瓜,每亩产值能达到2万元,成为百姓的致富瓜;李平带领的专家团队,能增收四五亿,成为致富带路人;一个共产党员的情操,穷理致知,反躬实践,正是古代君子之风的延续。

论语中说:“仰之弥高,钻之弥坚,瞻之在前,忽焉在后。”师德高尚的人,成为团队的榜样和精神支柱。一个好老师,带动一群好学生。一群好学生,又成为一群好老师,带动一方百姓发家致富。这些老师才是真正的学问家,他们实践着一个朴素的真理:把论文写在田野上,把答卷融进瓜果里。

(钟正发)

20 闵勇:小小栀子让荒山更绿更美

地处大冶市南部山区的刘仁八镇,山场面积有 9 万余亩,林地资源十分丰富。近年来,当地依托湖北省农科院,因地制宜开发荒山荒地,发展绿色健康种植,引领当地群众脱贫致富,走出了一条生态旅游和观光农业相融合的产业致富之路。

小栀子,大用途

夏初的刘仁八镇大庄村,山丘连绵,上万亩栀子花争奇斗艳,芳香扑鼻。洁白的花朵与天空的白云交相辉映,地上的游人频频驻足观赏。这一大片栀子花,每年都能吸引大约 2 万人次的八方游客。

▲ 大冶市刘仁八镇大庄村栀子种植基地

漫山遍野的栀子花让人赏心悦目，但对于大冶市恒泰益生态农业专业合作社创始人刘昌寻来说，更让他激动的是花谢后的日子。每年秋冬季节，栀子树上会挂满金黄的果子。这个叫栀子黄的“金果”，将给村民们带来美好的生活。

刘仁八镇四面环山，可用耕地少，原来的山也大多是荒山，只有丛生的灌木和杂草。大庄村所在的老龙头山，因为是白沙地，土质更是贫瘠，不长庄稼，种树也是年年种、年年死。村民们想过很多办法——种过南竹、油菜、油茶，但都没有起色。

40 多岁的刘昌寻苦恼地找在上海的哥哥刘昌胜院士商量。刘昌胜告诉他：“家乡是山区，自然环境好，不能只要发展而不要生态。”他向弟弟建议种栀子树，不仅可以做药材，还可以给荒山添绿增景。刘昌寻开始上山种水栀子。

水栀子是栀子的一种，果实是传统中药，具有护肝、利胆、降压、镇静、止血、消肿等药用价值，临床上常用于治疗黄疸型肝炎、扭挫伤、高血压、糖尿病等。除了药用，还可提取天然色素——栀子黄，是食品领域安全可靠的着色剂，可用于果汁(味)型饮料、配制酒、糕点、冰棍、雪糕、膨化食品、果冻、面饼、糖果和栗子罐头等。水栀子可谓集绿化、观赏、药用、食品价值于一体。

2014 年，刘昌寻流转承包了 2 200 多亩荒山，从外地购入 200 万株栀子苗，请来当地村民种上。为了养活娇嫩的栀子苗，他从湖北省农科院请来专家进行技术指导。管理这么大一片山需要帮手，刘昌寻就与村委会商量，找到村里 14 户精准扶贫对象和低保户，让他们闲暇时帮忙除草、施肥、摘果，给他们开工资，一天至少 100 块钱。加上山地流转的费用，村民的腰包开始鼓起来了。一直零收入的村集体账户，当年也第一次见到 6 万多元的巨款，这给大家带来无限希望。

在刘昌寻的带动下，刘仁八镇 20 个村子中有 17 个种上了栀子树，并组建专业合作社。这些栀子树都是种在以前的荒山上，面积达 1.2 万多亩。从此，这里的荒山更绿、更美了，一跃变成了兼具生态和经济效益的“金山银山”。

小栀子，大科研

2016年，正当刘昌寻和大庄村的村民们憧憬美好未来的时候，一场大范围的虫害让他们措手不及。6—8月正值栀子挂果的时候，虫害开始肆虐，新梢被虫子啃断，果实被幼虫啃食，完全丧失了商品价值。满山的栀子树，变成了伤心树。

能不能农药灭虫？栀子果是用来提取食用色素的，随便打化学农药会造成农药残留，达不到食品安全标准，没有公司收购。眼见就到收获的季节，一年的辛劳却全部白费了。刘昌寻深深认识到，种植栀子远没有想象的那么简单，还得学习科学的种植方法。正在这时，一次偶然的外出培训，他认识了在通山县农办挂职锻炼的闵勇博士，并邀请闵勇前往大庄村考察。

闵勇博士是湖北省生物农药工程研究中心生物转化与催化研究室主任。2014年以前，他的科研工作主要还是在实验室开展，和农业生产实践没有直接挂钩。2014年，他根据科技服务“三农”的需要调整了自己的科研方向，田间地头也跑得多起来，通过了解农民日常生产中的技术和产品需求，开始关注功能微生物产品的创制及其在田间的实际应用。2016年，闵勇参

▲ 闵勇博士与刘昌寻查看栀子虫害发生情况

加湖北省委组织部组织的博士服务团，在通山县农办挂职副主任。

闵勇也是大冶人，看到家乡人找到自己，当然十分热情。他到现场调查虫情，确定为鳞翅目害虫导致的灾害，又通过查阅文献资料，确定危害叶片的主要为栀子卷叶螟（又称栀子三纹野螟），危害栀子果的主要是绿背小灰蝶。几经接触，双方决定签订合作协议，以闵勇为主组建专家服务团队，将湖北省生物农药工程研究中心开发的技术和产品高位嫁接到栀子病虫害的防治上来，运用科学技术为栀子健康种植保驾护航。

经过调查，闵勇团队摸清了刘仁八镇地区栀子主要病虫害发生的周期规律，同时以湖北省生物农药工程研究中心的主打产品——苏云金芽孢杆菌生物防治为主，杀虫灯诱杀和黄板诱杀物理防治为辅，结合必要的高效绿色化学防治，不仅解决了虫害防治问题，还实现了栀子果连续 3 年农残零检出，保障了产品的食品安全性。同时，闵勇团队还创制了功能微生物肥料，转变传统种植模式，通过土壤改良提高栀子的品质。

通过与闵勇团队的合作，恒泰益生态农业专业合作社连续两年获得大冶市科技项目资助，总金额达 25 万元。2019 年，合作社在闵勇团队的协助下获得黄石市科协的 3 万元资助，并被评为黄石市特色果科普基地。

小栀子，大文章

在闵勇的眼里，小小的栀子不仅仅是一个产品，更可以形成一个完整的产业链，带动相关产业的发展；不光创造新的就业机会，同时还能创造社会财富，小小栀子的背后大有文章可做。

受生物制药市场行情看涨的影响，栀子黄需求旺盛，市场货源走势较好。目前，每千克栀子干果的市场售价在 20 元左右，且行情不断走高。闵勇算了一笔账："常规方法种植的栀子不好卖，行情差的时候 1 千克干果卖不到 10 元钱。而采用生物防治技术种植的栀子果没有农药残留，同时因为增施了功能微生物有机肥，栀子果中的栀子黄色价、栀子苷和总皂苷含量比一般传统种植的栀子要高。这样的产品一定会受到市场欢迎。"

其实，在闵勇团队眼里，小栀子背后还是一个大的民生问题。刘仁八镇地处山区，可用耕地面积小，科技扶贫不能是简单的送技术下乡，还有培育、生长、成熟各阶段的技术扶持，重点是要解决产品的销售问题和如何提高栀子种植的附加值。

“如果光是搞栀子种植，种出来的鲜果不能及时销售，就会大量积压、腐烂。”2018 年，就因为黄石当地企业没有收购恒泰益的栀子鲜果，刘昌寻只能将果子送到宜昌去销售，大大增加了生产成本。2019 年，合作社上马烘干设备。从此，干果就可以长时间储存，不用担心短时间销售不出去而降价。同时，还可以为其他合作社代加工栀子果。

闵勇提出：“栀子果除了色素，油脂含量也很高，栀子油的品质不亚于橄榄油。通过技术攻关，栀子果榨油后的油饼还可以用于色素提取，可以大大增加栀子种植的附加值。”

按照这一设想，栀子产业扶贫就要做到选择良种、绿色种植、产品深加工、一二三产业融合等，并运用市场化手段，形成全程可控的产业链，才能占据主动权。只有在供给与需求之间进行良性对话、互惠互利，才能使栀子产业成为富民产业，也才能使农民真正致富。这是真正的小栀子、大民生！

谈起科技扶贫的感受，闵勇感慨颇多：“全面脱贫奔小康，难点在产业。扶贫攻坚，绿色发展是必经之路。只有开发出好的产品和技术，才能更好地为社会服务。生物农药产品研发是我们长期坚持的特色学科，符合当今乡村绿色发展的发展趋势。下一步，我们要依托现有的产业化平台来熟化产品和技术，为我省农村的脱贫致富贡献力量。”

案例点评：

一棵树只能托起小鸟的梦想，一片森林却可以托起刘仁八镇无数村民脱贫致富的梦想。梦想需要科技的支撑，需要科学家的智慧，科学能让山更绿、梦更美。科技扶贫不是简单的送技术下乡，还有在培育、生长、成熟各阶段的技术扶持，更要有产业化的思路，助推贫困地区发展特色、开拓市场。闵勇博士将小小栀子果，变成联系万千农民的民生大产业。

（石丽桥）

21 陶虎：艰难还山间 独欲足畜牧

什么是真正的科研工作者？就是要把论文写在土地上，让畜牧产业得到发展，使农民致富增收，矢志不移，踏石有痕！

——陶虎

黄冈市罗田县骆驼坳镇徐家湾村，一大群黑山羊正埋头吃草，村民王敏欣喜地站在羊群旁边，脸上洋溢着笑容，这笑容里有对家乡田园的热爱，有对年底满满收获的期待，有对湖北名羊农业科技发展有限公司的信心，更有对一位专家的感激！

来自贫困县的求助

湖北省农科院畜牧兽医研究所副研究员陶虎博士正在家里看电视，中央电视台播放的一位老专家投身科技助农事业的故事，将陶虎的思绪带到了王敏所在的罗田县，自己奋斗工作的地方……

40岁出头的王敏，数年前因父亲患癌症，作为家里唯一劳动力，他在家照顾了父亲长达两年，全家一下子没了收入，被列入建档立卡贫困户。2015年11月，王敏申请参加了罗田县黑山羊产业精准扶贫工程，靠政府贴息贷款，养起了黑山羊，对养羊一窍不通的他，在湖北名羊农业科技发展有限公司帮助下，2017年靠20只黑山羊，顺利脱贫。王敏只是罗田县通过黑山羊产业精准扶贫工程改变命运的众多贫困户中的一员，2019年罗田县全县实现脱贫摘帽，名羊公司在这一过程中，发挥了特殊的作用。

罗田县位于湖北省东北部、大别山南麓，面向长江，山清水秀，人杰地灵。有诗曾写道："一脉青山舞凤凰，花涵曙色满城香。春来欲共东风力，振翅高歌万里翔。”但在2019年以前，这里却是国家级贫困县。2003年，罗田女青年刘锦秀返乡创业，成立了湖北名羊农业科技发展有限公司，带领着大别山的贫困父老乡亲，立志靠养黑山羊脱贫致富。

大别山黑山羊养殖是湖北省优良地方品种，也是罗田县的特色优势产业，其具有毛色纯黑、繁殖性能高、耐粗饲、肉质好等特点。养殖黑山羊，罗田过去有基础，但苦于技术瓶颈，产业几乎停滞不前。

▲ 陶虎博士指导湖北名羊农业科技发展有限公司草场建设

在消费升级背景下，罗田黑山羊产业也面临着提档升级、良种繁育、四季牧草供应、精准饲料研发、羊肉产品深加工、技术标准的制订和完善等一系列问题，亟待破题。面对困局，刘锦秀向湖北省农科院寻求技术支持。在此之前，《湖北省农科院农业科技精准扶贫纲要(2015—2019年)》已经进入了组织实施阶段。根据纲要部署，湖北省农科院将直接推动农业科技到村、到户、到企业，向贫困地区选派科技特派员、产业发展顾问、青年博士服务团、科技助力精准扶贫专家服务团等，促进包括特色养殖在内的产业提档升级。

你有求我必应，一段佳话就此注定，刘锦秀及其名羊公司的求助很快得到了回应。陶虎和罗田黑山羊的故事，也由此开始。

“科技副总”，穿梭奔忙

一直以来，选派年轻的优秀人才到基层、到龙头企业对接服务，既是湖北省农科院服务产业的一种方式，也是培养锻炼人才的一种方法。

1986 年出生的陶虎，是湖北省农科院畜牧兽医研究所的博士。2014 年从华中农业大学动物遗传育种与繁殖学专业毕业后，就到了畜牧所工作，第一次出差，陶虎去的就是罗田锦秀林牧专业合作社——名羊公司旗下的养羊合作社。那时候的名羊公司还在起步阶段，员工也少，羊肉加工厂也是刚建起来，“斜阳照墟落，穷巷牛羊归”就是那时的写照。陶虎亲眼见证了名羊公司的“瓶颈期”和罗田黑山羊产业的“阵痛期”。事实上，山羊产业在湖北省内相对弱势，现代化程度完全比不了生猪、蛋鸡、奶牛等产业。

2016 年，湖北省农科院与名羊公司共建“大别山黑山羊研发中心”。同年，陶虎被选派为湖北省“第五批博士服务团”和“三区”科技人才，来到黄冈市罗田县三里畈镇，在名羊公司驻点帮扶，同时在罗田县畜牧兽医局挂职一年。2017 年，陶虎被名羊公司聘为“科技副总”。

▲ 大别山黑山羊研发中心挂牌成立

以湖北省农科院为依托，陶虎帮助名羊公司完成了技术攻关：通过种羊提纯复壮、发展板栗林下种草养羊模式、冬闲田种草、研发颗粒饲料、肉产品精细分割等技术,产业发展瓶颈一一破解。

“不管是在技术支持,还是在项目申报方面,公司都和我们省农科院畜牧所草牧业团队进行着紧密合作。”陶虎说,下到基层服务企业,有苦有甜,生活不规律,家也顾不了,但看到自己和团队通过技术服务、讲座培训、科研项目合作等形式真正帮助到企业不断成长壮大,还是非常自豪。

通过科技创新,公司发展终于驶入快车道,企业也走向更加广阔的舞台。“薄金寨·锦秀羊”产品销售至北京、上海、南京、武汉、广州等地,精深加工带来高附加值,从农户手中的收购价也年年上涨,黑山羊成了名副其实的“致富羊”。随着名羊集团生产的黑山羊肉畅销全国,身为“科技副总”,陶虎肩上的担子越来越重,每个月都有一半时间在罗田的车间、实验室、养殖场之间穿梭奔忙。

现在,名羊公司已成为集黑山羊种质资源保护开发利用、饲料研发加工、黑山羊养殖、肉羊屠宰加工、羊肉产品研发及产品销售为一体的农业产业化省级重点龙头企业。

“我们需要陶博士!”

2015 年,罗田县提出了“33111 工程”,即利用 3 年时间,整合社会资源,向适合养羊的贫困户户均一次性提供 3 万元担保贴息贷款和 1 万元扶贫资金,支持 1 万户贫困户通过发展黑山羊养殖产业,力争实现贫困户年人均收入超过 1 万元,达到脱贫致富的目标。

装上了科技引擎的名羊公司,采取“公司 + 合作社 + 贫困户”模式,为养羊贫困户提供产前、产中、产后一条龙精准服务,带领贫困户养羊实现增收脱贫,成为罗田产业扶贫的“领头羊”。

至 2018 年底,湖北省农科院畜牧兽医研究所联合名羊公司已发展黑山羊养殖的贫困农户 1 065 户,名羊公司下属的锦秀林牧专业合作社拥有县内养羊社员 2 600 户,社员户年出栏肉羊 15 万只,辐射周边县市对接服务的山羊养殖户 7 726 家,全县 2018 年出栏肉羊达到 20 多万只,进入了全省养羊大县行列,年人均收入过 1 万元,“33111 工程”目标顺利实现。2019 年,罗田县如期实现脱贫摘帽。这一年年底,陶虎与名羊公司签订的 3 年聘期眼看就要到了。“企业要发展离不开专家、离不开科技,我们需要陶博士。”名羊集团副总经理阮接芝说。

在罗田县畜牧局挂职,陶虎也是天天走村串户,全身心投入到黑山羊产业“33111”工程中。罗田县10个镇,陶虎和同事们每个镇至少组织了一场“精准扶贫黑山羊养殖技术培训讲座”,共计培训养殖户千余人次。

至今,陶虎还兼任名羊公司的“科技副总”。2019年底,罗田县政府、名羊公司与湖北省农科院畜牧兽医研究所继续签订了技术服务协议,由该所提供育种、饲料营养、养殖技术、牧草种植加工等全产业链的技术支撑,帮助企业发展。

把论文写在大地上

“我天天在村里跑,发放种草养羊技术手册、牧草种子,村民见我次数多,信任我,遇到技术困难就会想到打电话给我。”陶虎说,这些面对面服务村民的举措看似不大,但只要齐心协力,日积月累,也能成就农业扶贫的大作为。

认真做好每一件“看似不大”的工作,是陶虎从科研生涯一开始,就养成的职业习惯。2015年初,咸宁市通山县乌骨羊保种场,刚参加工作的陶虎在这里驻点,主要工作是收集通山乌骨羊的数据。乌骨羊野性强,有时候一个小时也抓不到几只。为了给乌骨羊称体重、量体尺,追着羊跑,就成了那时陶虎工作的常态。

通山乌骨羊保种场在山区,5年前,那里不通水、不通电,手机没信号。日常只能喝水窖里的水,用发电机发一小会儿电;打电话,得爬到山顶;住的房子窗户没有玻璃,冬天睡觉,奇冷无比,必须用被子蒙住头……

“现在想想那段驻点的生活,还是挺难忘的,也是我人生一笔宝贵的财富。”陶虎说,这些看似简单和艰苦的经历,其实是许多科研工作者的必修课。

不到35岁,陶虎已经可以跻身专家之列了:先后承担国家自然科学基金项目、青年基金项目、湖北省技术创新专项重大项目子课题、湖北省农科院人才项目等研究项目;发表论文10余篇,其中第一作者发表SCI论文5篇;申报发明专利6项;参与制定湖北省地方标准3项;获得湖北省科技进步三等奖1项(排2);多次被评为院所先进工作者……

▲ 陶虎博士指导名羊公司建设肉羊颗粒饲料加工生产线投产

众多科研成果和荣誉中,黄冈市第五批“博士服务团”工作先进个人和中共罗田县委“优秀扶贫工作者”称号,在陶虎心中有着特殊的分量。

2016年10月,时任中央政治局委员、国务院副总理汪洋,来到罗田县视察了“33111黑山羊产业精准扶贫”工作。汪洋肯定了湖北省农科院在精准扶贫工作中所做的成绩,勉励畜牧科技工作者再接再厉,发挥科学技术的巨大推动作用。

“五年多时间过去了,看到名羊公司一步步发展壮大,脱贫攻坚工作取得了一些成效,自己还是挺欣慰的”,最近,中央电视台经常播放一些老专家投身科技助农事业的故事,陶虎说他看了很激动、很感动。“什么是真正的科研工作者?就是要把论文写在大地上,让畜牧产业得到发展,使农民致富增收,矢志不移,踏石有痕!”

案例点评:

学富五车,博学多才,是形容人的知识非常渊博,而渊博的知识有什么用？关键是你怎么用，为谁所用，湖北省农科院畜牧兽医研究所陶虎博士的经历对此做了很好的诠释。把论文写在土地上，把科研用在扶贫中，把技术推广到产业里，让知识改变贫瘠，让知识振兴乡村，让知识迎来小康！我们的扶贫工作需要那些具有丰富的农、牧专业知识，愿意扎根乡镇，具备扶贫使命感、责任感和荣誉感，拥有科技脱贫致富的意识和能力的扶贫干部。能够荣获黄冈市第五批“博士服务团”工作先进个人和中共罗田县委“优秀扶贫工作者”称号，陶虎当之无愧。我们的时代就需要千千万万这样的“陶博士”！这正是“对口帮扶到僻乡，脱贫法宝待戎章。用心用脑补短板，精准精兵寻妙方。突出问题齐出力，聚焦难点共发光。富民之本在产业，拓展市场奔小康。”

（程　妮）

22 游景茂：千古一仙草　石斛有奇效

黄冈市英山县雷家店镇东明村位于大别山南麓，毗连安徽省霍山县，现有耕地970亩，林地3 000亩，平均海拔300米。2014年底，全村辖12个村民小组，325户，1 035人，外出务工300人，空巢老人30人，留守儿童12人，建卡贫困户132户380人，其中农村低保65户68人，五保户17人。经过统计，该村的建卡贫困户达到了40.6%，建卡贫困人数达到36.7%。该村主要以山地为主，可耕地面积较小，离城区较远，周边没有就地吸收劳动力的企业，因此该村为英山县重点扶贫村。自从2016年湖北省农科院中药材研究所专家游景茂到东明村调研后，如何利用在恩施积累的中药材产业和技术扶贫经验，如何帮助该村村民脱贫增收，一直成为他时刻思考的问题。

深入调研，找准致富产业和带头人

经过实地考察和调研，游景茂最终确定结合英山石斛产业优势，利用中药材研究所前期对石斛研究的成果，协同推进东明村扶贫事业。英山石斛属于霍山石斛，是我国最珍贵的中药材之一，历史上一直贵为皇室专用，古时皇帝为了长生不老，用英山石斛炼制长生丹。现在石斛被国际药用植物界称为“药界大熊猫”，具有滋养阴津、增强体质、补益脾胃、护肝利胆、强筋降脂、降低血糖、抑制肿瘤、滋养肌肤、延年益寿等功效，广泛应用于药用、保健、美容、饮用品及食品等诸多方面。英山石斛历史上被誉为“中华九大仙草之首”“救命仙草”，现代人尊称为“中华仙草之最”“健康软黄金”，用英山石斛加工的饮品——枫斗，被称为“枫斗之王”。

游景茂团队与英山县药业产业相关部门沟通交流，经过反复论证，最终决定和湖北宗坤石斛科技开发有限公司进行深度合作，推动东明村的扶贫工作。经过近20年的艰苦创业,他们在一个无人问津的乱石壳上,建起了英山县大别山石斛园,填补了湖北石斛发展史上的空白。刘宗坤总经理在种植石斛方面经验丰富,是周边地区的致富带头人。团队选择与宗坤石斛科技开发有限公司合作,对于推进东明村扶贫工作具有重要的意义。

▲ 游景茂专家到英山县雷家店镇东明村石斛产业示范基地进行指导

游景茂长期在湖北省农科院中药材所栽培研究室,从事中药材育种、栽培及病虫害绿色防治工作,和湖北宗坤石斛科技开发有限公司对接后,又开展石斛复合种植模式提高林地利用率相关的科研工作。通过研究和论证发现,在石斛周围的空地上,种植珍稀濒危中药材竹节参、重楼等,可以充分利用闲置空间,发展立体经济,显著增加石斛林地的经济效益,同时可以吸引周边劳力,增加就业率,提高山区人民收入。通过采用“石斛+竹节参”“石斛+重楼”等复合种植模式,每亩可以增加产值6 000余元,合计增收超过30万元。通过整地、移栽等每年可以固定额外增加就业人员30余人,平均每人每年增加收入3 000余元,不仅给企业带来额外的效益,同时也为周边部分贫困农户带来收入,一定程度上提高了他们的生活水平。

加强攻关,解决企业技术难题

2017 年 6 月初,游景茂突然接到湖北宗坤石斛科技开发有限公司刘总的紧急电话,大棚里的石斛突然出现变褐和大面积死亡的症状;同时,安徽省霍山县石斛种植公司也打来求助电话。霍山县爆发的石斛病害和刘总表述的症状基本一致,该病害同样给霍山县石斛产业造成很大的损失。接到电话后,游景茂紧急研究对策,并购买了次日从恩施去武汉的火车票。由于火车票无座,他站了近 5 个小时,接着又搭乘地铁到武昌,从傅家坡长途汽车站乘坐客车急急忙忙赶往英山。到达英山后,游景茂马不停蹄地赶往各个基地,开展取样和拍照等工作。第二天上午调研取样完毕,游景茂准备动身返回中药材所,湖北宗坤刘总闻讯后再三挽留,让他休息一天再走。但是为了保证尽快开展相关试验,筛选出有良好防治效果的生防菌,游景茂依然冒着酷暑当天返回恩施。

回到中药材研究所后,游景茂召集相关人员紧急攻关和不懈努力,发现这次在英山县和安徽霍山县造成石斛大面积死亡的病害为白绢病,其致病菌为齐整小核菌。该病害号称植物杀手,给多种农作物和中药材造成极大损失,是植物中比较难以防治的病害。经过反复筛选,他们得到一株石斛内生生防真菌——木霉,该菌可以很好地寄生在白绢病菌的菌核和菌丝,而且对石斛有促生作用,对环境、人和其他动物安全。随后,他们加班加点进行发酵生产,通过近 10 天夜以继日的奋战,终于把菌剂生产出来。游景茂及时地采取科学有效防治措施,迅速控制了该病害的蔓延。当游景茂把生产出来的生防菌剂交到湖北宗坤刘总的手上时,刘总说:“相信有你们中药材所的帮助,我们英山石斛产业一定会繁荣昌盛!”与此同时,湖北宗坤公司希望进一步强化合作项目,促进相关成果转化。

游景茂还针对石斛病害编制了《石斛病害防治手册》,免费发放给企业及种植户,这些有效措施为企业减少损失至少 30 余万元,为周边农户减少损失 10 万余元。通过内生生防木霉菌的使用,保证了石斛药材不会被农药污染,稳定了药材的品质,使企业、药农和消费者多方受益。在帮助企业解决实际困难的同时,中药材研究所终于在鄂东有了自己的试验基地和对接企业。这些工作的开展,对于稳定石斛产业,提高周边农户的种植积极性,具有重大的意义。

建设英山分园，共同打造英山石斛品牌

华中药用植物园是华中地区唯一的中药材植物园，为湖北省农科院中药材研究所建设，同时也为国家药用植物园体系主体园。如何利用华中药用植物园在华中地区及全国的地位及影响力，推动英山石斛基地的宣传，扩大其品牌效应，进一步带动周边贫困农户脱贫，成为游景茂思考的第二个问题。通过中药材研究所领导与英山县政府协商，最后确定将湖北宗坤石斛科技开发有限公司所属石斛基地纳入华中药用植物园，确定为英山分园，并在2017年4月12日顺利授牌。双方同时针对石斛品种选育、规范化栽培、病虫害绿色防控及深加工签订一系列协议，有力促进了石斛整个产业链健康发展。分园的建立实现了中药材所从恩施走出去的目的，确立了在全省的地位，同时推动了利用成熟的中药材技术，助力精准扶贫工作，带动鄂东贫困山区人民通过中药材产业脱贫致富。

▲ 中药材团队负责人向华中药用植物园英山分园授牌

创新扶贫模式，建立长效扶贫机制

游景茂通过整理在恩施的精准扶贫工作，发现传统的扶贫工作大多是

扶贫工作人员通过购买家禽家畜、农作物品种，或者给予现金等方式让贫困户进行种植养殖，然后待成熟后流通到市场，而农产品和家畜家禽产品附加值相对较低。这种扶贫模式存在的最大问题就是缺乏可持续性和激励性。通过分析经典案例，结合英山县雷家店镇东明村的实际情况，他提出了利用“技术＋公司＋基地＋贫困户”的扶贫模式。该模式主要通过游景茂对石斛的栽培技术的深入研究，以及成果的应用，并由湖北宗坤石斛科技开发有限公司在东明村石斛基地及周边进行推广。

游景茂还和当地村委会沟通，收集贫困户相关信息，对其进行建卡存档。同时，中药材研究所和企业签订精准扶贫协议书，包括争取实现仿野生栽培100亩，绿色防控示范100亩，石斛种资资源30亩，到2017年年底实现带动贫困50户200人脱贫，同时在劳力使用、土地流转和技术培训等方面给予贫困户优先支持和政策倾斜。该模式的应用使得研究成果和企业及贫困户实现无缝对接，建立了扶贫的长效机制，得到了周边贫困户的好评。

运用现代联络工具，提升扶贫工作时效性

科技的发展带来交流的便捷，由于英山到恩施距离较远，单程需要约10个小时，如果所有的工作都是现场指导，对于人力和财力都是很大的挑战。游景茂为了节省有限的科研经费，更有效地推进石斛产业和带动贫困户脱贫，与公司的负责人及技术人员建立了微信群和QQ交流群。只要有最新的石斛相关科研成果和经验，他就会第一时间在群里和大家分享，及时把其他地方石斛需求的商业信息，反馈给相关人员。利用微信视频功能，既可以及时查看基地的建设情况和种植情况，又能实时把握田间动态。2019年，英山县遭遇罕见的高温热害，20万亩中药材遭受严重旱情，干旱同样给石斛产业带来了不小的挑战，游景茂依据往年经验和其他石斛公司的措施，编制了防旱减灾手册，第一时间利用微信发送给湖北宗坤石斛公司。刘宗坤迅速将手册中涉及的防旱减灾内容及时运用到石斛基地，极大地减轻了干旱对石斛生长的影响，保证了石斛的产量。

深入学习思考，完善石斛产业链条

以前石斛都是采摘枝条，制成枫斗，石斛花会被丢弃。游景茂通过到浙

江和福建等地学习和考察，希望湖北宗坤公司开展石斛花加工，拓宽石斛的利用价值。通过采摘鲜花后进行加工，每亩石斛可以采摘鲜花约3千克。加工后的石斛花市场价格为20元/克，每亩可增加产值12 000元，带动约50人就业，每亩每年可以增加收入2 000元。另外还和其他相关加工企业进行对接，运用代加工模式，开发和生产石斛软胶囊、石斛含片、石斛纳米粉以及鲜品、颗粒冲剂、酒、养生茶、饮料等石斛系药品和保健品，进一步促进石斛精深加工，同时带动本地的就业。

在游景茂的建议和协助下，目前华中药用植物园英山分园已建成。英山石斛示范基地50亩，种源基地20亩，保育各类石斛品种120份，征集资源17个，修建蓄水池和池塘各1个；投资10余万元建设石斛设施大棚5个；投资60余万元，通过土地流转、石斛种植和加工，带动贫困户70户，共计218人脱贫，同时石斛产业年均产值超过200万元。

案例点评：

巍巍大别山、横跨鄂豫皖。有一名年轻的专家，自从来到英山县重点扶贫村——东明村调研后，茶饭不香、夜不能寐，心情久久不能平静。他决心改变这里旧貌，运用自己掌握的实用科学技术，帮助村民摆脱困境，勤劳智慧致富。他就是湖北省农科院中药材专家游景茂。千古一仙草，石斛有奇效。他针对东明村位于大别山南麓，毗连安徽霍山的地理环境和气候特色，精准献策种植石斛。他牵线搭桥找准致富带头人，让公司与农户紧密合作；他创新“石斛＋竹节参”“石斛＋重楼”的复合种植模式、仿野生栽培技术，综合利用资源，为农民增产增收；他不顾酷暑，来回奔波于千里之外，与科研人员夜以继日研发真菌试剂，成功消灭植物的头号杀手；他建议将石斛基地纳入华中药用植物园体系，并建成英山分园，成功打造英山石斛品牌。他奋力拼搏，忘我工作，攻坚克难，把环境劣势变成资源优势，把贫瘠的土地变成宝藏的良田，用丰硕的科技成果践行自己的使命。

（艾伦强）

科技助力精准扶贫创新篇

23　深山椒农走上致富路

——湖北省农业科学院经济作物病害综合治理团队扶贫纪实

神农架新华镇豹儿洞村是位于湖北省神农架林区新华镇东部的大山峡谷村，地质结构复杂，山场面积广阔，耕地资源稀缺，交通闭塞，生产基础差，经济欠发达，是典型的贫困村。近年来，在神农架林区党委和政府的支持下，豹儿洞进行了易地扶贫搬迁，并为村民分配了绿化和产业配套用地，但下一个问题接踵而至：离开了多年赖以生存的山林、土地，老百姓后续发展依靠什么？

由于豹儿洞村具备独特的气候条件，具备良好的辣椒生产条件，神农架林区在豹儿洞村积极引进辣椒产业，号召村民进行辣椒种植，但土传病害和土壤连作障碍严重地阻碍了豹儿洞村辣椒产业的发展。如何提高辣椒产量，又成为豹儿洞村面临的新难题。

深入农村，帮助村民渡难关

湖北省农科院植保土肥研究所经济作物病害综合治理团队成立于2018年，共有4名团队成员，团队主要从事作物根部病害综合防治技术研究工作，团队长汪华副研究员自2007年参加工作以来，一直潜心研究作物根部病害的防治机理，2016—2019年，汪华一直作为湖北省科技特派员参与到地方科技服务工作中去,曾获湖北省优秀科技特派员等荣誉。

汪华在得知豹儿洞村发展面临的困境后,积极响应湖北省科技助力精准扶贫工作的号召,携带团队成员,前往豹儿洞村为当地村民切实解决难题。经过多次调查走访,试验采样,汪华发现了根腐病是造成辣椒产量低下的主要原因,很快就针对辣椒的根腐病开出了"药方",但令汪华万万没有想到,难题才刚刚开始。

针对辣椒根腐病,汪华建议村民施用湖北省农科院植保土肥研究所自主研制的高氏15号生物有机肥,但立刻遭到了村民们的一致反对:"你们这个有机肥我们都没有听说过","我看给我们的辣椒看病是假,想卖自家的有机肥才是真的吧","我们都没有用过,哪知道你说的高氏15号效果怎么样"……面对乡亲们的质疑,汪华决定免费为村民提供高氏15号生物有机肥,并在豹儿洞村进行对比试验,让乡亲们亲眼目睹高氏15号的根腐病防治效果。汪华在农户家中两个大棚里均种上辣椒,其中一个大棚未施用高氏15号,另一个大棚在汪华的指导下正确施用了高氏15号,结果显示未施用高氏15号的辣椒幼苗由于辣椒根腐病的问题大批死亡,幼苗存活仅为30%,正确施用了高氏15号的幼苗成活率竟然高达95%。亲眼目睹了试验全程的乡亲们纷纷竖起了大拇指。

在汪华的指导下,村民纷纷开始施用高氏15号,辣椒根腐病得到有效防治,辣椒根部病害防治效率达60%~70%,减少施用复合肥15~20千克/亩,辣椒产量显著提高,每亩增产15%~25%,增收600~800元/亩。提起高氏15号,汪华骄傲地说:"2009年,湖北省襄阳市万亩小麦出现枯白穗,小麦产量受到严重影响,这些问题引起了省委、省政府的高度重视,同年我们也开始了高氏15号的研发工作,通过室内平板—摇瓶—盆栽—试验,工厂发酵工艺筛选试验及多年多点大田效果试验,对产品进行不断改进,又在湖北各生态区域的不同蔬菜上施用,施用效果得到了同行业专家的一致好评。高氏15号是我们潜心研究多年的成果,对辣椒等作物的根部病害的防治效果非常好,能取得乡亲们的信赖,帮助乡亲们切实解决辣椒病害的问题,帮助大家增产增收,我非常荣幸。"

▲ 汪华专家在田间查看辣椒病虫害情况

解决采收技术难题，为椒农护航

在汪华的指导下，豹儿洞村辣椒增产增收，取得可喜成绩，但是采收难又成为新的问题。2018 年，汪华接到村民求助："汪专家，您可要帮我们出出主意啊，最近我们卖的辣椒都是亏本的！辣椒刚刚运到安徽买家手里第二天就开始腐烂。"辣椒作为鲜食蔬菜的一种，长途运输过程中保鲜是最大的难题，辣椒品质好，产量高，但没有先进的保鲜技术作为保障，很难产生良好的生产效益。汪华通过广泛查阅文献，向蔬菜保鲜专家请教，主动学习蔬菜保鲜知识，成功掌握了辣椒保鲜的先进技术，并将辣椒保鲜经验无偿分享给广大村民，又为乡亲们解决了一道难题。透过问题看本质，汪华认为："农户出现辣椒保鲜问题，其实问题的关键不在保鲜本身，而在采收技术上，农户掌握了好的采收技术，优质辣椒就能顺利进入市场。"在汪华的邀请下，中国农科院等国内外专家来到豹儿洞村，查看农户生产过程，为辣椒生产用户传经送宝，把最好的采收技术手把手教给村民，辣椒再也没有出现问题。

联合企业，多方合作为村民打造农业生产新模式

辣椒属于一年一熟制作物，其生长成熟过程与玉米存在明显的“时间差”“空间差”“病虫差”“生态差”“市场差”，辣椒—玉米套作，不仅能最大化地利用有限的土地资源，还能充分利用光热条件，因地制宜地开展辣椒—玉米套作，将会有效地提高农作物产量，增加农户收入，改善土壤酸化，减小连作障碍。

为了更好地在豹儿洞村推行辣椒—玉米套作新模式，汪华先对各农户进行走访调查，征询农户意见，了解群众困难，并多次前往其他套作示范区走访考察，主动学习其他区域套作经验。为了便于套作模式的开展与推广，汪华与神农架亿家鑫福农业开发有限公司进行沟通，达成了合作意向，在汪华的建议下，公司采取“农业公司＋合作社＋农户”的经营方式，与合作社及农户保持密切联系，订单产销，采取湖北省农科院植保土肥研究所提供的科技化穴盘基质育苗，标准化生产，机械化作业，产品品牌化和二维码追溯制度。在汪华的帮助下，豹儿洞村有效地改进了一套全新的生产经营方式，打破了原有的生产经营模式的束缚，提高农产品效益的同时，引导农业生产过

▲ 植保土肥研究所专家查看辣椒—玉米套作模式示范田

程走向现代化。在豹儿洞村推广辣椒—玉米（叶菜）套作防病增收模式成功后，汪华继续在神农架林区推进辣椒—玉米（叶菜）套作模式的推广，与神农架亿家鑫福农业开发有限公司一起将业务经营范围由原本的豹儿洞村扩展至4个乡镇，有效降低土壤连作障碍率（酸化率）30%～50%，田间病源累计率降低45%～60%，土（水）传病害发生面积降低30%～50%，农民每亩增收600～1 000元；产业面积5 000亩，就业人数1 200人左右，辐射带动约2400人，带动了300户贫困户产业脱贫。

规模经营，集约发展走可持续发展道路

辣椒—玉米（叶菜）套作模式的推广需要专业的专家团队指导、标准化的生产过程、较好的基础设施。规模经营不仅可以将辣椒产业规模化、规范化、产业化，还能吸纳农村剩余劳动力，提高农民收入，规模化、集约化成为豹儿洞村辣椒产业发展的必经之路。

豹儿洞村是一个常住人口只有180人左右的小村，人均耕地面积仅1.05亩，耕地资源有限，各家经营着为数不多的土地，很难产生规模效益，村民以农业生产为主要生存方式，缺乏就业机会，年轻劳动力年年外流。为了改变豹儿洞村的发展窘境，取得更好的生产效益，汪华与神农架林区农技推广中心、植保站等一起对豹儿洞村的合作社和种植大户进行筛选，选择了一批基础设施齐备、生产经验足、生产积极性高的合作社和种植大户，并与其签订了试验示范合同，以实现辣椒—玉米（叶菜）套作模式的推广。当地村民通过加入合作社的方式，参与生产经营，获取劳动报酬。

汪华不仅为豹儿洞村解决了辣椒病害、销售等问题，还推广了辣椒—玉米（叶菜）套作模式，推动了豹儿洞村的产业规模化、规范化、产业化发展，在帮助村民脱贫致富的同时，引领豹儿洞村走上一条可持续发展道路。

农户刘桂琴说："我们与合作社签订合同后，种地不花一分钱，不愁买、不愁卖，公司派人帮忙整地，肥料、农膜、种苗送到家，种植技术送到家，我们只管种好、管好、收好，年底结账收钱。"

神农架亿家鑫福农业开发有限公司总经理刘昌平说："感谢湖北省农科院的专家为我们带来了辣椒—玉米（叶菜）套作防病增收模式，让合作农户一直有活干，一直有钱赚。作物病害少、产量高、品质好、卖价高，农民企业

都有钱赚。”

技术推广，不辞辛劳深入神农架林区各地

豹儿洞村的农业生产效率提高，产量增加，村民腰包渐渐鼓了起来，汪华欣喜地说：“豹儿洞村的扶贫成果充分表明我们的农业生产模式是有效的，值得推广借鉴，神农架林区各地自然条件相差并不大，可以尝试更大面积的技术推广。”在豹儿洞村扶贫期间，汪华与神农架亿家鑫福农业开发有限公司建立了愉快的合作关系，为他在神农架林区各地的技术推广创造了良好的条件。汪华携神农架亿家鑫福农业开发有限公司相关负责人一起深入新华镇的豹儿洞、松柏镇的八角庙、宋洛乡、板仓乡、大九湖、下谷乡、红萍、木鱼等地，向当地村民宣传豹儿洞村脱贫致富的经验，为村民免费发放宣传材料与生物有机肥。在汪华的不懈努力下，豹儿洞村的成功经验得到广泛认同，施用“高氏 15 号”生物有机肥及采用辣椒—玉米套作模式等生产措施得到大面积推广，农民的收入得到明显提高。

▲ 经济作物病害综合治理团队在神农架林区示范基地召开现场推介会

5 年来，汪华为农民提供培训服务从来都是无偿的，甚至自己垫车钱；他研究了多套病虫害绿色防控模式，帮助农民和企业育出了大片蔬菜苗，培育

了神农架绿色辣椒、绿色四季豆、绿色白菜、绿色红高粱等一批绿色产品;他把自己研究成果无偿给了农民和企业,但是从未从他们手中带走一针一线。他说:“我们科研人员长期从事科学研究工作,但要始终牢记‘纸上得来终觉浅,绝知此事要躬行’,一定要将研究成果运用到实践中去,让研究成果尽可能地发挥更大的社会价值,这样我们的研究才有意义!”

案例点评:

一个年轻的团队、一群年轻的科学家,湖北省农科院经济作物病害综合治理团队在神农架深山老林一个叫豹儿洞村的地方扎下营盘。他们克服路途遥远、交通不便、生活条件差等困难,憋着一股劲,齐心协力搞研究、做示范,成功解决了辣椒种植过程中的病害多、产量低、不耐储藏等技术难题,并结合当地实际研究开发出辣椒—玉米套作模式,通过送技术、送种子、搞培训、搞示范,免费为百姓技术服务,千方百计为百姓增产增收,做给农民看、带着农民干,谱写了一曲科技助力精准脱贫的动人乐章。“纸上得来终觉浅,绝知此事要躬行”,团队负责人汪华是这样说的,也是这样做的。

(刘友梅　赵　越)

24 橘乡黄金果 扶贫大产业

——宜昌市农业科学研究院柑橘团队科技扶贫纪实

“蜀汉江陵千树橘”,柑橘是深深烙印在宜昌血脉里的,前有楚国文人屈原的“后皇嘉树,橘徕服兮。受命不迁,生南国兮”,后有诗圣杜甫的“青惜峰峦过,黄知橘柚来”,再到“唐宋八大家”之一苏轼的“长江连蜀楚,万派泻东南……夜衙鸣晚鼓,待客荐霜柑”,柑橘作为宜昌市第一大农业特色优势产业,溯源历史达2 000年之久。宜昌既是农业农村部重点支持的长江中上游优质宽皮柑橘产业带的中心区域,又是三峡库区优质脐橙产区,面积和产量分别占全省的60%和75%,产业规模位居全国市州前列。

柑橘产业在宜昌地位突出,但也面临着品种结构单一、果园老龄化、比较效益下降等发展瓶颈。近年来,宜昌市农业科学研究院(以下简称宜昌市农科院)牵头、宜昌市柑研所等多家单位参与的宜昌市柑橘团队坚持问题导向,深化技术攻关、深入产业调研、强化技术推广、积极建言献策,为宜昌柑橘品种结构调整、产业提质增效、产业精准扶贫、带动农民增收致富提供了科技支撑,助推了柑橘的高质量发展。柑橘,它伴随着宜昌的成长,见证着宜昌的发展,也将为宜昌全面建成小康社会谱写下浓墨重彩的一笔。

蜜橘:打通宜都致富路

宜都生产柑橘有文字记载的历史达1 500年之久,因气候温和、雨量充沛、光照充足,产出的蜜橘味浓化渣、酸甜适度、耐贮耐运。2002年被农业部划为长江中上游柑橘优势产业带,2005年又被冠名为“中国柑橘之乡”。

宜都柑橘主栽品种以特早熟、早熟和中熟蜜橘为主,有少量椪柑、蜜柚、脐橙、杂柑等。虽然长江黄金水道贯穿宜都全境、地理优势得天独厚，但品种老化、效益下降等突出问题仍制约着宜都柑橘产业健康发展。据调查，宜都最先引种的早熟龟井、中熟尾张等品系，小叶型温州蜜柑占比较大，但该类橘园树势弱、叶片小、结果习性不稳定，果实皮厚，外观质量较差，抗逆性不强，还有部分老龄树已达到经济寿命年限，产量低，品质退化。

为改良宜都柑橘品种结构，宜昌市农科院柑橘团队先后到华中农业大学、中国农科院柑橘研究所进行技术咨询，到全国柑橘重点产区开展考察调研，引进30多个柑橘优良品种，在全市各柑橘产区试验，初步筛选出适宜宜昌种植的柑橘新优品种2~3个，并于2019年在宜都大战坡联农土地股份专业合作社开展“爱媛28”新品种观察及优质高效栽培技术研究。研究发现“爱媛28”丰产性好、树势较强，但如果遭遇土壤贫瘠、挂果较多、管理不善，树势就会衰弱，柑橘团队专家们从土、肥、水、疏果、套袋等方面着手，通过增施壮果肥、重施基肥、控制挂果量、套袋保护进行精准把控，有效解决了“爱媛28”树势早衰、优质果率低的问题，在宜都市2019年精品宜都蜜柑、新品种柑橘鉴评活动中，示范合作社种植的“爱媛28”获得一等奖。

▲ 柑橘团队胡光灿专家到示范基地指导柑橘生产

“我们以前种的是普通早熟橘子，常年在一块到一块五之间，效益不高。合作社目前种植“爱媛 28”面积 390 余亩，产量平均达到 1 250 千克，零售价格是 6 元到 8 元之间，产值是 17 000 元，是普通温州蜜橘的两倍多”，宜都市大战坡联农土地股份专业合作社理事长林宏斌这样说，他表示宜昌市农科院的技术支持让他坚定了产业发展信心，接下来要进一步学习新技术，在提升品质上下功夫，努力打造自己的品牌。

为提高蜜橘产业效益，宜昌市农科院柑橘团队协同省市柑橘专家团队在宜都等蜜橘主产县市区推广柑橘优质高效栽培集成技术，示范优选良种、果园改造、平衡施肥、绿色防控等，助力蜜橘品质提升、产业提质增效；并编制了湖北省地方标准《柑橘绿色生产技术规程》和宜昌市地方标准《绿色食品 宜昌蜜橘生产技术规程》，对促进湖北省和宜昌市的柑橘标准化生产、果品质量安全和提质增效具有重要作用。

品种改良、品质提升有解决方案了，采后如何科学贮藏保鲜也是一个大难题。宜都市蜜橘产量高、成熟期集中，扎堆上市既影响销售价格又导致供应浪费，贮藏保鲜成为延长柑橘市场供应期的主要方式。但目前柑橘贮藏保鲜的方式多以施用化学药剂为主，对生态环境、人体健康可能存在安全威胁。因此，迫切需要开展柑橘绿色保鲜技术研发与应用，助推柑橘采后处理向绿色环保转变。

宜昌市农科院柑橘团队在深入调研宜昌柑橘采后贮藏保鲜现状后，决定与湖北土老憨生态农业科技股份有限公司开展联合攻关，解决柑橘采后贮藏瓶颈问题，经过几年的研究初步筛选出几种贮藏保鲜效果较好的绿色环保药剂，短期贮藏防腐保鲜效果与化学药剂相当，起到了替代化学防腐保鲜药剂的作用。

2017 年，宜昌市农科院柑橘团队与华中农业大学合作的项目“柑橘采后绿色生产关键技术研发与示范推广”获得湖北省科技进步一等奖，2018 年柑橘团队在前期研究成果基础上，集成了宜昌市农业主推技术“柑橘贮藏保鲜技术”，在宜都等地示范推广。技术应用后，柑橘贮藏保鲜腐烂率、药剂投入成本、化学药剂使用浓度都得到有效降低，产地综合效益提高 10% 以上。

▲ 柑橘团队交流探讨柑橘采后绿色保鲜技术

宜都柑橘在多方护航下稳定发展，截至2019年底，宜都市柑橘面积31.8万亩，产量64.82万吨，面积、产量在全省分别排名第三位和第二位，产值28亿元，被湖北省政府命名为“水果大县”实至名归，全市农民仅柑橘一项人均纯收入达5 500元，实打实地用蜜橘打通了宜都致富路。

蜜柚：婆娑点军摇钱树

点军区位于宜昌市江南，距宜昌市中心城区3公里，是历史上“上控巴夔，下制荆襄”之要塞，素有“三峡门户”“川鄂咽喉”之美称。

点军区联棚乡泉水村，是省级重点贫困村，耕地2 468亩，山林896.07公顷(13 441.05亩)，傍长岭河而居，以丘陵山地为主，土地肥沃。主导产业以蜜柚和柑橘为主，其中蜜柚1 512亩、柑橘1 508亩。但果园老龄化、农民种植管理水平不高，导致蜜柚品质不佳，进而影响销售价格和农民收入，“抱着金饭碗过穷日子”成为了该地的现实写照。

如何提高农民收入？蜜柚品质是关键，生产技术是保障。为助力该村蜜柚产业的健康发展，宜昌市农科院组织柑橘团队专门编写《产业扶贫种什么·农科院专家如是说》小册子，分发给泉水村在内的243个贫困村，介绍柑橘品改主推品种及关键技术，引导贫困村因地制宜选择优良品种，配套良法。

宜昌市农科院柑橘团队成员廖文月、谌丹丹多次前往该村进行技术指导，帮助果农胡廷海解决了蜜柚产量不高、口味不甜的难题，指导村民赵春芳找到了自家蜜柚产量低的原因……“通过培训带动，村民种植蜜柚的水平和积极性大大提高，很多人成了种植蜜柚的‘土专家’”，点军区农业农村局农技推广中心陈玉说。

泉水村蜜柚年产量约100万千克，产值近400万元，成为全市闻名的“蜜柚一村一品”村。泉水村书记赵飞华说：“按照良好发展态势，预计我村‘一村一品’人均纯收每年可增收2 000元，到2022年人均纯收入可增加至6 000元。”

▲ 柑橘团队在点军区安梓村调研柑橘产业发展情况

此外，宜昌市农科院柑橘团队还联合点军农业农村局在点军区车溪人家农产品专业合作社设立了200亩“安梓溪柑橘精品园”,柑橘平均亩产稳定达到2 000千克以上,亩产值2 000元以上,优质果率达到85%以上,每亩增收300元以上,122户柑农(其中贫困户48户)受益。2020年3月,宜昌市农科院又向安梓溪村提供了包括“爱媛”“九月红”在内的15 210株柑橘容器大苗,分发给262户(其中贫困户35户),给250亩柑橘园换上“新血液”。

据宜昌市2019年贫困户发展特色产业情况统计结果显示,点军区柑橘产业带动贫困户283户781人,户均收入8 000元以上;2019年,全区柑橘面积6.1万亩,产量8.65万吨,柑橘产业是全区农民增收、脱贫攻坚和乡村振兴的支柱产业,以蜜柚为首的柑橘产业成了点军区的“摇钱树”。

脐橙:架筑秭归幸福桥

秭归风景旖旎、气候独特,是湖北的“冬暖中心”,也是柑橘生产最适宜地区,柑橘种植历史悠久,四季鲜橙飘香,是“全国柑橘产业30强县”之一。

秭归柑橘产业在壮大发展的同时,薄弱环节依然存在,问题短板仍然较多,主要表现在果园生态环境保护任务艰巨、老果园改造推进难度大、灾害天气严重威胁秭归柑橘安全生产等问题上。

为破解果园生态环境保护难题,2016年起,柑橘团队在秭归县天翼柑橘专业合作社建立试验示范点,指导该合作社建设集减肥减药、高品质栽培技术、休闲采摘于一体的核心示范基地100亩,安装了太阳能杀虫灯、挂黄色诱虫板、落实自然生草栽培,实施了农业防治、绿色防控为主,低毒化学农药为辅的病虫害综合治理,全年喷施化学农药由过去的5~7次降低为3次,每亩降低农药和喷药人工成本200元,降低农药施用量50%以上,技术在秭归辐射带动面积应用5 000亩以上。2018年,宜昌市农科院柑橘团队协同湖北省农业农村厅、湖北省农科院、秭归县特产技术推广中心等专家团队在秭归郭家坝镇擂鼓台村建设柑橘优质高效栽培集成技术核心示范基地500亩,主推“三减三增”等八大绿色集成技术,通过品种改良、生态改造、农艺融合、平衡施肥、绿色防控、生草栽培等技术,实现化学农药减量20%以上,化肥用量减少10%以上,脐橙增产10%,优质果率提高到75%以上,每亩节本增效200元以上,示范带动面积1万亩。

为加速老果园改造升级,柑橘团队推广高接换种、疏株减枝等技术措施，同时宜昌市农科院还繁育了“爱媛28”“春见”“纽荷尔”“伦晚”“九月红”等优良容器大苗60万株，为全市柑橘品改储备优质种苗。依靠项目和技术支持，宜昌市柑橘产业团队在屈原镇长江村、两河口镇土株庙村，运用疏株减枝、高接换种、减肥减药、生物防治、建设水肥一体化系统等措施，打造了农旅结合、安全高效的精品柑橘示范园500亩，辐射带动应用1万亩以上。

为缓解灾害天气严重威胁秭归柑橘安全生产的问题，宜昌市农科院柑橘产业团队于2018年4月前往秭归开展脐橙冻害情况调研，发现海拔590米风口处、海拔420米低洼地处的成年树晚秋梢部分受冻，海拔340米低洼地管理粗放的成年树及3年生以下幼树枝梢受冻较重，冻害级数最高达到3级，位于风口的健壮成年树冻害级数最高达到2级，其他冻害级数达到1级。根据调查结果，柑橘团队提出科学建园、适地适栽，设防护林、改善小气候，树体保护、减轻冻害，加强管理、增强树势，冻后管理等对策建议，帮助秭归脐橙果农科学应对灾害天气。

目前，秭归柑橘年产值已突破30亿元，柑橘销售“亿元村”陆续涌现，脱贫攻坚取得决战决胜成果，经村、乡镇自查验收，县市级复核验收，省、市级评审验收，该县17个贫困村出列，12 989个贫困户31 715人脱贫，顺利摘掉贫困县帽子，脐橙筑牢了秭归通往幸福的“桥”。

椪柑：托起长阳小康梦

“春日清江岸，千柑二顷园”，这是1 000年前唐朝诗人杜甫见证清江流域柑橘生产壮观场面所感，也侧面印证了长阳1 000多年的柑橘种植历史。长阳，位于鄂西南山区、长江和清江中下游，是集老、少、山、穷、库于一体的国家扶贫开发工作重点县和武陵山片区县。海拔跨越大，从48.7米至2 259.1米，地势险恶，山大人稀，村民散居在高山大岭中，整体脱贫致富难度很大。

该县海拔跨越形成的立体气候，给多种经济作物生长提供了条件，也给特定作物椪柑的生长带来了挑战，适宜的海拔区域，地势高，温差大，光照好，椪柑果实品质优；非适宜海拔区域，椪柑果实易受冻，品质也不佳。为了找准椪柑适宜种植的海拔区域，宜昌市农科院作为湖北省柑橘体系宜昌综合试验站依托单位，联合华中农业大学、湖北省农科院、长阳县农业农村局农业技术推广中心等单位的专家，开展椪柑优势海拔区探索，通过两年的试验分析，探索出了适宜的种植海拔区域，为不同海拔区段制定不同的生产措施提供了依据。

生产“大方向”解决了，但“老顽疾”却仍困扰着柑农，椪柑的褐斑病在长阳发生了10多年，危害和扩散逐年严重，影响着椪柑产量和品质，成了椪柑种植过程中的“棘手病”。

为攻克产业“顽疾”，宜昌柑橘团队在多个椪柑种植基地开展了为期两年的病理实验和防控措施研究，形成了绿色高效的防控措施。“如今，在清江椪柑种植生产地，柑橘褐斑病已经得到成功控制，防治效果明显，果农的种植积极性更高了，果品品质更优了，果树园田更美了”，《长阳新闻》如是报道。截至目前，长阳发展了椪柑8万余亩，年产量10万吨，技术护航实现年产值3亿元。

提质之外还有增效，“受自然成熟时节的影响，农产品销售淡旺季十分明显，柑橘大量上市的时节主要集中11、12月，避开这一高峰上市时节的品种‘岩溪晚芦’是一种晚熟的椪柑芽变优系，市场上很少，价格能够保证”，这是长阳椪柑种植户李长藻的真实体会。为紧跟市场，满足产业发展需求，宜昌市农科院在长阳开展晚熟椪柑“岩溪晚芦”平衡施肥提升品质试验，解决了晚熟椪柑品种“岩溪晚芦”缺硼、难剥皮等问题，达到强树势、提品质的目的，同时又联合省市各级专家制定省级地方标准《晚熟椪柑》《晚熟椪柑生产技术规程》，给长阳清江流域贫困地区提供晚熟椪柑产业发展方案和种植技术依循。评审专家组认定，按照规程进行标准化生产，可实现年平均种植效益每亩2万元以上。目前，长阳的“岩溪晚芦”种植面积为3 000亩，优质果率不高，产量也不理想，亩均收益1.2万元，按照标准化种植后，预计每年可增收2 400万元以上。

如今，长阳的椪柑已打造出“清江椪柑”区域品牌，并通过了绿色食品、国家农产品地理标志和出口基地三大认证，多次获得湖北省优质柑橘和宜昌市优质柑橘称号，先后斩获湖北省著名商标和中国国际农产品交易会金奖的荣誉，年产值数亿元，造福贫困户数千户，小小椪柑托起了长阳的小康梦。

近年来，宜昌市农科院牵头的宜昌市柑橘团队深化关键技术攻关，强化优良种苗繁育，细化生产技术推广，优化产业结构布局，争取社会各界对柑橘产业的支持，为宜昌柑橘产业持续健康发展与农民增收致富提供了有力的科技支撑。2019 年宜昌市柑橘种植面积 207.2 万亩，产值 140 亿元，实现 2008 年以来的十一连增，也实现了果农收入"芝麻开花节节高"。

下一步，宜昌市农科院将集聚专业力量，主动融入宜昌柑橘高质量发展实践中，立足两江库区及沿岸流域资源禀赋，践行绿色发展、融合发展、优势发展理念，助力做大做强"宜昌蜜橘""秭归脐橙""清江椪柑"区域公用品牌，助推橘农实现收入翻番目标，助攻宜昌打造国内外知名的"三峡橘谷"千亿产业。

"碧玉枝柯柑橘林，开花结子自成金"，柑橘不只是宜昌人民的"甜蜜果"，也是山区百姓脱贫致富的"黄金果"。疫情之后，橘花盛开，全面小康的总攻号角声吹响，宜昌柑橘产业也会在多方努力下，品种越来越优，品质越来越佳，品牌越来越响，产值越来越高，让小小柑橘成为振兴美丽乡村的幸福果！

案例点评：

柑橘是宜昌市重点支柱产业之一，而作为支柱产业要想得到良性健康发展，离不开方方面面的齐心合力，共同奋斗。宜昌市农科院柑橘团队在其中起着举足轻重的作用，他们深入产业调研，深化技术攻关、强化技术推广、积极建言献策，为宜昌柑橘品种结构调整、产业提质增效、产业精准扶贫、带动农民增收致富提供了科技支撑，助推了柑橘的高质量发展，正是"蜜满房中金作皮，人家短日挂疏篱。判霜剪露装船去，不唱杨枝唱橘枝"。产业扶贫是稳定脱贫的根本之策，他们从大局出发，以长期效益、稳定增收，巩固脱贫成效，实现脱贫效果的可持续性为己任，勇于担当，真抓实干，在宜昌市脱贫攻坚及乡村振兴的工作中做出了自己的贡献！

（胡光灿　廖文月　吕　敏　谌丹丹　黄声东）

25 唐前勇:鄂西北的最美茶乡人

地处鄂西北的襄阳市农业科学院(以下简称襄阳市农科院),有这样一个平均年龄不到40岁的茶叶科技创新团队,20多年来,他们在全国茶叶科普专家、襄阳市茶叶首席专家张耀华的带领下,老茶人带新茶人,涌现出以年轻一代学科带头人唐前勇为首的茶叶科技创新团队。他们不忘初心,始终围绕襄阳高香茶展开科技攻关与技术服务,长年奔波在襄阳地区南漳、保康、谷城等县市山区;从春到秋,由冬到夏,谱写了“襄阳高香茶”产业由弱到强的发展篇章,让绿油油的“襄阳高香茶”由过去的10万亩发展到现在的30万亩,恰似“桂岭雨余多鹤迹,茗园晴望似龙鳞”。“看着满山遍野的茶园就犹如看到了绿色葱葱的希望,更昭示着我们对未来生活的憧憬与向往,你们就是我们心中的最美茶乡人”,这是茶区百姓心里的话。

创新防治虫害,构筑茶叶防线

茶毛虫、茶尺蠖是襄阳茶区发生较为普遍的害虫,这两类害虫发生快、危害重、防治难,如果防治不及时,害虫能在一夜之间吃光嫩叶,造成茶园绝收。由于没有成熟的防治经验,茶农们病急乱投医,普遍采取打化学农药灭虫,氯氰菊酯、灭扫利各种烈性杀虫药一周一次换着打。但茶尺蠖、茶毛虫极易产生抗药性,打药后三五天暂时控制了虫害,过一段时间虫害却更严重,防治效果很不理想。另外化学农药对茶园益虫危害大,破坏了茶园整个生态链条,长期来看对茶园生长起了反作用;更可怕的是,茶叶农药残留过多,严重影响了茶叶的品质,危害人体健康,茶叶农残超标严重影响了茶农的经济收入。

1997年,唐前勇大学毕业,满怀热情地走上了茶叶科研岗位。有一次,唐前勇到谷城的茶园指导时，正逢一个茶农因打药引起农药中毒，被紧急送医。这让他深受触动，他下定决心，一定要钻研技术，筛选出适合襄阳茶园的生物防控药剂，创新防治技术，解决这个难题。

▲ 唐前勇专家在茶园调查茶树虫害发生情况

由于气候和茶叶品种等差异，各地病虫害发生和防治时期不同，没有数据可借鉴；而且市场上生物药剂很少，效果也不尽理想。为了准确地统计试验效果，筛选合适的生物农药，唐前勇只能摸着石头过河，采集市场出售的各种药剂逐一试验。

2003 年，唐前勇主动请缨，到每年病虫害发生较为严重的枣阳市熊河水库茶场开展试验。3 月 12 日，大雪纷飞，唐前勇抚摸着襁褓中酣睡的儿子，依依不舍地告别了尚在哺乳期的妻子，毅然踏上积雪堆积的公路，和一名课题组人员赶赴熊河水库茶场投入试验。4 月试验期间，由于茶园正在采茶和茶园管理，为了确保试验效果，唐前勇只能将害虫从田间带回室内养殖，开始了与虫为伴的生活。整整 2 个多月，唐前勇都在枣阳茶园简陋的实验室里"与虫共舞"。他针对不同虫龄，采取不同药剂、不同浓度连续开展试验，没日没夜地认真地记录数据，比较总结。经过 50 余次交叉试验，筛选出清源宝、苦参碱、bt 病毒制剂等效果较好的生物药品，为茶园虫害防治探索出了方向。通过试验推广，到 2010 年，襄阳茶园化学药品使用率下降了 70% 以上，为茶园有机化之路奠定了扎实基础。

近年来，随着国际贸易壁垒影响，欧盟对我国出口茶叶苦参碱、黎芦碱等一些生物药剂检测越来越严，有机茶认证标准也在不断提高。为了解决茶叶病虫害绿色防控技术难题，唐前勇带领茶叶团队开展了新的探索。

湖北玉皇剑茶业有限公司位于谷城县五山镇，隶属五山镇办企业，2008 年改制为民办企业。2012 年，公司选择“基地 + 农户”方式带领茶农按照有机茶园“不打农药、不施化肥、不用转基因种苗”的要求，开始有机茶种植。但是技术不过关及生物药剂防治成本过高，导致防治效果不好，老百姓不愿意推广使用，有 200 亩茶园始终通不过有机茶认证，影响了玉皇剑公司整体产品销售。2015 年，听说襄阳市农科院茶叶团队正在五山镇开展茶园病虫害绿色防控技术研究，玉皇剑茶业公司张于学找到了市农科院寻求帮助。经过调查，茶叶团队发现谷城茶区主要是茶尺蠖、茶毛虫、茶小绿叶蝉三种害虫危害较为严重，单一使用一种模式很难防治三种害虫，只有通过综合防控措施才能更好地防治这三种茶园害虫。经过研究，茶叶团队决定在茶园试验示范黄板诱捕茶小绿叶蝉（色板诱杀）、LED 窄光谱灯诱捕技术（光诱杀）、性信息素诱捕茶尺蠖（性诱杀）和寄生蜂卵寄生诱捕茶毛虫（生物导弹）“三诱一导”综合防治技术。2016 年 3 月，在准备实施“三诱一导”综合防治技术时，唐前勇发现，茶尺蠖有很多变种，本地茶尺蠖主要以灰茶尺蠖为主，而国内茶尺蠖性诱剂种类繁多，没有报道显示哪一种性诱器对本地茶尺蠖有效果。为保证试验效果，唐前勇咨询湖北省农科院果茶研究所茶叶专家，从市场上引进了国内市场反映较好的 4 家企业生产的茶尺蠖诱芯，连续开展了 12 次试验，筛选出一种本地茶尺蠖诱捕效果达到 95% 的诱芯在茶园应用。由于示范效果良好，2018 年，湖北玉皇剑茶业公司投资 80 余万元，陆续在茶园装置了黄板 24 万张、LED 窄光谱灯 20 盏、茶尺蠖性诱器 2 万套、寄生蜂卵盒 6 万个。“别看我这一年投资这么多钱，这可比等虫来了再去防治划算。首先，药剂成本每亩减少 30 元，人工成本每亩减少 70 元，这一项就减少 40 万元，而且以后茶园天敌多了，生态平衡了，这些设施就不用再重复投资；其次，就是有机茶认证后，产品质量上去了，价格上去了，产生的效益更高了，今年我们有机茶销售收入突破 8 000 万元了”，看着郁郁葱葱的茶园，玉皇剑公司总经理张于学笑着说，“下一步，我们将依托襄阳市农科院茶叶团队，在全镇 4 万亩茶园全面实施有机茶种植，力争做全国有机茶认证面积最大、效益最好的茶叶企业，带动周边更多的茶农增收致富。”至 2019 年，茶树病虫害“三诱一导”绿色防控新模式在南漳、保康、谷城大面积推广，应用面积达到 10.2 万亩，示范推广区产品质量安全抽检合格率达到 100%，出口茶欧盟标准合格率提高 20%，全市有机茶认证（有机转换）企业达到 53 家，认证面积达到 4.3 万亩，茶农每亩增收 500 元以上。

为“襄阳高香茶”公共品牌插上腾飞的翅膀

“襄阳高香茶”是襄阳市政府主推的区域公共品牌，2012 年获得国家地理标志商标和“湖北省高香型名茶”称号。但由于种植、加工技术不过关，南漳、保康、谷城三县加工的茶叶各有各的味，普遍存在着“汤色不绿、香气不高、滋味不醇”等问题，不利于“襄阳高香茶”公共品牌打造。2018 年，唐前勇带领团队主动请缨，承担襄阳市茶产业科技创新任务，通过与企业合作，分别在南漳、保康、谷城建立 6 个茶叶科技创新示范点，将新技术、新模式落到实处。2020 年 3 月，疫情初步得到控制，唐前勇就立即带领茶叶科研团队，一头扎进南漳县肖堰镇周湾村竹林峚峰茶叶专业合作社开展高香茶加工工艺提升工作。通过 40 余次加工试验，成功解决“汤色不绿、香气不高”的技术难题，并对“襄阳高香茶”加工工艺关键控制点进行了修正，结合三个县茶叶产品特色，制定了一套“襄阳高香茶”加工技术规程，为襄阳高香茶提质增效提供了强有力的技术支撑。2019 年，“襄阳高香茶”被农业农村部列入全国农业区域公共品牌 300 强，2020 年品牌价值 5.26 亿元，居全国85 位。

甘当园丁护茶兴

在南漳、保康、谷城等山区县，新老茶农都知道襄阳市农科院茶叶专家张耀华，他几十年如一日，扎根山区，培养茶叶技术员近百人，推广实用技术数十项，用一腔热血服务山区茶农，老百姓亲切地称他为“老茶人”。2018 年，老茶人张耀华退休，以唐前勇为学科带头人的一批新茶人走向了台前。目前，茶叶团队有正高级农艺师 1 名、高级农艺师 2 名、农艺师 1 名、助理研究员 1 名。近年来，为助力全市山区脱贫攻坚，唐前勇带领茶叶团队深入到全市重点茶叶乡镇和茶叶企业开展技术服务与试验示范，先后与7个企业（湖北玉皇剑茶业、湖北荆襄宜农业公司、湖北蓝溪茶业、保康神农茶场、保康官山茶场、南漳香耳山茶场、南漳竹林翠峰茶业）、3个村（田河村、七坪村、祝家湾村）建立长期合作关系，下乡指导次数100余次，培训人数600余人，为产茶重点乡镇培养科技带头人，用技术指导充实茶乡实力，指导茶叶生产，助力乡村振兴。

2020年，突如其来的疫情让茶园指导成为难题，2、3月正是全市春季茶苗移栽关键时期。受疫情影响，人人居家防疫，劳动力不足；物流受阻，茶苗运输时间变长；栽植技术不过关，但专家又无法到前线指导，这些都影响着春茶栽植成活率。

唐前勇看在眼里，急在心上。2月一整个月，他都忙碌在线上，通过微信视频指导30余名茶农进行种植，在襄阳市茶叶协会微信公众号和“三农频道”发布技术信息，指导茶农茶苗移栽工作。

3月`11日，南漳县李庙镇赵店村贫困茶农要整地栽植茶苗，2018年栽植不过关，茶苗成活率不足30%，亟待技术指导。这一天，唐前勇正在读高三的儿子正在进行周考测试，从事国家小麦品种测试工作的妻子已经到试验基地调查数据，唐前勇如果出差，就要丢下紧张学习的儿子。一边是殷切期盼的茶农，一边是学习正处在关键期的孩子，唐前勇左右为难。看着正在埋头学习的孩子，最终唐前勇还是默默为儿子备好吃的，便毅然奔赴茶乡。他说：“高考是孩子面临的一场战斗，我当然想陪伴他度过这段紧张时期。但我的工作，每一次都要对几十亩、几百亩乃至几千亩茶山负责，要给老百姓带去希望，我们要对得起肩上的责任。”

仅疫情期间，他带领茶叶团队下乡现场指导6次，培训茶农100余人，发放技术资料300余份。

复工复产后，唐前勇一方面绞尽脑汁，通过茶叶协会积极组织会员企业对接中国茶叶流通协会等单位，为茶农开展营销出谋划策。另一方面，为帮助茶农解决生产中遇到的问题，唐前勇主动组织协会专家坚守科技服务一线，通过电话、微信等方式与茶叶生产基地农技人员和茶园管理人员保持密切联系。他们将掌握各地的茶叶生产动态及时上报湖北省农业农村厅，聚集多方资源帮助茶农解决当前生产难题，增强茶农恢复春茶生产的信心。

乡村振兴，产业先行。唐前勇坚信，只有通过科技的力量，致力于“科技兴茶”“品牌兴茶”，才能带动产业兴旺，“素瓷雪色缥沫香，何似诸仙琼蕊浆。”下一步，茶叶团队将致力于“襄阳高香茶“新品种、新工艺、新产品研发并开展攻关与示范，把襄阳茶产业打造成真正的绿色产业、支柱产业和富民产业，让茶产业在促进农民增收、致力乡村振兴中发挥更大作用。

▲ 茶叶团队在南漳县堰镇周湾村指导茶农抗旱保苗

案例点评：

中国的茶文化分茶的自然科学和茶的人文科学两方面，它是指人类社会实践过程中所创造的与茶有关的物质财富和精神财富的总和。襄阳市农科院以唐前勇为领军人物的茶叶科技创新团队，乃至更早的前辈襄阳市茶叶首席专家张耀华，他们都是中国悠久茶文化的最好传承者，他们既通过掌握的茶生产科学技术带来的经济财富助力脱贫攻坚和乡村振兴，给一方百姓带来良好的经济收入，摘掉贫困的帽子；又通过茶的生产传播，开展技术指导、提供市场信息等，努力为农村经济探索一条可持续产业发展的好路子，从而实现自我价值而获得愉悦感，正可谓“衣带渐宽终不悔”！

（冯　鹏　唐前勇）

26 油菜花开春满园

——荆州农业科学院油菜团队助力脱贫攻坚二三事

在美丽的江汉平原上，春天是一个奇妙的季节，一场春雨过后，你到那村落原野走一走，就会感到季节更替的匆忙与仓促，隆冬广袤荒凉的原野先是变绿，继而变黄。油菜花开，铺漫天涯。在隆重的花事中，活跃着一支科研队伍，他们是荆州农科院油菜创新团队。多年来，团队潜心服务荆州油菜产业发展，在荆州所属县市建立了20多个示范点和基地，全面试点示范推广油菜全产业链、全价值链的“双全”模式，建成核心示范区10 000亩，辐射带

▲ 专家上门支招，油菜增产靠科技

动100 000亩，基本形成生产、烘干、榨油、包装、销售一体化的经营模式。经过近几年的连续跟踪试验，辐射区的油菜产量明显提高，每亩平均收益超5 000元，为1 260户贫困农户户均增加收入2 000元以上。

2015年春，荆州农科院油菜创新团队到监利县程集镇南桥村开展产业扶贫指导工作，看到胡志文田里的油菜长势后，第二天，团队负责人陈水彬专家专程给他送去一包肥料，提醒他马上兑水后给油菜喷施下去。陈专家说："你的油菜虽然看起来长得挺好，但是缺少营养，要是不赶紧补上，到时候只怕没有收成。"

听了专家的话，老胡将信将疑，自己种了十几年的油菜了，田里的事都知道，油菜明明长得挺好的。但他也知道荆州农科院专家的权威性，于是按专家要求给油菜打上肥料，还特意留下一小块田没打，想着等油菜收获后对比一下，看看帮扶的专家是不是瞎指导。老胡心想，如果专家的话没有应验，就拿来怼一怼。

没过上半个月老胡就心服口服了，打了肥的油菜结的荚又大又肥，没用肥的则瘦瘪瘪的。胡志文专门找到老陈，还没进门就嚷道："专家真厉害啊！科技就是好啊！要不是你，我今年连吃的油都得要花钱买了。"

村里的张书记正好在专家这里，接过话头说："老陈是市里的高级农业专家，是国家油菜产业体系荆州试验站的负责人，他们的团队前来指导是咱们村的福气啊。"陈专家耐心地给胡志文解释："你田里的油菜缺少硼肥，会造成只开花不结果，专业术语叫做'花而不实'，及时补上肥料就可以了。"

服务市场主体，助力脱贫攻坚战

脱贫攻坚战全面打响后，荆州农科院油菜团队积极投入精准扶贫工作中，围绕油菜产业扶贫，结合实施湖北省农业科技"五个一"行动，通过合作社和家庭农场示范带动引领，先后在荆州区李开宝家庭农场建立"油菜全产业链绿色高产高效模式"，在江陵三湖天顺合作社建立"油（绿肥油菜）—稻—再（吨肥吨粮）绿色高产高效模式"，在荆州市新安昌盛家庭建立"油（饲料油菜）—玉—玉（青饲料）高产高效种植模式"，在荆州区弥市镇农世佳蔬菜产销专业合作社建立"脱水菜薹、菜心（菜用油菜）生产加工示范基地"，引导帮扶对象跟着合作社依靠油菜产业增加收入，确保如期脱贫出列。

李开宝家庭农场地处荆州区八岭山镇北湖桥村，是荆州市首家登记注册的家庭农场，也是湖北省20强家庭农场之一。从2012年以来，农场流转本村及周边村贫困农户土地2 785亩，主要从事双低油菜和优质水稻的种植、加工与销售。

然而，家庭农场组织化程度低、社会化服务能力差、农技服务力量弱；虽然机械化已经起步，农忙时节仍需要大量的农业工人，生产成本仍然居高不下；农业受自然与市场变化的影响较大，无法保障稳定的经济效益。

2016年，带着这些问题，李开宝辗转找到荆州农科院。国家油菜产业技术体系荆州综合试验站站长、陈洪洲迅速带领油菜创新团队的专家到李开宝家庭农场“会诊”。经全面调研了解后，团队给他开出了“药方”：选择优良品种，创新种植模式，实现全程机械化、轻简化生产，并上马深加工设备。

在荆州农科院油菜创新团队的指导下，李开宝家庭农场采取油菜全程机械化生产集成技术，综合应用与推广高产高油多抗机械化新品种，集成联合机械播种、机播机收适度管理、缓控释全营养一次施肥、油菜新型植保、油菜无人机田间高效管理、油菜高效低损联合收获、秸秆还田快速腐解等技术，降低生产成本，减施化肥农药，并做好病虫绿色防控。

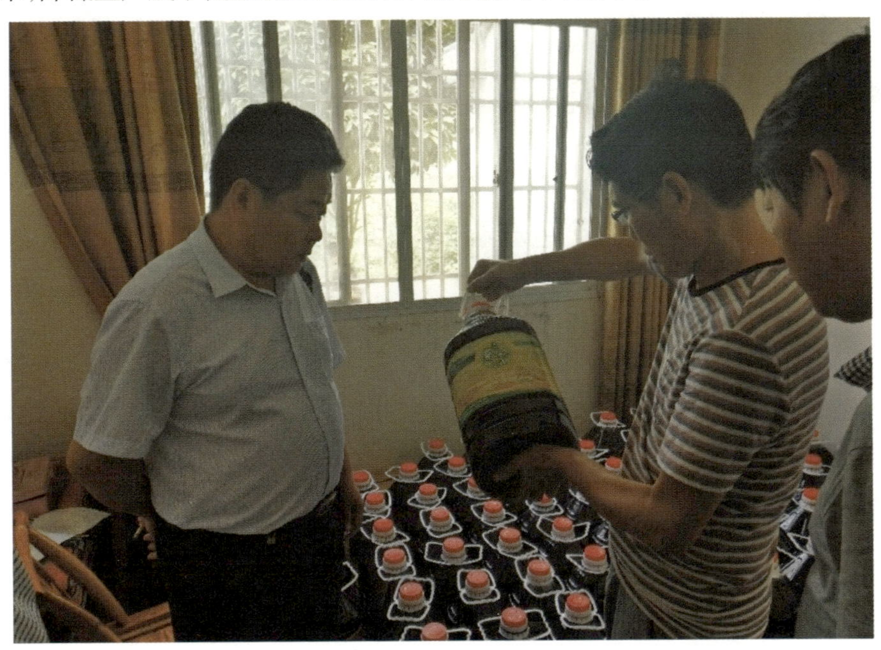

▲ 2017年7月，荆州农科院监制的“油伯仕”菜籽油投放市场

基础打牢了，油菜创新团队又为李开宝农场规划添置一套油菜籽加工设备，从卖油菜籽升级为卖菜籽油，促进油菜产业全产业链发展。

说起来很轻松，做起来顾虑很多。在团队专家的指导和帮助下，李开宝多次外出考察，决定引进新型榨油机。设备到场后，又帮忙培训操作工人。开工生产后，只要遇到生产中的难题，李开宝就习惯性地向专家们请教和求助。老李说："得亏荆州农科院专家把关。我们的核心设备新型榨油机，一开始打算选普通榨油机的。专家建议，最好采取五级压榨的，一方面可有效提高出油率和油品质量；另一方面，全套设备都是智能操作，只要按设备上的指标标志，根据仪器显示的温度、电压等数据采取相应的措施管理就行了，非常轻松。"

次年，采用传统物理方式压榨而成，且具有生态、绿色、安全、环保等特点，由荆州农科院监制的纯正菜籽油品牌——李开宝"油伯仕"正式投放市场，为消费者提供个性化健康菜籽油。

通过集成先进的技术和模式，当年，李开宝农场每亩油菜的产量提高了 50 千克，生产成本却降低了 200 多元，农户从单纯卖油菜籽升级为卖菜籽油后，每亩综合效益提升到 3 000 元以上。

李开宝高兴地说："油菜深加工全产业链非常好，这种模式不仅让我吃了定心丸，给农场带来稳定的效益，而且让我有能力为乡亲们带来更多利益。"

托起金色产业，升级油菜价值链

2018 年，荆州农科院油菜团队参加全国、湖北省油菜产业化会议，国家油菜产业技术体系研讨会等，获取了很多利好信息，包括湖北将打造长江流域油菜主产区，支持突破油菜绿色高产高效与多元化利用"卡脖子"关键技术，开发功能型"油""菜""肥""蜜"等系列高值化产品，整建制创建油菜功能型、效益型、生态型"三型"综合示范区，以进一步提升长江流域油菜产能、促进粮油兼丰与绿色增产增效等。

"荆州作为全国油菜生产第一大市，一定要让油菜成为农民的致富产业"，荆州农科院油菜创新团队暗下决心。

▲ 2018 年 8 月，全国功能型菜籽油生产基地现场观摩活动在监利县召开

综合分析之后，团队认为，荆州市要抓住国家和湖北省发展油菜产业的机遇，主动适应和引领油脂加工产业创新升级，培植具有竞争力、影响力、控制力的菜籽油龙头企业、领军品牌；支持优质菜籽油的加工和系列精深产品的开发，增加产品附加值；引导优质菜籽油产品创品牌，确保优质优价，确立了走油菜全产业链、全价值链的“双全”发展之路。

明确了指导思想和发展方向，2018 年春节之后，荆州农科院油菜创新团队就来到监利县金草帽农业合作社，反复动员合作社负责人周祖清进行油菜产业全方位升级打造。

团队专家陪同周祖清到武汉，拜访中国油料研究所研究员黄凤洪，考察他结合湖北优质油菜研发的一套新设备。这套设备通过油菜籽深加工，提高了产品的附加值，可以让农户实现从卖普通菜油到卖高端菜油的转变，预计可将每亩油菜的收益提升到 1 万元左右。

说起这次转型，周祖清感慨不已。上菜籽油绿色高效加工设备之前，他有过很长时间的犹豫和思考，毕竟一套设备要投入上百万，加上厂房等配套设施，总投入超过200万元，而合作社当时已有一个小榨坊。

新设备针对油菜加工企业品质低、能耗高、资源利用率低等问题，攻克了油料调质增香、智能化低温压榨、油脂绿色适度精炼等关键技术，生产出的功能型菜籽油安全营养丰富，总酚、维生素E、甾醇等脂类伴随物保留率达85%以上，色泽清透光亮、风味浓郁纯正，卫生指标优于国家标准，同时还具有预防心血管疾病、预防记忆衰退、抑制慢性炎症等食药养身功能。加工出来的菜籽油外观漂亮、口感好且兼具保健功能，市场上难得一见。这些正是周祖清心里的理想目标，他终于下定了决心，经反复考察后，全套7D功能型菜籽油加工设备于2018年5月开始上马。

周祖清到现在都很感激荆州农科院油菜创新团队。他说："他们把合作社的事当自己的事来跑，为我们规避风险，争取最优政策，让我们少走了不少弯路，用最少的钱办成了最大的事。"

2019年2月，荆州出现持续低温阴雨天气，周祖清田里的油菜遭受冻害。他着急地把受害油菜拍了下来，通过微信传给荆州农科院院长陈洪洲，第二天上午，陈洪洲就带着团队专家冒雨赶到合作社，顾不上休息，直接到基地查看油菜长势情况，指导他采取天晴后开沟排渍、增施腊肥、摘除早苔等措施抓紧补救。

终于，油菜收获了，第一桶7D多功能菜籽油成功生产出来，其香浓色正口感好，富含多种活性功能营养成分，不含反式脂肪酸和苯并芘等有害物质，在当年举办的湖北省农博会上受到消费者青睐，每桶菜籽油卖到100元还供不应求。

周祖清发展的信心更足了，2019年秋，他扩大了优质油菜种植面积，采取"公司+合作社+基地+农户+标准化生产+品牌营销"的模式，网罗750户种植户，其中有150多家贫困户，建设万亩油菜绿色原料生产基地和油菜"一菜两用"（菜薹+油菜籽）生产基地。

除了菜籽油，其副产品油菜薹、花蜜、菜籽饼也很俏，受到消费者和周边水产养殖户（用菜饼做优质的鱼虾饲料）的欢迎。

周祖清算了一笔账，仅在种植环节，每亩就能创造近3 000元的收益。他信心满满地说："今年，我们将进一步深入挖掘程集镇历史文化名城资源，开发油菜花期观赏价值，推动文旅与农业深度融合。同时进一步打响7D功能型菜籽油市场品牌，早日实现油菜'万元田'梦想，带领周边贫困户走上小康路。"

监利县金草帽农业合作社已建成湖北省农业科技"五个一"行动首批核心示范基地，多次受到湖北省农科院党委书记刘晓洪、院长焦春海等领导的现场调研称赞。2019 年，其所在地程集镇被纳入 2019—2022 年农业农村部乡村振兴科技引领示范镇建设项目。

汗水结出硕果，经过近 10 年的努力，荆州农科院油菜团队获得"十二五"全国 30 个油菜试验站综合考核排名第一。2014 年，全国首届油菜全程机械化高产高效模式现场会也在荆州举行，油菜全程机械化生产的"荆州经验"受到农业部、中国农科院领导和专家的高度肯定，国家油菜产业技术体系决定把油菜全程机械化生产的"荆州经验"在全国推广。2014 年，团队申报的"油菜全程机械化生产关键装备集成与配套技术创新"研究成果获荆州市科技进步一等奖，次年参加亚太经合组织会议科研成果展（全国在油菜方面仅 2 项），并获得农业部全国农牧渔业丰收计划奖二等奖。2019 年与华中农业大学共同申报的"油菜绿色轻简高效生产技术研发与应用"获 2016—2018 年全国农牧渔业丰收奖一等奖；与中国农科院油料研究所共同申报的"油菜绿色高产高效生产模式与关键栽培技术"获 2018—2019 年度神农中华农业科技奖科学研究类成果二等奖。

2020 庚子新年，突如其来的新冠肺炎病毒肆虐荆楚大地，疫情期间油菜团队克服困难，组织富硒油菜薹和 7D 功能型菜籽油送到荆州一医和胸科医院海南省援荆医疗队驻地，为医护人员提供后勤保障，助力抗击疫情。

院长陈洪洲说，下一步，他们将扩大油菜全产业链面积，挖掘油菜价值链，增加农民收益，提升农民种植积极性，满足消费者对优质健康油品的需求，推动油菜产业在长江流域快速发展，让传统优势作物焕发新生机，确保国家食用油安全。

庚子年的疫情没有阻止春天的到来，没有阻止油菜花开，花事阑珊后，细长细长的菜子壳儿包着的小小黑粒子儿，那是炸油的原料，它滋润着千家万户冉冉升腾的炊烟和绵长的日月。

案例点评：

俗语说："不怕千招会，就怕一招精。"荆州农科院油菜团队，把油菜种植这招练精了。

脱贫靠油菜、增收靠油菜、发展产业靠油菜，油菜成了农家宝贝；菜籽油、油菜薹、花蜜、菜籽饼，油菜身上的价值得到更大程度的发挥；多年来深入研究，专家组团接力，油菜团队的成果得到国家认可，形成荆州经验。

创新的路无止境。富硒油菜薹、7D油菜籽油等是产业发展的一条新路，科研与产业结合，才能开出最美的花，结出更美的果，榨出最健康的油。

"咬定青山不放松，立根原在破岩中。千磨万击还坚劲，任尔东南西北风"，清朝诗人郑燮的一首《竹石》，描绘的正是油菜团队精神。

（钟正发）

27 “粮+油”的科技扶贫之路

——宜昌市农业科学研究院稻油团队科技扶贫纪实

宜昌市地处长江中游,适宜水稻、玉米、油菜种植的区域多、面积大。但近年来,受最低收购价下调和生产成本上涨双重挤压,传统“种粮卖油”的生产方式难以为继。随着脱贫攻坚战总号角的吹响,宜昌市广大种粮贫困户冲破脱贫屏障已迫在眉睫。因此推动农业供给侧改革,生产契合消费者需要的产品,提高农业供给体系质量和效率,提升农民种粮收入势在必行。

为此,宜昌市农科院稻油团队联合当地龙头企业,对水稻、油菜种植技术推广携手攻关,双管齐下,优化集成一批标准化、轻简化、机械化的绿色节本增效模式,大力培育并推广产值高、效益好的优质品种,调整优化种植结构,培育产业良性发展趋势,探索出了一条促进农业增效、农民增收的脱贫致富道路。

探索推广高效生产新模式

按照“中国好粮油”行动计划,围绕培育打造“荆楚好粮油”目标,宜昌市农科院稻油团队率先开展了稻油连作全程机械化模式示范攻关,利用高档优质稻迟播迟插生育特性,解决机收油菜的茬口矛盾。在大田油菜收获后,选用优良高产杂交稻新品种作一季水稻种植,油菜秸秆还田,有效改善土壤团粒结构,增加土壤的有机质和通透性,为来年种植水稻奠定良好的地力基础。对作物增产、农业增效、农民增收有明显作用,较好地缓解了季节矛盾,有利于耕地轮作休养,又能稻油兼顾、获取较好的经济效益,这种模式很快受到了当地农民朋友的追捧。

技术不能锁在柜子里，必须发挥市场主体作用才能更好地应用到生产中，稻油所经过多方探索了解，最终选择了当阳市飞翔米业有限公司进行科技合作。该公司成立于2011年，位于当阳市半月镇，占地面积20余亩，注册资本320万元，是一家集订单种植、粮食仓储、大米加工、销售于一体的综合性粮食加工企业。经过沟通，最终形成了由稻油所提供技术服务，合作社进行统一标准管理，最后再由公司进行集中收购的"公司+合作社+农户"的产业化经营模式。截至目前，高档优质米推广已签约当阳13个村920余名农户，推广面积达6 300余亩，每年可助农增收180万元以上。

在"十二五"期间，宜昌市农科院就依托国家油菜产业技术体系宜昌综合试验站联合体系内专家在宜昌地区开展油菜机械化生产工作，目前基本上已经实现只要机械能下田的地方都能采用油菜机械化生产技术。中国工程院院士、中国农科院副院长王汉中曾指出"宜昌油菜机械化水平走在全国前列"，这是对宜昌油菜机械化生产推广工作的肯定，也是鼓励。

在促进油菜机械化生产技术推广中，企业发挥着重要带动作用，远安国泰米业有限公司就是其中之一。远安国泰米业有限公司是一家以生产优质大米为主的粮食加工企业，该企业承担了湖北省科协下达的科技精准扶贫任务，在宜昌农科院技术推动下，该企业开始发展油菜种植，他们采用"企业+基地+农户"模式，利用远安自然生态优势，通过优质粮油生产、加工、销售来带动山区农民特别是贫困户脱贫致富；宜昌市农科院稻油团队则通过提供水稻、油菜生产技术服务方式支持企业扶贫工作。该企业选用优质油菜新品种，土地流转，购买油菜联合播种机，不断扩大油菜种植规模，目前核心种植区面积达到1 000亩，辐射带动周围农户种植优质油菜近万亩，增效显著。正是"黄萼裳裳绿叶稠，千村欣卜榨新油，爱他生计资民用，不是闲花野草流"。

当阳市草埠湖镇楚湖拥有连片的优质农田，是夏玉米和小麦的主产区，由于连续多年采用夏玉米—小麦种植模式，两者产量均呈下降趋势，特别是小麦赤霉病等病害的发生，使得种植小麦的投入不断加大，且品质不断降低。2018年，宜昌市农科院稻油团队与当阳市褚家湖粮食专业合作社在当阳市草埠湖镇楚湖村开展夏玉米—油菜高效种植模式示范，以"双低高油品种、早播密植、缓控施肥、种肥同播、减肥减药、全程机械化管理"为核心技术，带动800亩种植规模。2019 年秋播，该合作社油菜种植面积达到 5 000 亩，带动该村农户发展油菜 20 000 亩。

▲ 2020 年 5 月，宜昌市农科院召开油菜绿色高效生产技术集成与展示现场观摩会

合作社负责人表示，油菜播种、病虫草害防治、收获均实现机械化，与种植小麦相比，投入更低，效益更好，并且 2019 年夏收玉米也有增产。在此带动下，越来越多的农户特别是贫困户关注夏玉米—油菜种植模式的情况，部分往年呈观望姿态的客户，也表示要改为夏玉米—油菜种植模式，往后油菜种植面积会进一步增加。新的模式下，不仅油菜效益高于小麦，玉米产量也增加，极大地提高了每亩地的产出。

通过多年的摸索，宜昌市农科院稻油团队专家，辗转多地寻求适宜当地种植的优质品种，在当地通过试验示范、测产、鉴定，最终筛选出了一批优质良种。近年来，在当地推广种植的水稻高档优质香稻有“果两优油晶”“桃湘优莉晶”“桃湘优美晶”“玉晶 91”，普通优质香稻（中稻）“红两优 1566”等；油菜抗根肿病新品种有“华油杂 62R”“华油杂 160R”，五彩油菜（紫红、粉红、橘红、白色、黄色）、高油新品种“中油杂 19 号”，菜薹两油菜新品种“大地 95”。

▲ 稻油团队在远安县嫘祖镇望家村进行水稻材料播种

对于新品种的推广种植，宜昌市农科院稻油团队都制定了详细的种植方案。从前期育秧，到后期收割储藏，进行全程技术跟踪服务。同时联合企业与合作社，建设示范样板，组织种植户通过现场观摩会和技术培训会来推进稻油新品种的种植。在关键农时季节，团队组织相关专家深入生产一线，有针对性地开展技术培训和指导服务，指导稻油轮作种植农户掌握技术要领，确保技术要领及时入户，技术措施及时下田，为生产增收提供有力的技术保障。同时，他们也通过现场观摩、经验交流、优质米评选等活动，为优质稻油生产制造声势，为当地的休闲观光农业发展推波助力。2019 年，在由宜昌市农业农村局主办的宜昌市第二届地产优质稻米食味鉴评活动中，由当阳市飞翔米业有限公司送评的“果两优油晶”，取得了鉴评的最高分，拿到了此次活动的一等奖。媒体的后续报道宣传，大大提高了品牌的知名度。

他们创新生产运营模式，对有意向种植优质稻的农户，合作社与农户统一签订订单合同，统一优价供种，统一无偿提供技术指导，统一优质优价收购。农户通过订单模式生产种植，基本解决了以往靠天收的困境，农户没了后顾之忧，脱贫致富效益显著提高。

托底最低收购价，解决了收购难的问题。例如2019年初订单收购价，其中两个香稻品种分别为保底价2.92元/千克与2.60元/千克，2019年秋季实际收购价为3.00元/千克与2.70元/千克，定价依据为：合同保底收购结合市场普通杂交稻市场收购价增长调整而来。2020年订单收购价暂定3.00元/千克与2.80元/千克。

托底基本产量、解决了靠天收的问题。通过订单种植，保证农户的基础产量，推动优质稻、油生产。按照统一供种、机耕、育秧、供肥、机防、收割的生产模式，基本解决了种植户全产业链难题。不仅解决了种植的技术难题，减少了管理水平差异，同时由于统一操作，集中管理，还降低了生产成本。虽然2019年经历了60年一遇的大干旱，相当一部分种植户没有达到预期产量，但通过订单生产的种植户都保证亩产500千克以上，每亩节省生产成本100元，农民和企业稻油每亩增收800元以上。

集中烘干储藏，解决了储藏难的问题。由于当地收获季节的湿润天气，一般在粮食收获后的脱粒、晾晒、储存、运输的过程中，因气候潮湿，谷物来不及晒干或未达到安全水分而造成霉变、发芽等损失高达15%以上。为了解决收割后的粮油储存问题，合作社集中进行烘干储藏可以使丰产丰收的粮食自然损失降到最低，也是农民增收的重要保障，有利于解决粮食集中上市，价贱伤农的“卖难”问题，对于促进和带动当地农业产业结构调整具有重大的现实意义。

菜籽榨油的加工方式直接关系到菜籽油的品质，传统的榨油方式有热榨和冷榨两种。冷榨是菜籽不经过烘炒，或稍微加温进行压榨的生产方式，冷榨油的颜色清凉，呈黄色，很少杂质，食用时不起泡沫，油烟少，冷榨油低温压榨，营养成分保存较好，菜籽油的品质得到相应提高。但冷榨油存在氧化稳定性差、出油率低等技术壁垒。2016年，在宜昌市农科院积极推动下，中油所、枝江市政府等相关单位通过考察评估，确定将枝江市天清水稻专业合作社作为菜籽油提档升级试点单位，在其原有的厂房上升级改造，建立一个可日加工2吨油菜籽的现代化冷榨油厂，采用微波低温压榨技术，生产高品质浓香菜籽油。至2017年，设备安装调试成功，油菜籽收获完后，利用该设备生产低温冷榨菜籽油7 380千克。通过批量加工对这套新型设备的产能进行实测,该设备生产菜籽油的品质非常好,色泽清亮,焙烤香味浓郁,且少了传统菜籽油的菜青味,保证营养不流失的情况下提升了食用风味,深受消费者喜爱。

2017 年秋播,他们继续将油菜绿色高产高效模式引入合作社,即推荐种植高含油双低油菜品种“中油杂 19”,并且针对枝江根肿病严重的情况,采取“油菜无菌苗移栽 + 氰氨化钙防控油菜根肿病”的方法减轻油菜根肿病的危害,保障有足够的双低高油菜籽用于加工,通过回收加工提高了产出值。近两年通过抗根肿病油菜品种的推广,节约了投入成本,增加了效益。

该合作社 2019 年生产的“楚籽香”菜籽油参与了福州、哈尔滨和武汉等地展销活动 4 次,印发宣传彩图 2 万余份,线上线下销售菜籽油 100 吨,销售收入 1 050 万元,实现利税 95 万元。

发展“产业 + ”融合　助力乡村振兴

围绕稻油“产业 + ”,通过标准化、轻简化、机械化种植,稻油产品品牌建设,带动第三产业全面发展,从农业生产、务工就业、旅游服务创收等方面来提高贫困户经济收入。

2019 年度,宜昌市农科院稻油团队与当阳市飞翔米业有限公司合作,在当阳市半月镇红光村种植 20 余亩彩色油菜,不同花色油菜搭配种植,结合该村的樱花与桃花,实现“三花相映”的景观,发展乡村旅游。受疫情影响,今年的乡村旅游受到一定程度的影响,但这项工作得到半月镇政府以及红光村村委的高度赞赏,并表示 2020 年秋播继续在该村种植彩色油菜花,带动当地旅游业的发展。油菜“产业 + ”也给当地的贫困户带来机遇,借助“三花”旅游,刺激当地餐饮业、特色水果采摘等领域的发展,加速农旅结合,促进农民增收,带动贫困户脱贫致富。

2019 年,当阳市飞翔米业有限公司对从事粮油种植生产的贫困户,提供优质水稻品种推广种植技术服务,在农产品收购时,根据不同的品种,采取在市场价的基础上相应的增加不同的价格予以收购,提升贫困户的种植积极性,2019 年收购返利分红 88 857 元;在“精准扶贫”政策支持下,针对先锋村等村内的贫困户,双方签订“入股协议”,定期向入股人员分红,截至 2019 年 3 季度共支付贫困户 115 900. 08 元;对有就业意向且有就业能力的贫困户,通过对接企业帮扶就业、临时用工 50 880 元;给贫困户发放了扶贫物资,减轻了他们生活上的负担,也改善了贫困户的生活,使一部分贫困户顺利脱贫。

案例点评:

扶真贫、真扶贫,多做惠及广大贫困人口的实事,因地制宜、科学规划、分类指导、因势利导,无论是提高生产效率模式,筛选优质品种,创新运营方式,还是融合产业模式,宜昌市农科院稻油团队目的只有一个,坚持精准扶贫精准脱贫基本方略,聚焦贫困群体,细化实化政策措施,落实到村到户到人,注重脱贫攻坚与实施乡村振兴战略相互衔接,推动实现贫困群众稳定脱贫、逐步致富,确保完成脱贫攻坚任务。“稻栽肃芊芊,黍苗何离离。”他们的踏实工作,辛勤付出,不懈努力赢得了百姓的肯定,也收获了丰硕的成果。

(田甫焕　周元委　李双华　潘龙其)

28 胡洪涛:助力凤头姜产业振兴的留洋博士

来凤县地处龙凤盆地,酉水贯穿而过。凤头姜是来凤县独有的地理标志保护产品,因形似凤凰而得名,有超过300年的种植历史。因为气候温润、土壤富硒,这里出产的凤头姜无筋脆嫩、美味多汁、营养丰富,是载入农业教科书的珍贵品种,袁隆平院士曾亲自为凤头姜题词。来凤姜农世代种姜,因姜致富。截至2009年,全县种植面积达5万亩,成为来凤县的支柱特色产业。

突如其来的灭顶之灾

“姜瘟病太可怕了!”周文华年过五旬,在绿水镇香沟村种姜近20年,回忆起2009年的那一幕,他仍然心有余悸。“一棵姜苗发病,很快就扩散到整片姜田,雨水流到哪里就烂到哪”,10年前发病的情形,香沟村村支书李世明仍历历在目。

姜瘟病,又叫青枯病。2009年夏,来凤的姜田突然感染了这种顽疾。叶子凋萎卷曲枯黄,成片倒伏,惨不忍睹,整片的田块宛如被野火燎过,虽值盛夏,姜田里却萧瑟肃杀、寒意逼人。

姜瘟病来势汹汹,先是枝叶枯萎,然后根茎腐烂变软,用手挤压有污白色黏液流出,从绿水、翔凤等核心乡镇向全县蔓延,所过之处大量减产甚至绝收。县里数次组织农技部门用生石灰、杀菌剂等治理,但收效甚微。姜农只得选择姜稻轮作,一块姜田次年只能种植水稻,要等数年后才能重新种姜。无奈之下,很多姜农被迫放弃姜田南下打工,不少脱贫的家庭再次返贫。截至2018年,来凤县凤头姜种植面积下降到不足1万亩,只有高峰期的20%。

扶贫攻坚，把脉问诊

扶贫攻坚号角吹响，湖北省农科院把来凤作为对口帮扶县市。2017 年，湖北省农科院生物农药工程研究中心的胡洪涛博士带领的小分队风尘仆仆地赶往这个“鸡鸣闻三省”的边陲小城。

胡洪涛是湖北省农科院生物农药工程研究中心的一名普通科研人员。他在国外留学多年，并获美国奥本大学博士学位，学有所成后毅然返回家乡，献身于农业科技。他长期专注于农作物重大病害的微生物生防菌研发和防治技术体系研究，成功筛选出对青枯病、枯萎病等具较好防效的枯草芽孢杆菌、假单胞杆菌、弗瑞青霉等菌株；研发生物农药和生物肥料产品多个，成功应用于农业病虫害防治，挽回经济损失数亿元。他时时刻刻把帮助山区群众脱贫致富当成最大的追求和目标。

一到来凤，胡洪涛就投入了工作。

“密密麻麻都是青枯病菌。”显微镜下，培养基上的样品病菌数量令人吃惊。“不仅不能种姜，连西红柿、辣椒也不能种了”，作为国家种苗与土壤消毒方面的专家，胡洪涛开出了处方——用生物化学方法进行土壤治理与修复。

▲ 湖北省农科院在来凤县考察生姜试验基地

出人意料的是，当地姜农却不愿意配合试验。“这是绝症，不可能治得好”，“种姜前期投入太大，治不好白花钱”。了解到姜农的真实想法后，湖北省农科院决定负担2 500元/亩的姜种、劳力和农资费用，免费提供土壤治理服务。在他们苦口婆心的劝说下，绿水镇周家湾村的一位姜农勉强同意拿出3亩抛荒姜田“吃螃蟹”——“死马当作活马医吧。”

说干就干，胡洪涛和他的团队每人携带20多千克重的化验仪器和计算机，起早贪黑，吃住在田野。为了获得一手资料，他们在田间地头一泡就是一整天，用拿惯了笔的手拿起锄头，开挖沟槽、盖膜、喷药、消毒，再向根部埋进一袋袋配好的颗粒剂。烈日下，他们个个皮肤晒得黝黑。

2018年秋，经过土壤生化处理后的这3亩抛荒田迎来了丰收，每亩产量达2 000余千克，是未治理比对田的3倍多。事实胜于雄辩，姜农开始主动找上门，生化治理的试验基地很快发展到4个。姜农李明鸿原本准备对50亩姜田用挖掘机深挖80厘米，全部换上新土。听说胡博士团队的故事后，主动找上门请求给姜田消毒。通过土壤修复和生物防菌，他的凤头姜产量与品质明显提高，最近一口气又流转了50亩姜田。

9月1日，姜农周文华用力扯起一根凤头姜，白嫩细腻，清香扑鼻，一蔸足足有1千克多。“好久没见这么漂亮的凤头姜了！”周文华激动地说。

在大河镇，接受生化治理的姜田亩产达2 500余千克。姜农们笑得合不拢嘴：“舍不得挖，现在正是生长高峰期，一亩田延迟一天采挖可增产近50千克。”

“凤头姜的不治之症有救了！”姜农们奔走相告。遭受姜瘟病折磨近10载、曾经“奄奄一息”的来凤凤头姜产业“满血复活”。当天上午，在湖北省农科院和来凤县政府举办的姜瘟病现场防控观摩会上，数十位专家、政府官员和姜农共同庆贺凤头姜的涅槃重生。

“担忧一下子丢到九霄云外。”来凤县鹏云电子商务公司是该县最大的凤头姜电商企业。7月下旬，向逸恩总经理试着发出第一批新姜，见到网友留言点赞、好评如潮，他心里悬着的石头落了地。“现在最便宜都是19.8元/千克，贵的每千克卖到76元。”上海一位叫蔡从华的一口气买了5千克，做成江浙名吃——醋姜馈赠亲友。鹏云公司是首批从生化防治中受益的企业，借助淘宝和京东，每天的销量都高达500余千克。

▲ 胡洪涛博士在来凤县试验基地调查生姜长势

凤头姜铺出脱贫致富路

家住来凤县竹坝村五组的张春海，49 岁，30 年前患上慢性肾病，因病情加重至肾衰竭，无法外出打工，每月医药费高达 3 000 多元。其妻属一般劳动力。他有两个儿子，一个尚在上小学，无劳动能力；另一个在工厂学徒，收入仅能维持基本生活。来凤县将张春海作为重点帮扶对象进行扶持，从物资、补助等方面给予照顾，使其脱离了贫困。但是，如何让张家能持续保持脱贫状态，并走上致富之路，却一直困扰着县乡领导和村干部。

胡洪涛团队接下了这副担子，用科学技术帮助张春海致富。通过刻苦学习，张春海掌握了生姜姜瘟病的绿色防控技术。2019 年，他种植的 4 亩生姜亩产值超过 1.4 万元，总收入 5 万余元。听说张春海的生姜获得这么好的收益，绿水镇、马家坝镇等村镇的农户纷纷前来取经，向他学习姜瘟病绿色防控技术，解决生姜连作障碍。丰收的姜田，不仅让张春海重拾了生活的信心，也给了他脱贫奔小康的希望。

院县联合，促进产业发展

在湖北省农科院和来凤县政府的支持下，生物农药工程研究中心在来凤县举办了凤头姜姜瘟病绿色防控技术现场观摩培训会，参训人数有70余人，发放技术资料200余份，《湖北日报》、《恩施日报》、来凤电视台等多家媒体数次专题报道，形成良好的社会反响。来凤县政府及时跟进，对接受土壤修复的姜农给予1 000元补贴。对口帮扶来凤县的农业农村部积极争取项目，对重振凤头姜产业给予充分扶持。湖北省农科院一口气安排近百场技术培训，为来凤县的生姜产业振兴奠定基础。

“产量有保证，我们准备大干一场。”湖北凤头食品有限公司是来凤县生姜加工龙头企业。他们瞄准市场需求，今年一口气开发了硒姜、姜膏、月子姜等5个品种，投资数百万元兴建标准化凤头姜种植基地。

“美丽的凤头姜，火火的凤头姜，它是神奇凤凰送给土家人的吉祥”，凤头食品公司总经理田延富情不自禁地哼起久违的《凤头姜之歌》，眼中满是憧憬。

案例点评：

家国情怀，不是一句空洞的口号，而是一份沉甸甸的责任，和无数日日夜夜的付出。胡洪涛博士有耀眼的光环、优越的科研条件，却义无反顾来到鄂西大山，勇敢地担起为老百姓排忧解难的担子。他和他的团队，凭借多年所学，把科研做在农民地头，把论文写在无数农民的心里，把自己的初心和使命落实在山区农民的脱贫攻坚上，解决农民生产中面临的棘手问题。小小凤头姜，让留洋博士和山里的农民结缘。他们救活的不仅仅是田里的姜苗，不仅仅是来凤县赖以脱贫的凤头姜产业，更是当地农民脱贫致富奔小康的梦想。

（石丽桥）

29 蘑菇入馔鲜 致富大产业

——宜昌市农业科学研究院食用菌团队科技扶贫纪实

食用菌是不与人争粮、不与粮争地、不与地争肥、不与农争时、不与其他产业争资源的“五不争”朝阳产业。曾有诗云:“桑鹅楮鸡皆不及,蟆姑天花当拱揖”“奇珍茅酒传杯酽,竹笋蘑菇入馔鲜”“老楮忽生黄耳菌,故人兼致白芽姜”。同时食用菌还是一个周期短、见效快的好产业,该产业逐渐进入各级领导和合作社视野,将其当作优势特色扶贫产业的典型大力推广到各地,将食用菌产业作为产业扶贫的重兵器。

随着国家精准扶贫项目的开展,山区农民发展什么项目能快速受益是宜昌市农科院食用菌产业团队的一项重要课题。在山高地少、劳动力严重不足和农业机械化水平不高的背景下,以宜昌市食用菌产业首席专家刘世玲所长为核心的科研团队经过多年的摸索,不断发展壮大珍稀食用菌产业,其中羊肚菌和大球盖菇已成为宜昌市两大优势品种。

羊肚菌是2012年人工驯化栽培成功的一种珍稀的食、药两用菌。宜昌市农科院食用菌产业团队羊肚菌栽培技术走在全省乃至全国的前列。该团队研究的“羊肚菌大田驯化栽培技术”第一个获得湖北省在羊肚菌产业上的科技成果登记,编制的湖北省地方标准《羊肚菌设施化栽培技术规程》已于2018年12月实施。羊肚菌是一个收益高的农业产业,每亩投入8 000～10 000元,市场价每千克鲜菌200元、干菇1 600元,种植羊肚菌每亩半年的时间就可以收获5 000～8 000元,甚至更高的利润。

大球盖菇的栽培可以利用各种农作物的下脚料,变废为宝,点“草”成金。因其栽培材料来源广泛、产量高、经济效益好。该产业既生态环保,避免和解决了秸秆的焚烧问题，出菇后的菌渣又可以作为生物肥，还可以改良土壤。大球盖菇每亩投入15 000元（菌种500袋，约2 500元，农作物下脚料10吨约6 500元，人工约4 500元，简易设施及租地1 500元），大球盖菇一般每亩收菇2 000～2 500千克，按每千克10元计算，毛收入2 000～25 000元，纯利润5 000～10 000元，可取得不错的经济效益。

因地制宜，产业扶贫任重道远

响石村坐落于长阳土家族自治县都镇湾镇西南部，东接璞岭村，南临城五河村，西接资丘镇竹园坪村，北与朱栗山村接壤。距都镇湾镇47公里，距县城122公里。村域面积38.14平方公里，其中耕地2 787亩，林地39 783亩。村内产业以少量的茶叶和魔芋为主，几乎没有主导产业。响石村属长阳最偏远的扶贫村之一，2018年因贫困发生率高达10.16%被纳入高贫困发生率村。响石村全村设村民小组6个，总人口480户1 385人。其中建档立卡贫困人口143户450人。2017年脱贫46户156人，2018年脱贫49户153人，2019年脱贫48户141人，已实现全村整体脱贫。

水连村位于长阳西南部偏远山区，临近五峰县，与资丘集镇被清江隔断，相距28公里。全村面积17.87平方公里，现有耕地3 500亩，林地26 700亩，辖5个村民小组，568户1 862人。水连村是长阳县14个深度贫困村之一，山大人稀，农民除了种玉米和少量的茶叶几乎没有产业。

头顶石村是夷陵区三斗坪镇的省级贫困村之一，地处黄牛岩山麓，全村面积12.25平方公里，耕地面积1 158亩，最高海拔1 048米。该村是夷陵区桑蚕养殖基地之一，也是三斗坪镇桑蚕养殖大村。村中大部分青壮年出外打工，其他大部分村民还从事较为原始的耕牛耕地的小区域传统农业，增收和奔小康也是困难重重。

多方合作，带动产业快速发展

2016年上半年，宜昌坤博生物科技有限公司张治国总经理带领团队来到宜昌市农科院，邀请刘世玲所长以及食用菌团队对该公司将要发展的羊肚菌产业进行全程指导。2016年9月，刘世玲所长带领团队技术人员在都镇湾镇响石村实地查看公司拟建基地，就选址提出建议，并在村委会给参与的贫困户和农户进行前期产业技术培训。指导宜昌坤博公司在响石村投资80多万元,带动农户35户,其中贫困户18户,种植羊肚菌52亩,建设标准自动喷灌大棚55个。在随后的半年多的时间里,刘世玲团队不顾响石村山高路远艰险(从宜昌出发坐直达车需五个多小时),从整田、搭建菇棚、土壤处理开始,无论是白天、晚上还是节假日,无论是山高路滑还是寒风凛冽,刘世玲和她的团队成员们每一个技术环节都亲自到现场,手把手进行羊肚菌的种植技术指导,还建立了羊肚菌栽培微信群,根据每天不同的天气情况进行远程技术指导。团队开创大田种植羊肚菌"避雨设施化、规范化、精细化"栽培新模式,实现了稳产高产。

2018年,宜昌市农科院食用菌团队以食用菌为抓手,以坤博生物科技有限公司为纽带,助力水连村产业扶贫。在微生物研究所专家团队的技术指导下,坤博生物科技有限公司在水连村先期建设羊肚菌基地20亩获得成功。为了带动更多的贫困户和村民发展菌类产业,降低农户种植成本,提高种植利润,促进水连村人民早日脱贫致富奔小康,刘世玲所长指导坤博公司在水连村投资1 500万元建设菌种研究和生产基地以及成品加工厂,年生产羊肚菌菌种120万袋,加工销售菌类成品6万千克,其中羊肚菌0.75万千克,带动当地就业150人,产值1 500万元。目前菌种生产基地的基建工作已完毕,正在抓紧时间准备原材料和一、二级菌种的制备。

宜昌夷陵区三斗坪镇头顶石村是湖北省传统的桑蚕种养殖区域,每年修剪的大量桑树枝条处理成为了一个老大难的问题,修剪的桑树枝条扔弃到田间,不仅导致作物无法耕种,而且还易引起火灾,集中处理既缺技术又缺人手,还要增加经济负担。2018年年初,当地桑蚕合作社负责人高新章通过多方打听,得知宜昌市农科院能利用微生物技术将农作物的秸秆转化再利用,于是带领合作社人员前往农科院和专家对接。

宜昌市农科院专家刘世玲带领的食用菌产业团队,早在几年前就在着手研究利用微生物技术将农作物秸秆再利用的课题。她们选准了大球盖菇这个产业。大球盖菇生长对环境要求不高,菌丝分解能力强、抗杂性好、产量高,而且出菇后的菌渣可直接还田,不仅是很好的生物肥还可以改善土壤的理化性质,非常适合在当地推广。

▲ 食用菌团队指导菇农进行羊肚菌田间管理

2018 年 7 月，刘世玲指导合作社在头顶石村进行 5 亩大球盖菇试种试验，原材料采用当地历年遗留下来的桑椹枝条和玉米秸秆，通过粉碎、发酵，全部用来种植大球盖菇，消耗枝条和秸秆 50 吨左右。2018 年上半年每亩产菇 0.6 万千克，每亩增收 5 000 元以上，合作社尝到了甜头，2019 年年底将面积扩大到 20 亩，2020 年年初虽受新冠疫情影响，效益出现了一定下滑，但仍每亩增收 2 000 元。现如今，头顶石村准备年底发展大球盖菇 200 亩，消化该村及周边村近 2 000 亩的桑树枝条和玉米秸秆，年增加收入 150 万元。

多措并举，产业扶贫初见成效

2017 年 3 月，半年辛勤的劳动迎来了沉甸甸的收获。在食用菌团队的指导下，宜昌坤博公司采取“公司＋基地＋农户（贫困户）”的经营模式，并先提供种子、农膜等农资，公司与农户签订保护价回收合同。半年创产值 130 余万元，每户每年增收 4 000 余元。贫困户吴万群种 1.2 亩羊肚菌，收货 315 千克，价值 5 万元，纯收入 9 200 元。侯有明今年 70 多岁，种了 0.4 亩，产羊肚菌 75 千克，纯收入 2 100 元。贫困户吴万群说：“感谢党的好政策，感谢党对我们贫困户的关心！感谢宜昌坤博生物科技有限公司引进了宜昌市农科院的羊肚菌驯化栽培新成果、新技术，让我们半年的时间在家门口就能收入几千块钱，使我们摆脱了贫困，下一年我要把所有的土地都拿来种羊肚菌。”宜昌市农科院和刘世玲专家一心为山区农民脱贫致富的精神，深受响石村村民和宜昌坤博公司的好评，他们给宜昌市农科院和刘世玲专家分别送来了锦旗“科技助发展，真情暖人心”“无私奉献羊肚菌，精准扶贫响石村”。

为提高大棚和农田效益，农科院微生物所团队采用“冬种羊肚菌，夏种有机山椒（蔬菜）”两季轮作的特色种植业，即羊肚菌收获期过后在栽培大棚里再种植一季高山蔬菜，这一茬口模式获得了公司和农户的肯定和采纳。种植的山椒成熟，既可以卖干品又可以卖鲜品，增加了农民的收入，提高了土地的产出效益。两季栽培的成功加快了羊肚菌种植产业进程，提高了农民生产积极性。

为了发展大球盖菇产业，头顶石村里闲置的土地流转给银罡桑蚕合作社种植大球盖菇，土地流转收益15万元，增加18名贫困户的灵活就业，每人每年可获得6 000元收入。村民修剪的桑树枝条、玉米秸秆处理有了着落，合作社分别以每千克0.8元、0.4元的价格收购，每亩增加收入约300元，发展大球盖菇产业给头顶石村和村民带来了实实在在的经济收益和生态效益。

在宜昌市农科院食用菌产业团队的技术支撑与无私帮扶下，经过这5年的攻坚克难，精准发力，宜昌羊肚菌和大球盖菇种植推广面积快速扩大，影响越来越大。目前在宜昌市种植的专业合作社、农业公司和农民越来越多，截至2019年，羊肚菌种植面积已有1 000多亩，遍及宜昌长阳、五峰、远安、宜都、枝江、秭归、兴山、当阳等所有的县市区，带动贫困户超过1 000户，每户平均增收在3 000元以上。大球盖菇2018—2019年在夷陵区、远安、兴山、枝江、宜都、秭归、点军等地都有种植，面积约100亩，带动贫困户50户，每户平均增收在2 000元以上。作为珍稀食用菌产业的先行者，宜昌市农科院食用菌团队将不忘初心，砥砺前行，为精准扶贫、产业扶贫、产业聚焦栉风沐雨，做农民脱贫的“贴心人”，用菌物产业为深山老百姓撑起“致富伞”。

精准扶贫，乡村振兴，产业兴旺是重点。发展乡村产业需要根据不同村的特点选择优势产业和特色产业，形成优势互补、良性循环的农村产业结构新格局。宜昌市农科院食用菌团队探索出的扶贫经验：一是因地制宜选好产业；二是以公司或者以合作社为主体进行推进；三是利用新型职业农民等各种培训在产前搞好技术推广，让菇农先有一个感性认识；四是扶贫技术团队自身技术过硬，各个关键点一定要指导到位，最好每个基地建立微信群，便于随时远程技术指导；五是帮助公司或者合作社搞好产品的粗加工、深加工和产品的销售问题，确保公司和菇农都受益。

▲ 食用菌团队负责人刘世玲开展羊肚菌栽培技术培训和指导

羊肚菌产业扶贫的模式采用“科研单位 + 好产业 + 公司（合作社）+ 贫困户”模式，然后通过四种方式进行产业扶贫：一是产业托管扶贫，通过产业引导扶贫资金托管带动贫困户，每户每年可得利润分配；二是共建扶贫，贫困户出土地，公司在贫困户的土地上建菇棚，公司负责提供菌种和技术指导，羊肚菌出菇后以每千克鲜菇 60 元的价格回收，每亩半年就可有 6 000 ~ 9 000 元的收入，接茬种辣椒或者西红柿等蔬菜后可以还有 2 000 ~ 3 000 元收入；三是租赁经营扶贫，公司或合作社租赁没有劳动力的贫困户土地或者大棚，带动贫困户增加收入；四是务工就业扶贫，贫困户可以在羊肚菌种植基地优先务工，以每人每月 1 000 元工资计算，半年人均可实现约 6 000 元的收入。

宜昌市农科院食用菌团队采用“科研单位 + 好产业 + 公司（合作社）+ 贫困村”产业扶贫模式，通过公司流转村里的土地，村经济收入得到了增加；收购村民废弃的枝条秸秆，变废为宝，增加了农民收入；聘请劳动力，优先贫困户，实现了务工就业扶贫。只有这样多措并举，科技扶贫才取得了良好的成效。

案例点评：

精准扶贫，就是要对扶贫对象实行精细化管理，实行精确化配置，实行精准化扶持，确保扶贫资源真正用在扶贫对象身上，精准扶贫是为了精准脱贫，种什么，养什么，产什么，都要因地制宜，因人而异，精确施策。“饮菌若之朝露兮”，食用菌，大作为。宜昌市农科院食用菌团队忠实地贯穿了精准扶贫精神，不盲目、不照搬，充分利用掌握的科学技术优势以及地利资源，务实求真，全心全意为一方百姓扶贫脱贫辛勤付出，取得了卓有成效的业绩，做出了不可磨灭的贡献！

（王昌付　刘世玲　申露露）

30 葛长军：扎根在黄冈大别山区的一粒"种子"

他是科技工作者，是黄冈市的一名科技特派员，还是湖北省"三区"人才。他十几年如一日地从事蔬菜研究及技术推广工作，默默无闻，但无时无刻不在发挥着光和热。他叫葛长军，2008 年从东北农业大学毕业，2009 年从黑龙江的黑土地来到黄冈大别山区，成为黄冈市农科院一名普通的农业科技工作者。工作后积极开展"送技术下乡"活动，以新成果、新技术为中心，加强与合作社、基地及种植户的联系，将新成果、新技术送到千家万户，以科技力量助力精准扶贫。2020 年，他获得"第十一届黄冈市优秀科技工作者"荣誉称号。由于长期不懈坚持科普工作，他被评为"第二届黄冈市科普先进工作者"。他的科技推广、科技扶贫脚步遍及黄冈市浠水、罗田、麻城、英山等多个县市区，累计开展新型职业农民培训、种植户技术培训 700 余人次。他像一粒种子扎根在了黄冈大别山区，生根发芽，为黄冈市现代农业的发展贡献自己的一份力量。

地标优品——黄州萝卜的"护宝人"

黄州萝卜是黄冈地区独有的蔬菜品种，它是国家地理标志保护产品，当前也是产业扶贫主要种植品种之一，是黄冈市的一个"宝"。黄州萝卜栽培历史悠久，在黄冈及周边地区种植面积广泛。据说，早在东汉时期，曹操驻兵黄州时，就有"兵吃萝卜，马吃菜"的说法，兵吃的萝卜就是指黄州萝卜。宋朝著名诗人苏东坡在黄州生活期间所食之"东坡肉""东坡鱼"都用到黄州萝卜相佐。黄州萝卜叶为花叶，肉质根上部稍小，下部逐渐膨大，底部平齐，形如斛斗。肉质根外皮光滑，须根少，露出地面部分外皮淡黄绿色，入土部分白色，具有生食甜脆、熟食浓香的特色。多年以来，种植户仅凭着经验栽培，大多是以个数求产量，一块地收获的萝卜大小不一，品质较差，售价较低。栽培管理技术比较粗放，缺乏相应的高产技术，使得黄州萝卜的效益未能得到完全发挥。另外，加上萝卜外来品种混杂、隔离条件限制等原因导致黄州萝卜种质资源退化，出现了适应性减弱、产量降低、品质变差的问题。随着种植黄州萝卜经济效益的减少，农户们大都不愿意继续种植黄州萝卜了，“种得多，亏得多”“种得出来，卖不出去”是很多种植户的担忧。看到这个现象，葛长军急在心里，落在行动，对黄州萝卜进行提纯复壮，立志要改变黄州萝卜的现状，重新打响“黄州萝卜”品牌。

为此，他从10余亩的种植基地中按照黄州萝卜特征特性，选出20余个单株进行留种扩繁，经过多年不断提纯复壮，严格选地与隔离、清理杂株，合理密植、施肥、综合防控病虫害等技术，使其产量、品质得到提升。现在，黄州萝卜亩产可达到3 000千克以上。黄州萝卜经过提纯复壮后，大小较为均匀，品质也有了提高。黄州萝卜批发价格由以往1.2元/千克提高到2019年地头价平均为1.8元/千克，每亩地可为当地农民增收1 800元。种植户效益得到提高，“黄州萝卜”品牌逐步打响，让更多人了解黄州萝卜，吃到真正的黄州萝卜。浠水县兰溪镇马桥港村的村民喜上眉梢：“以前种萝卜心里苦，现在种的萝卜是越来越甜了。”这正是“嫩白碧绿叶清莹，秉暑凌霜任雨风。理气宽中消鼓胀，甜如蜜水脆如菱”。

位于罗田县的恒然生态农业科技有限公司主要生产广东菜心、萝卜、辣椒等蔬菜，其产品大多供应到武汉、南昌等大中城市的超市，市场反响良好。该公司带动了10余户贫困人口在基地进行生产种植活动，让贫困人口在家门口就可以工作。由于在萝卜种植方面缺少优良品种和相关技术，公司的萝卜生产效益不高，了解情况后，葛长军把改良后的黄州萝卜种子赠送给该公司，并就萝卜种植土壤条件、水肥管理、病虫害防治等问题进行指导。公司总经理廖金桥说：“这里的土壤疏松，适合种植萝卜，以前种萝卜总是出现这样或那样的问题，现在有葛专家指导和黄冈市农业科学院提供的优良萝卜种子，这颗心算是放下来了。”

葛长军在开展黄州萝卜的示范推广工作的同时也积极帮助发展当地品种，并成功举办了第一届萝卜节，扩大了罗田县恒然生态农业科技有限公司的影响力，为地方萝卜品牌建设提供了科技支撑。

种养结合，变废为宝

“在技术服务中感受到合作社对于发展蔬菜的期待，同时也感受到他们对于如何持续发展的迷茫。这让我觉得作为科技人员，有义务为他们出谋划策，共同发展好蔬菜生产。”2017 年，葛长军在得青生态农业专业合作社开展技术指导时说。得青生态农业专业合作社是英山一家种养相结合的专业合作社。通过利用当地优良的生态条件，规模化养猪、种植蔬菜，把猪产生的粪肥转变成沼渣、沼液，作为蔬菜的有机肥，探索出了一条“猪—沼—菜”生态种养植模式。葛长军说：“沼液沼渣的使用，可以促进蔬菜生长，减少了病害的发生，减少农药、化肥使用，降低了人工成本和农资使用量，也提高了蔬菜质量安全水平。”种养结合的模式有效利用了资源，推进猪粪资源化利用和生态农业的发展，促进了蔬菜生产提质增效，促进了农业“两减”工作发展。

“这个番茄熟了吗？怎么是绿的啊？”有的游客在田间采摘番茄时问道。“这是个新品种，成熟了也不变红色，外皮也是绿色的，味道很不错。”合作社负责人闻得青解释说。针对得青生态农业专业合作社观光采摘相结合的模式，葛长军赠送了甜玉米、番茄、豇豆等蔬菜新品种，并对不同种类蔬菜育苗、定植等关键技术环节及田间管理操作进行了指导。一些适用于观光采摘的蔬菜品种效益较普通品种效益高，普通番茄每千克 5 元，适宜采摘生食的新品种番茄可以达到每千克 8 元，采摘的同时也丰富了旅游、亲子活动等其他宣传形式，间接提高了合作社综合效益。根据合作社实际情况，葛长军建议合作社在技术推广模式上采用“专家—专业合作社—普通农户”的农业科技推广模式，把种养结合的模式通过加强与合作社、基地及种植户的联系逐步推广出去。通过开展技术培训，提高了合作社蔬菜种植水平，增强了建档立卡贫困工人的技术水平和科学素养。在培训会上，对市场上不同种类蔬菜如茄果类、叶菜类、根菜类等种植特点介绍，相同种类蔬菜之间田间管理有相似性，在病虫害防治过程中可以统防统治。普通农户在品种选择、育苗技术、水肥管理及病虫害防治等方面有了更加清楚的了解，提高了种植管理技术。

2019 年，合作社种植基地出现了夏、秋相接的特殊旱情。葛长军通过及时与合作社沟通,科学指导减少旱情造成的影响,帮助合作社克服困难,增强信心:“及时中耕,进行畦面覆盖,蓄水保墒;采用滴灌、喷灌等节水灌溉技术,科学灌溉。另外,喷施磷酸二氢钾速效叶面肥,增强植株抗逆性。”

“这些分叉、卷须要打掉,会吸收肥料营养的,留着一个主枝结黄瓜就行。”葛长军对基地技术人员说道。新冠肺炎疫情好转后,时刻关心基地蔬菜生产情况的葛长军来到得青生态农业专业合作社的基地查看蔬菜长势,根据大棚黄瓜等蔬菜作物长势情况,指导黄瓜种植管理要点,防控好病虫害,为后期高产打好基础,并赠送了高产、优质的番茄、豇豆、黄瓜、辣椒等多个蔬菜新品种,丰富合作社品种类别,减少疫情造成的损失。

通过新品种、新技术的推广,合作社蔬菜的产量、品质得到提升,技术水平进一步提高。“菜蔬滴翠盎生机,瓜果斑斓灿碧琦”,在开展技术指导同时,与合作社负责人也进行生产管理及经营理念的交流探讨。种植模式由以往追求种植基地“大而全”向“小而精”的模式发展。“大而全”的发展需要更多的资金和更多的人力,现有情况下难以做强。“小而精”则展现了现代农业生产、生活、文化、教育等多种功能的发展,可以开展观光休闲、采摘等多种体验活动,能更好地促进农业结构不断优化升级,向农业的广度和深度发展。合作社精细化发展后,效益不仅没有减少,相反每亩观光采摘大棚增加了900多元收益。经过多方面开展服务,合作社进一步明确了发展方向,更新了生产管理理念,丰富发展了农业生态环保功能、生活休闲功能、文化传承等多种功能,增强了合作社发展信心。

橙黄粒粒满，香糯口口甜

“使用钢架大棚能提高保温效果,棚内空间大,生产操作也方便。”葛长军这样对李铜林说道。2016年,上级组织部门安排葛长军在浠水县蔡河镇挂职,担任副镇长。挂职期间,葛长军走访了很多乡村、合作社,最让他记忆深刻的是该镇的蔬菜种植户李铜林。李铜林是回乡创业青年,吃苦耐劳,为照顾家庭,辞去了工作,毅然从外地回到家乡,开始种植蔬菜,利用村里以前的竹架大棚种植甜玉米。由于竹架大棚年久失修,薄膜的保温性能也有限,设施条件较弱,同时蔬菜种植处于起步阶段,缺少相关技术,导致早春甜玉米上市较迟,总也抢不到好的市场价格,李铜林的心里很失落,对蔬菜种植信心不足。葛长军了解情况后,向他介绍了钢架大棚,并讲解钢架大棚的优势及如何安装建设。

▲ 葛长军专家在浠水县蔬菜基地指导生产

在葛长军的指导下,李铜林在村子里新建了4余亩地的钢架大棚,主要种植早春甜玉米。播种育苗的时候,葛长军专门去大棚开展甜玉米穴盘基质育苗技术指导,提高甜玉米的出苗率。苗子定植后又多次进行现场指导,"要加强定植后的田间管理,降低大棚内湿度,及时清沟排水、松土施肥,做好病虫害防治工作。"葛长军说道。专家的服务工作得到了种植户的肯定。李铜林高兴地说:"多亏有了专家技术指导,让我的甜玉米卖到了好价格,这个玉米真是甜到了心里。"

投身防控，贴心服务

新冠肺炎疫情发生后,葛长军积极主动要求参加高速卡口执勤工作,多次在禹王、沙子岗等卡口执勤。沙子岗卡口执勤点离家将近20公里，由于是夜班，半夜就需要出发，在凌晨1点钟准时到达执勤点。在执勤过程中，他认真记录通过执勤检查点的每辆汽车的车牌号、乘坐人数、驾驶人身份信息、行驶目的地等内容，确保不漏一辆车，把防控工作做到实处，不怕苦，不怕累，充分发挥了农业科技工作者的吃苦耐劳精神。在参加高速卡口执勤的同时，他还成为小区志愿者，把新鲜优质的菜薹送到黄州宇济、滨湖苑、江岸名都等购菜不方便的小区，让身处疫情防控中的居民感受到暖意，吃到当天采摘的新鲜菜。

"季节不等人，农事不可误"，突如其来的新冠肺炎疫情给春耕备耕工作带来了影响。为及时开展好2020年春耕生产工作，他结合自身农业科研工作，积极撰写疫情防控期间蔬菜田间管理注意事项，就做好茄果类蔬菜苗期管理、做好设施瓜类育苗工作、棚内蔬菜优先就近供应、统筹安排下阶段设施蔬菜生产布局等方面为广大菜农提供技术指导。同时，作为民盟盟员，他认真撰写社情民意信息，针对交通运输管控，农业春播工作不畅，原定的植保下乡、技术下乡等生产性服务中断的情况，建议在当地防控指挥部的统一领导下，一手抓疫情阻击，一手抓农业生产保供和春耕备耕等工作，提出了切实可行的建议，为农业春耕工作顺利开展建言献策。

新冠肺炎疫情给农业生产和脱贫攻坚工作带来挑战，作为一名农业科技工作者，葛长军加强与合作社的沟通联系，精准开展科技扶贫工作。疫情状况好转，社区(村)解封后，为帮助恢复春耕生产，促进农业产业在疫情防控下积极、健康、有序发展，增加农民收入，助力全面建成小康社会。2020年4月，他在罗田县河浦镇举行了科技助力精准扶贫现场会。现场会严格按照防控要求，戴口罩，人与人间隔1.5米。虽然人们之间的物理距离远了一些，但心的距离更近了。这次现场会，黄冈市农科院向当地捐赠了价值1.5万元的化肥和蔬菜种苗。葛长军针对当地萝卜生产现状开展了萝卜扩繁技术培训，发放相关技术资料50余份。河浦镇党委副书记邱刚在现场会上说："农业生产离不开科技支撑，农业的发展离不开科技的助力，要崇尚科学种田、学习新技术，实现农产品提档增效。希望在农业新品种、新技术的助力下，帮扶周边更多的人脱贫致富，建设好美丽乡村。"

除了线下做好科技服务工作，在线上，葛长军通过中国知网知农云课堂开展了"农业科技助力春耕生产"在线直播课程，面向广大基层农技推广人员、示范主体和农民群体在线授课，答疑解惑，为疫情防控下春耕生产提供技术指导，并介绍了黄州萝卜——黄冈地理标志保护产品良种繁育技术等相关内容，进一步提高黄州萝卜产业扶贫的效果，助力黄冈地标优品产业的发展。

案例点评：

习近平总书记说过："小康不小康，关键看老乡。"脱贫质量怎么样，小康成色如何，很大程度上要看"三农"工作成效。作为湖北省农业科技战线上的一名"三区"人才，葛长军利用自己丰富的相关知识，助力老乡种植蔬菜、果树，丰产丰收，增产增效，他恪尽职守，奋发进取，真抓实干，敢于担当，勇于探索，甘于奉献。他为"黄州萝卜"再创辉煌谱写了新的乐章，也让甜玉米的丰产甜在了农民的心上，他在工作中探索出的"猪—沼—菜"生态种养模式，对村民养猪、沼气推广及蔬菜种植都产生了推动作用，也明显增加了村民的经济收益，是一名当之无愧的优秀扶贫干部。

（丛丽娟）

31 徐丽荣:果树"医生"的扶贫之路

徐丽荣,罗田县大山里的孩子,为了摆脱贫困,追求理想,他毅然背起行囊远赴北京,开始了他的求学之路。在中国农科院植物保护研究所攻读硕士研究生期间,时常跟随导师到农村走访调研,这让他更加深刻地体会到我国农村农业的发展现状、农民的困苦,心里不禁泛起了想为"三农"做点事的想法。2011 年,他通过刻苦学习,不断钻研,顺利毕业,正式成为一名农业科技工作者。他在黄冈市农科院工作以来,共推广应用了"果园生草立体种养技术""水肥一体化技术""绿色防控技术""土壤改良栽培管理技术"等 30 余项,推广面积 50 000 亩;推广蔬果新品种 21 个,种植面积达到20 000 亩,有效推动了农业企业和乡镇群众农业生产的发展。徐丽荣于 2020 年获得"全国科技助力精准扶贫先进个人"的表彰,成为红色的大别山里一颗为"三农"默默地耕耘、奉献的火种。

扎根试验基地练基本功,打铁还需自身硬

2011 年,徐丽荣从中国农科院植物保护研究所毕业后,怀揣服务"三农"的梦想,来到黄冈市农科院工作后,一直从事园艺作物方面的试验研究、科技推广和科技扶贫工作。直到 2014 年单位建立果树学科,才正式开始接触到果树,作为一名年轻的学术带头人,一切从零开始,慢慢摸索研究。"记得当时真的很艰难,本身自己学的是植物保护专业,对果树真的不是很了解,面临的第一个问题就是如何选择品种,如何将果树种活",徐丽荣扶住额头这样说着。经过几番波折,徐丽荣对接到湖北省农科院果树茶叶研究所杨夫臣博士。在杨博士带领下,调研了很多果树种植区、示范区后,对果树品

种有了初步的了解。“品种选择非常关键，选择好的品种才具有研究推广的价值，品种选择首先要结合各地区土壤 pH 值、土壤肥力情况，再根据种植的目的性，选择什么样的模式……”经杨夫臣博士详细讲解，品种选择的问题被解决了。随着研究的深入，陆续又引进了一系列桃树、梨树、葡萄等品种。打铁还要自身硬，徐丽荣无论是在果园管理、普通的农事操作，还是相关育种、栽培试验都是亲自上阵，先进行方法比较，再优化步骤，验证效果。每一个果树品种，都会进行定期观察记录、总结整理，形成“果园生草立体种养技术”“水肥一体化技术”“绿色防控技术”“土壤改良栽培管理技术”等栽培管理技术。通过 6 年的发展，目前黄冈市农科院试验基地已建立果树资源圃、试验园、示范园 100 余亩，包含的果树种类 12 种、品种 50 余个，株系资源 1 万余份。无论是对生产基地的布局规划，还是对不同果树品种特性的把握，土肥水管理、病虫草害防控，适宜树型培养，他都能做到胸有成竹。这些年在试验基地的摸爬滚打，锻炼了他的实践能力，锤炼了他吃苦耐劳、敢于尝试、直面挫折、忍受清贫、不怕寂寞的品格。

做给农民看，带着农民干，让科技进村入户

早上五点，在黄冈市现代农业科技示范园中，一个人影在桃园里忙碌着。早上六点工人上工时，“徐专家，今天又来这么早！吃饭了吗?”这样的对话除了出差外几乎每天重复着。被问到“为什么每天去那么早？早上五点在基地，你从家里出发岂不是四点半”，徐丽荣回答：“果树这个新的学科不但对我个人是个新鲜事物，对梅家墩的农民来说也是一个新鲜的活计。在指导农民工怎么操作的时候，首先自己要熟练掌握各种工具的使用方法，尤其是在果树扦插、修剪枝条等方面，这样才能事半功倍，再说夏天越早去越凉快……”是的，一分耕耘一分收获，也许正是这份付出，才让他在从事科技推广科技扶贫活动中如鱼得水。

作为黄冈市科技特派员，2018—2019 年，徐丽荣跑遍了黄冈地区的 11 个县市区，邀请相关农业从业人员到基地参观 30 余次，主动对接的农户、企业 40 余家。在全市各地开展科技推广、科技扶贫工作时，常与当地的贫困户、科技示范户、科技致富能手等交流和沟通，切实了解他们的需求，既集思广益，又亲力亲为。每到一处，他首先要了解当地气候、土壤、地势、交通以

及区位等因素，再根据企业规模，市场等相关条件，为企业制定规划或者提供专业参考，把农业新技术和科技成果无偿送给扶贫点。

▲ 2020 年疫情期间徐丽荣专家现场指导工人给柑橘进行修剪

武穴市有一家企业遇到这样一件难事，2015 年，周红纲购买了 20 万元的桃树苗子，种植了 100 亩桃园，果树种了 4 年竟然不结果（偶有零星结果）。眼看着前期投入的 100 余万元就要打水漂，周红纲急坏了。无意间，周红纲观看《垄上行》节目——“湖北黄冈：着急啊！1 000 株酸甜桑葚全烂了”，发现视频中黄冈市农科院徐丽荣专家正在给果桑园解决病虫害问题，他想到自己的桃园面临的困难。于是周红纲来到黄冈市农科院找到徐丽荣。徐丽荣了解情况后，马不停蹄地赶到桃园查看问题到底出在什么地方。原来，周红纲因为不懂技术，果树种植过密，导致光合作用不畅。“如果把光照比作植物的食物的话，那么果树就是长期处于饥饿状态，自然不能开花结果”，徐丽荣这样比喻着。随后，在他的亲自示范和指导下，对 100 亩的桃园进行了夏剪和冬剪。株距 50 厘米，行距 150 厘米，实在太密了。2019 年周红纲在徐丽荣在强烈建议下，痛下决心，将桃园留一行伐一行，虽然伐掉很心痛，但是效果还是很显著的。2020 年，桃树不光结了果，还丰收了。周红纲满心欢喜地说“徐老师真的帮我解决了大问题，今年桃园亩产有 1 500 多千克，大丰收啊！”

把好脉搏拔除病灶，做好果树“医生”

在这么多年的扶贫实践中，徐丽荣总结了很多有价值的经验做法：“以鲜果批发销售为主的企业建议种植耐贮运、外观品质较高的品种，而且种类2～3个，要形成群体优势，降低运输、存储、包装成本；对于搞体验或者是通过网络平台销售的农业园区，在规划布局方面需要预留休闲体验区，在品种搭配方面讲求新、特、奇，通常果品以完熟状态供应市场，在种植模式上，注重宽行种植，或者多采用棚架结构，果园采取全园生草或者园艺地布覆盖等方式，注重美观。同时，必须根据不同作物特性做布局规划。”

针对果树种植中出现的各种问题，徐丽荣也有自己的一套解决办法。浠水县三丰水产专业合作社是由冯见明牵头成立的，冯见明是由建筑行业转行到农业，并在浠水县种植了一大片果桑，由于地下水位比较高，果桑长得比较旺，又没有进行整枝修剪，导致果桑长得太高了，不方便采摘。针对这个问题，徐丽荣表示：“如果想要解决这个问题，现在最好的办法就是进行降高。”2019年6月，徐丽荣指导工人进行夏伐，时间虽然晚了一点，但也成功地将果桑的高度控制在2.5米以内。冯见明握住徐丽荣的手说：“太感谢你了，帮我解决了大问题。果树降高极大地方便了采摘，今年产量500千克/亩，按照50元/千克计算，毛收入有25 000元/亩。”

现在浠水县三丰水产专业合作社已经步入正轨，偶尔出现一些问题，也在徐丽荣的指导下得以解决，像这样的案例不胜枚举。徐丽荣在从事科技助力精准扶贫这些年，与黄冈地区的40多户种植业主体或相关企业保持着联系。针对不同基地的发展及种植情况，定期与基地联系，通过微信、电话等方式提示各个季节基地的农事活动重点以及操作方法，有时还配发操作照片。同时，还会定期到各个基地查看果树长势，查看纠正不正确的操作方法，寻找问题，对于有些果园出现的特殊情况，帮忙提供解决方案等。徐丽荣已然成为果农心中的果树“医生”。

对接企业服务社会，担任科技副总

2018年初，湖北燕儿谷生态观光农业有限公司董事长徐志新邀请黄冈市农科院专家来公司调研，研讨亟待解决的技术问题。黄冈市农科院当即决定对燕儿谷公司提供免费科技支撑，并派驻一名优秀的科技人员担任燕儿谷公司科技副总，这名优秀的科技人自然是徐丽荣，他负责全面协调燕儿谷科技服务事宜。

湖北燕儿谷生态观光农业有限公司是一家集休闲、旅游、健康养老、研学教育等为一体的乡村旅游产业扶贫示范综合体，覆盖了 8 个村，先后被各级部门确定为湖北省十佳农庄、国家 3A 级景区、黄冈市农业产业化龙头企业、全国旅游扶贫“公司 + 农户”示范项目、黄冈市农业产业化示范项目、湖北省休闲农业与乡村旅游示范点、全国乡村旅游观测点、首批省级现代农业产业园创建单位、全省农村产业融合发展试点示范村。

茶梅园是燕儿谷景区之一，通过配置不同品种的茶梅，观花期可以持续半年之久，是燕儿谷的亮点景区，年均门票收入数百万元。但是从景区修建以来，由于技术缺乏，每年都有死树现象，夏季掉叶严重，徐丽荣实地勘察，找出病因，并指导防治工作，3 次用药后，当年病情全部控制，叶色浓绿，新枝旺盛，花芽饱满。

同样的事还发生在果树苗木上，由于技术缺乏，苗木品种及质量把关不严，很多果树种下去后数年无花无果，大量的资金投入打了水漂，还耽误了时间，并且长期给公司带来了困扰。自从科技副总徐丽荣来了之后，从正规苗木基地引进了几个品种的果树，长势喜人。

如今的燕儿谷早已蜕凡嬗变，鹰飞草长，桂花飘香，茶梅园的花苞蓄势待发，石榴挂满枝头，菊花满山遍野，沐浴在晨露中的小草晶莹剔透，晚霞匹配这万里晴空，令人心旷神怡。

依托企业办好基地，助推产业扶贫

徐丽荣在加大服务“三农”力度的同时，将生产中面临的实际问题带回实验基地，开展进一步研究，摸索出《果园立体综合种养模式》《精品水果高质量高效益种植项目》两个农业产业“三高三好”（科技含量高、经济效益高、标准化程度高，产品质量好、市场前景好、生态保护好）新模式。目前这两个项目已编入《农业高质量发展的创新实践》一书，并且成功出版发行。该书成功吸引大批有志之士回乡创业，大力推进“能人回乡”工程。

随着国家对扶贫工作的要求，以及乡村振兴对农村发展的需求，黄冈市农科院加大了农业科技扶贫工作的力度。在科技扶贫过程中，结合全省农业科技“五个一”行动和果树的专业特点，依托新型农业经营主体开办示范基地，通过新品种、新技术、新模式的集中展示示范，辐射带动周边地区。

▲ 徐丽荣专家在科技示范基地开展新型职业农民培训指导

近3年来，徐丽荣先后在浠水、团风、罗田、黄梅、武穴、大冶等地建立示范基地9个，依托基地和新型农业主体开展先进实用技术培训，3年共举办科技培训19次，培训新型职业农民120名、农村实用技术人才230名，共计编发科技资料等3 000册(本)。同时展示示范“三新”技术5项，其中“柑橘园套种艾草”新模式在大冶市朱铺村实现年收获艾草2季，每亩增收1 600余元。朱铺村是黄冈市农科院的科技扶贫点。为了确保2020年实现脱贫摘帽，实现朱铺村村民脱贫致富奔小康的愿望，村干部认识到发展产业才是出路，闫华强对朱铺村的构想是成立合作社、种植经济作物。徐丽荣作为扶贫点的技术负责人指出，“结合村里的地理位置、土壤pH值、土壤肥力等条件，建议村里种植果树，搞采摘观光旅游，虽然投入非常大，但是从长远发展角度来看，这才是真的为农民谋福祉的利民工程。”最终三方达成一致，根据地势及周边环境特点，决定建立文化旅游采摘园，集垂钓、采摘、休憩为一体，建设柑橘、果桑、梨树、桃树园，在园林中间挖一口池塘，既可以用来灌溉，也可以垂钓，在山坡上搭建“发呆亭”，玩累了可以在“发呆亭”中发发呆、喝喝水、观赏景观，困了还可以休息一下。

目前，朱铺村按照规划方案，已经建立了 5 ~ 6 亩的池塘，建成柑橘园 120 亩、果桑园 15 亩、梨园 15 亩、桃园 10 亩。为了缓解前期投入大的压力，徐丽荣推荐了“柑橘园套种艾草”新模式，一年可以种植两茬艾草，每亩能够获得 1 600 元的收益，在园林的建设阶段就可以产生收益。为了丰富村民业余生活，他广泛联系，积极争取地方政府投资，组织村民自筹建立老年活动室及活动广场、足球场。老百姓的生活明显改善了，村内环境和卫生明显变好了。

案例点评：

大别山的孩子深爱着自己的家乡，更愿意用自己所学的知识建设好家乡，徐丽荣专家以实际行动诠释了这种美好的愿望！作为一名服务“三农”的科技干部，他在助力农村宜居、农业兴旺、农民富裕方面都做了有益探索，做出了突出的贡献。他推广应用技术 30 余项，推广蔬果新品种 21 个，种植面积达到 2 万亩。他为果农保驾护航，传授种植养护技术，指导复合农产组合。他敢于担当，勇于探索，务实求真，甘于奉献，抓铁有痕，久久为功。徐丽荣获得“全国科技助力精准扶贫先进个人”称号，实至名归。

（从丽娟）

32 让宜昌“宜红”越来越“红”

——宜昌市农业科学研究院茶叶团队科技扶贫纪实

自明代以来，中国人喝红茶已经有400多年的历史，许多佳句对红茶都有过描述：“色泽艳红乌润新，金毫显露味鲜醇。茶汤红亮撩人饮，最喜晚来敬贵宾”“夜郎绿叶天真味，赍古红茶圣妙香”“叶底显红亮，汤色红艳妆”“景物诗人见即夸，岂怜高韵说红茶”“红韵天成，茶韵一生”。近年来，宜昌市农科院茶叶团队通过加强产业科技创新，为茶产业发展插上有力的翅膀，使“宜红”再次香飘万里。

▲ 茶叶团队开展标准化生产技术现场培训

“宜红”复兴，困难重重

宜昌作为“宜红”茶核心产区，拥有中国茶业珍稀的档案史料，拥有罕见的茶业活态工业遗产——“宜红”茶生产流水线。“宜红”生产历史悠久，自1861年武汉市汉口成为通商口岸之后，“宜红”就有大量出口。1886 年前后系“宜红”出口的最盛期，每年输出量达 7 500 吨。因其鲜明的地理标志特征在国内外享有盛誉，与“滇红”“祁红”齐名，是我国工夫红茶的典型代表之一。此后，“宜红”虽因战火的冲击而衰退，但也没有淡出过历史舞台。

近年来，随着人们对茶叶消费趋向多元化，国内红茶消费需求快速增长，“宜红”迎来了全新的发展机遇，但“宜红”复兴又面临诸多挑战。宜昌红茶普遍存在着“香气不高、汤色不亮”的品质缺陷，泡时间久了，茶汤呈棕暗色，影响品饮体验。传统“宜红”茶以外销为主，多以夏秋茶为原料，在国人看来档次不高，消费者不是很接受。再加上全市高端红茶生产处于起步阶段，高端宜昌红茶缺少统一技术标准和独特的产品特性，难以让人印象深刻。如何提高宜昌红茶的品质，让“宜红”再次“红”起来，成了茶叶研究团队急需解决的首要问题。

科技攻关，夯实基础

如何快速、科学有效地提高宜昌“宜红”茶叶品质？茶叶企业和茶农生

▲ 茶叶团队到宜昌市夷陵区指导高香型宜昌红茶试验生产

产红茶积极性高，如何利用起来呢？为此，茶叶团队深入调研，多方征求意见，高品质宜昌红茶科技攻关的思路立马清晰起来。

组建队伍。“‘宜红’的金字招牌，我们一定把它再次擦亮”，“我们常年生产红茶，设备、师傅都有，保证严格按方案落实”，2014年8月红茶科技攻关启动会上，众多茶企纷纷表态致力于红茶品质提升。宜昌市农科院邀请中国农科院茶叶研究所专家担任技术顾问，联合湖北宜红茶业有限公司、萧氏茶业集团等6家龙头企业联合开启红茶科技攻关。随后，五峰千珠碧茶业有限公司、五峰汲明茶业有限责任公司及宜昌市信息与标准化所等企业及科研单位加入到队伍中来，组建了省内首个团体标准联盟——宜昌红茶标准联盟，共同提升、规范宜昌红茶生产。

精准施策。根据生产经验，茶叶团队研究制定出红茶加工试验方案。试验期间，茶叶团队科技人员走进茶企、住进茶厂、待在车间，与茶叶师傅们一起工作，全程参与试验生产，详细记录试验参数。组织省市专家及攻关企业对试验产品进行感官鉴评，多场合征求专家及消费者意见，随时调整科技攻关方案，进行反复试验验证。通过连续多年的科技攻关，确定了高端宜昌红茶加工技术参数及“橘红汤、果蜜香、味醇爽”的产品特性，制定了《宜昌宜红》及《宜昌宜红加工技术规范》等团体标准。按标准生产的红茶得到权威机构、各级专家及消费者的认可，研制红茶产品先后获第四届“国饮杯”全国茶叶评比一等奖1项，十二届“中茶杯”名优茶评比特等奖1项、一等奖2项。

培训推广。有了好技术，如何让更多人得到实惠、更多企业应用起来？茶叶团队始终践行将成果写在大地上，向生产一线倾斜、向龙头企业深入。在高品质宜昌红茶加工技术推广应用阶段，无论是理论教学还是现场培训，都严把报名关，不要茶“老板”，只培训“师傅”；不要“动口的”，就要“动手的”，切实让从事生产加工的“制茶师”们掌握红茶加工技术。“如何判断萎凋程度合适呢？茶叶茎梗折而不断……”茶叶研究所所长黄声东给围在萎凋槽周边的加工师傅们一边讲解，一边示范。这已是茶叶研究所自2020年5月以来第3次深入车间开展技术培训，这样的场景每年都会多次上演。2015年至今，茶叶团队先后组织召开全市茶叶加工技术培训会4次，深入车间指导开展现场观摩培训会20余次，走访指导企业100余次，累计培训茶叶生产一线技术人员 1 000 余人，切实让“制茶师”灵活掌握红茶标准化加工技术，整体提升宜昌“宜红”加工技术水平。每当企业有需求，茶叶团队都会安排人进厂技术示范和现场指导，实时介绍每道工艺程度及茶叶变化原理，加工师傅们每一道工序结束后都会感叹“跟我们做的的确不一样”；在品尝到成品后，师傅们表示“好茶就该按标准做，汤亮香浓，卖相好”。

摊揉堆烘，尽显真功

茶叶团队拥有茶学硕士 4 人，均为科班出身。从学校到社会，虽然还是与茶叶为伴，但不单单是科研那么简单，如何给茶农、茶企一个满意的答复，是刚踏入社会的年轻科技工作者绕不开的难题。宜昌市农科院领导高度重视人才培养，要求团队成员多“走出去”“沉下去”“动起来”。他们常说：“作为新成立的特色产业新学科，你们就像一张白纸，我们给你们提供好的平台，做你们坚实的后盾，你们就勇于尝试，即使试验失败，那也是一种结果、一种历练。”茶叶团队坚信“没有实践，就没有发言权”，为尽快掌握实践经验，充分利用一切学习机会，努力提高自身业务能力。首先是深入车间，与同事一起，开展红绿茶工艺研究；其次是走进培训课堂，听取前辈知识分享；最后是走入田间，调研企业、茶农需求。近年来茶叶团队深入车间 200 余天，参加培训或现场会 30 余次，调研企业、走访茶农 500 余人次。

春季是茶叶生产的大好时节，茶叶团队每年产茶季都会深入车间，参与生产，进行茶叶加工工艺提升研究。“我家江南摘云腴，落硙霏霏雪不如”！为获得更好的茶叶品质，鲜叶采摘后必须及时付制完成，熬夜已是常态，从摊放杀青（萎凋）到揉捻烘干、提香，一直忙碌到清晨，身上脸上头发上，到处布满了细细的茶毫，郝晴晴常跟同事们打趣道：“我们这是茶毫妆，属于私人订制，最独特的妆容。”青春年华，正是爱美的时候，却因为工作，通宵加班，浑身布满茶毫，脸上挂着黑眼圈，但他们没有丝毫的怨言，他们最为关心的是如何提升茶叶的品质，如何让人们喝到味道更醇香的茶叶。

“高品质宜昌红茶科技攻关进展顺利，成效显著，看似简单，其实有很多故事，”茶叶团队仇方方介绍道，“每道工序都不得马虎，以往都很好，并不代表一直很好，比如一次试验期间，红茶发酵温湿度已设置好，在正常运转，可以放心等待了。后来查看时发现发酵箱因湿度感应器问题，湿度达不到发酵效果,幸亏发现得及时,并未造成很大影响,这就要求我们想要把茶叶做好,一点懒都偷不得。”院企合作企业负责人评价他们:“这些年轻的专家,很能吃苦,每个环节都把握到位,每时每刻都不放松,连续几天通宵试验都能保持好的状态,真是不简单。”

授人以渔,提升品质

2017 年宜昌茶叶展示展销暨新品推介会上,宜昌市农科院试制的宜昌红茶滋味醇厚、香气甜醇,带花香,获得市民及其他参展单位的普遍好评。2018 年全市 45 份“宜红”茶样参评名优茶品鉴会,67% 的茶样感官审评得分高于 90 分,“宜红”整体外形趋于一致,蜜香风格更加突出,部分兼具高档花香型。湖北宜红茶业有限公司、湖北车溪人家生态农业有限责任公司等授权单位反馈,按照团体标准生产的红茶产品品质提高,在各类展销会上都获得了消费者和客商的肯定,订单需求量大。经过多年的推广应用,全市高端红茶产品质量得到很大提升,红茶汤色逐步往黄亮系列发展,香气也不再追求薯香、高火香。红茶研究取得的成绩不仅证明宜昌茶树品种适宜制作红茶,也证明宜昌红茶提升空间很大,这为全市高端宜昌“宜红”标准化生产提供了技术保障,对打造红茶区域公用品牌具有重要意义。

2018 年,宜昌“宜红”被国际茶叶委员会授予“世界经典红茶”称号。2019 年,宜昌“宜红”获第二十六届上海国际茶文化旅游节“中国名茶金奖”和世界红茶产品质量推选活动“大金奖”,并被作为“武夷山大红袍杯”第四届全国茶艺职业技能竞赛总决赛“指定用茶”,其品牌影响力进一步提升。

抱团发展,振兴“宜红”

为发挥宜昌红茶产业的生态优势、品质优势、品牌优势,宜昌市委、市政府提出“提升绿茶、振兴红茶、发展黑茶”战略目标,要求科学布局,进一步整合资源、统一品牌,突破性发展红茶产业。2018 年初,宜昌市政府将打造宜昌“宜红”城市新名片写入政府工作报告。全市上下坚持“政府主导、协会运作、社会参与、集合发展”原则,按照“公用品牌 + 企业商标”营商模式,强力推进茶叶品牌整合。2019 年对宜昌“宜红”区域公用品牌进行专业策划和顶层设计。组建了市茶产业协会,重点开展宜昌“宜红”等茶叶公用品牌注册和规范管理工作，团结会员，坚持“五统一”，共同维护宜昌“宜红”等公用品牌的优良品质，大力开拓国际国内市场。目前，宜昌市产业协会已授权萧氏、采花、湖北宜红等 20 家企业许可使用宜昌“宜红”公用品牌，宜昌“宜红”茶市场份额不断扩大。

2020 年，宜昌“宜红”获国家农产品地理标志登记保护，成为宜昌茶叶抱团出击的又一张靓丽名片。2019 年，宜昌“宜红”区域公用品牌诞生后，宜昌市农业农村局充分利用这个公用品牌，带领茶企抱团闯市场。“如今多了地标农产品这块金字招牌，宜昌‘宜红’一定会更俏销！”湖北采花茶业有限公司董事长马驰掩饰不住内心的喜悦感慨地说。“2019 年，我们公司成为首批获准使用宜昌‘宜红’品牌的茶企后，当年红茶就实现销售收入 3 650 万元，比 2018 年足足多了 1 500 万元”，马驰透露，公司现在已启动今年的红茶生产，预计年内实现销售收入 4 000 万元。

茶叶是宜昌特色优势产业和山区农民增收致富的支柱产业，全市约有 21 万户、55 万名茶农，9 个县（市、区）的 71 个乡镇 664 个村产茶。各乡镇均有红茶生产，高品质红茶加工技术推广以来，直接带动鲜叶价格上涨 20%，每亩增收 100 元，促进茶农增收 7 000 万元，切实带动茶农受益，促进了宜昌脱贫攻坚，振兴乡镇的发展。

在各级政府的大力扶持下，红茶企业和科研部门不懈的努力下，目前全市有较大规模红茶加工企业（合作社）130 余家，红茶年产量超 1.2 万吨，年产值 5 余亿元。除湖北宜红茶业有限公司常年加工红茶外，萧氏茶业集团有限公司、五峰千珠碧茶业有限公司等一批以生产绿茶为主的龙头企业也生产中高档红茶，丰富了宜昌茶叶产品结构。针对消费市场的品饮方式变化，宜昌“宜红”以宜昌茶区优良的鲜叶品质为基础，创新加工工艺，研制了更加适合清饮的宜昌“宜红”。如今的宜昌“宜红”以汤色橘红明亮，滋味醇爽，甜香浓郁持久、带花果香为品质特征，既继承了传统“宜红”的高品质特征，又发展了新时代宜昌“宜红”的个性与自信。这对全市红茶产业的发展起到强劲的推动作用，有效推动了全市茶产业高质量发展，对完成全市脱贫攻坚、全面建成小康起到了巨大的助推作用。

案例点评：

一种很好的地域资源，一项具有悠久历史的特色产业，一块越来越响的金字招牌。宜昌“宜红”能够驶入快车道并得到高速发展，离不开宜昌市农科院茶叶团队辛勤努力且卓有成效的工作，他们科技攻关，提升品质，培训人员，传授工艺，创新模式，优化组合，浓塑品牌，开拓市场，调适结构，开源增效，在党中央整个扶贫工作的构建中，发展产业是实现脱贫的根本之策，产业扶贫是脱贫攻坚的重中之重，宜昌市农科院茶叶团队紧紧扭住产业扶贫这个根本，勇于探索实践，坚定信念，组合发力，终于使宜昌“宜红”产业越来越“红”！

（仇方方）

科技助力精准扶贫攻坚篇

33 为熊家岩村脱贫之路注入“科技芯”

——湖北省农业科学院植物营养团队科技扶贫实践

恩施市白杨乡熊家岩村位于湖北省西部山区，恩施市东北部，318 国道沿线，是白杨坪镇重要的“物流走廊”，具有较好的交通运输条件。但熊家岩村地形起伏较大，自然生态条件受限，一直以传统种植业为主，大部分村民曾长期处于贫困状态。

湖北省农科院植保土肥研究所植物营养团队长期从事作物施肥、土壤保育等方向的研究，团队共有 10 名成员，具有副高级以上职称研究人员 7 名。2016 年，湖北省科技助力精准扶贫工作启动，植物营养团队与熊家岩村开始了一次命运的邂逅。

调研开路，摸清情况

植物营养团队长期从事作物施肥、土壤保育等方向的研究工作，有着丰富的研究和实践经验，但植物营养团队此前并未与熊家岩村开展过扶贫合作，对熊家岩村的情况尚未完全掌握，“精准扶贫”这项工作如何开展也成了团队成员心中最核心的问题。植物营养团队的主要成员均来自农村，都深知贫困农民生活的艰辛，也深知“科技助力精准扶贫”工作对农村的重要意义。面对困难，植物营养团队毫无惧色，他们决定从调研工作开始，走出扶贫攻坚第一步，为后期工作的开展做好准备。

“熊家岩村就在318国道沿线，距离恩施市区也近，这些优势要利用起来，不能让乡亲们再受穷了。”植物营养团队赵书军研究员说。他站在熊家岩村的山头上远眺，眼神里充满了坚定。

2016年，植物营养团队会同恩施市农业局等单位在熊家岩村进行实地调查走访，对村中的地形地貌、自然环境、民风民意、生产习俗、主要生产作物、耕作方式等进行详细调查了解，并针对80户贫困户开展了系统的调研，对熊家岩村贫困原因进行仔细剖析，发现熊家岩村地形起伏大，耕地分散，难以产生规模效应，是影响农作物生产的重要原因之一。此外，调查发现村民中的文化素质普遍偏低，很多村民严重缺乏农业生产知识与技术，仍保留着最原始的耕作方式，村民渴望知识，希望能得到技术培训，但缺乏相关渠道。熊家岩村作物类型单一，多数村民长期以来一直以种植玉米为生，生产效率低，产品品质差，销路是个大问题。对土壤的采样调查发现，由于连年的单一作物耕作，缺乏土壤保育与修复的技术，土壤连作障碍明显。这些问题严重制约着本区域农业产业发展，也深深困扰着熊家岩村的村民，不能解决这些问题，让贫困户“脱贫致富”便成了一句空谈。因此，植物营养团队决定，必须要切实、精准的为村民解决这些难题。

生态种植，山村发展走出“新模式”

由于历史和自然生态的原因，熊家岩村旱地粮食作物一般种植一季玉米，或者采用“玉米—马铃薯”套种模式，传统玉米产量400千克/亩左右，马铃薯产量1 000千克/亩左右，除去肥料、种子、农药等物资投入成本，每亩收益为700元左右，种植效益低。植物营养团队讨论后认为，要改变这种状况，必须示范推广更加“高效益”的种植模式。团队充分利用湖北省农科院专业优势强、技术成果多的优势，广泛咨询相关研究领域的专家，决定利用该区域海拔较低、热量条件较好、交通便利等优势，发展“玉米—豌豆”和“玉米—西瓜—蔬菜”等高效模式，既兼顾了粮食生产，又发展了蔬菜、西瓜等经济作物，同时又更新玉米品种，将传统的玉米品种更换为甜玉米品种。为了打消村民的疑虑，团队首先在绿园合作社的种植基地开展示范，招收贫困户劳力作为合作社工人，并对贫困户进行技术培训。2018年，在植物营养团队的指导下，熊家岩村的“玉米—豌豆”和“玉米—西瓜—蔬菜”生态种植新模式取得丰收，仅仅甜玉米亩均收入就已经达到了 1 400 元，较之前翻了两番。“玉米—豌豆”模式在玉米收获结束后，于秋季 9 月底至 10 月初播种早熟豌豆，由于提前了播种时间和缩短了生育期，可以保证在春节前后上市，不仅填补了冬季蔬菜淡季，而且销售价格较高。青豌豆荚亩产 450 千克左右，毛收入达到了 1 500 元/亩，这样“玉米—豌豆”模式两季作物的收入达到了 2 900 元/亩。“玉米—西瓜—蔬菜”模式，改变了过去的一季（或两季）模式为三季模式。2017—2019 年示范结果表明，“玉米—西瓜—蔬菜（白菜或者甘蓝）”模式的效益达到了 3 700 元/亩，远远高于传统的玉米（或者玉米—马铃薯）种植模式。熊家岩村引进的“玉米—豌豆”和“玉米—西瓜—蔬菜”生态种植模式大大提升了生产效率，村民收入明显增加，村民生产积极性大大提高。

▲ 赵书军研究员在试验基地田间查看蔬菜长势

土壤保育，蔬菜产业迎来“新机遇”

熊家岩村原本是恩施市城郊蔬菜产区之一，主要生产白菜、甘蓝、辣椒等蔬菜，但长期的蔬菜连作与缺乏科学的土壤管护措施导致菜园土壤连作障碍突出，病害发生严重，蔬菜种植的投入越来越高，效益越来越低，品质日益下降，蔬菜产业日益没落。针对菜园土壤中出现的严重连作障碍，植物营养团队充分发挥专业优势，重点向村民推广了蔬菜专用肥、有机肥部分替代化肥、土壤熏蒸、中微量元素肥料、功能性生物有机肥等技术。团队根据本区域土壤肥力的特点和蔬菜的营养特性，与宜昌宜施壮科技有限公司合作研发了叶菜类、茄果类等蔬菜专用肥，肥料配方更加适宜于当地不同类型蔬菜的生长，增加了蔬菜必需的微量元素成分，同时减少了磷的投入和浪费。通过推广施用蔬菜专用肥和有机肥替代部分化肥，蔬菜减少化肥施用量12.5%，磷肥减少20% ~40%，每亩增收800元以上，蔬菜的品质明显改善，真正实现了蔬菜生产的提质增效。

▲ 植物营养团队徐大兵博士讲解蔬菜培育技术

“辣椒是非常忌连作的蔬菜，村里的辣椒地已经出现严重损害，这个问题必须解决，要把辣椒地养起来”，赵书军研究员来到辣椒地，抓起一把已经有些板结的土壤，皱了皱眉。在植物营养团队的指导下，村民在辣椒种植土壤上采用了“秸秆淹水强还原”的“土壤熏蒸技术”，并结合施用生物有机肥和深开沟排水技术，辣椒病害损失从60%降低至27.4%，农户种植辣椒的效益明显提高。“我们又敢种辣椒了，是省农科院的专家给了我们底气。”绿园蔬菜专业合作社的负责人赖祥伟如是说。

绿肥养虾，冷浸田焕发“新生命”

熊家岩村属于典型的喀斯特地貌类型，地势高差大，冲垄底部冷浸田分布较广泛。冷浸田由于长期泡水的影响，土温低，泥脚深，不便于耕种，水稻产量低，因此许多冷浸田遭到抛荒。但在调研中，植物营养团队发现冷浸田“水源好，清洁，泥脚深”的特点很适合养殖小龙虾。团队又组织人员进一步对恩施城区及周边县市的小龙虾销售市场进行了调研，发现本地销售的小龙虾主要来源潜江、监利等江汉平原，运输距离长，成本高，而且损失较大。因此团队决定利用当地冷浸田资源发展小龙虾养殖产业以带动地方农民脱贫致富。

2018 年 2 月，通过与绿园蔬菜专业合作社协商，由合作社牵头与农民商谈，转租了 70 亩长期抛荒的冷浸田，养殖小龙虾，植物营养团队作为技术指导。为了保证引种质量、降低投入成本，团队成员徐大兵博士亲自带着合作社人员赴潜江引种小龙虾，并与农民一道参与虾塘的开挖和虾种的投放，在短短的 50 天内，土地转租、池塘开挖、虾种引进等工作圆满完成。2018 年 4 月 10 日虾种顺利下塘；6 月 12 日小龙虾出塘。由于小龙虾新鲜、干净，出塘价格在 50 元/千克以上，高于当地外来小龙虾的销售价格，而且供不应求，当年不仅收回了投入还实现了盈利。为了提高产量和降低成本，徐大兵博士还充分利用池塘埂的闲置土地种植绿肥（光叶紫花苕子），绿肥可以多次收获作为饲料养殖小龙虾，绿肥的产量可以达到 3 000 千克/亩，这样可以每年每亩减少饲料投入 500 元以上。

培育优质茶叶，老茶园成为“新亮点”

熊家岩村原本是恩施优质茶叶产区，茶园种植面积大。但长期以来，茶园土壤缺乏保育措施，只种不养，导致地力下降，土壤酸化严重。针对这种情况，植物营养团队与恩施市农业农村局一道在茶叶产区推广了有机肥替代部分化肥、酸化土壤改良、种植绿肥等茶园土壤保育与修复技术，并在熊家岩村茶叶种植户中多次开展技能培训会，为茶农讲解土壤保肥与茶叶种植技术。为了减少茶农开支，赵书军研究员提议在幼龄茶园中种植一季豌豆，豌豆不仅有其自身的经济价值，每亩可增加收入700元左右，同时还可以将豌豆秸秆作为绿肥翻压至土壤中实现“秸秆还田”，可以减少化肥的施用和投入，同时还可以提高土壤有机质含量，提升土壤质量，减少水土流失。“秸秆还田”技术的应用，让每户茶农化肥投入量减少了10% ~15%，同时还增加了收入，老茶园在植物营养团队的指导下引进土壤保育与修复技术与“秸秆还田”技术，茶叶品质显著提升，产量明显提高，经济效益显著，成为熊家岩村经济发展的“新亮点”。

扎根基地，践行扶贫“新制度”

为把科技扶贫真正落实到位，植物营养团队在白杨乡熊家岩村建立了精准扶贫基地，团队多位科技人员扎根基地，以此强化服务意识和服务功能。2018年，在湖北省农科院的统一调度下，徐大兵博士作为湖北省农科院博士服务团成员和湖北省科技厅科技特派员被派驻恩施市开展科技扶贫工作，徐大兵博士把农业科技推广项目与精准扶贫有机结合起来，急企业、农民之所急，解企业、农民之所难，得到了当地企业和农民的认可。

植物营养团队联合当地合作社，根据市场和合作社的发展需求，针对贫困户，建立科技致富田，由植物营养团队和合作社一道统一提供种苗、肥料和农药等生产资料和技术服务，生产的蔬菜直接由合作社收购并销售，形成一套完备的合作社制度。由于每户的土地面积小，科技人员可以做到手把手地示范，这样极大地提高了技术措施的到位率。同时由于真正在农民的身边，致富田发挥了极大的示范和带动效应。合作社制度的建立是促进贫困户由“被动帮扶型”向“主动发展型”的转变的重要举措。

“过去我们村里想了很多办法发展经济，但好像每条路都走不通，自从省农科院的专家们来到村里以后，我们有了专业的技术指导，遇到难题时可以请教，现在我们的玉米、蔬菜、茶叶都搞得有声有色，多亏了咱们省农科院的专家！”得到乡亲们的认可，植物营养团队的专家们都露出了欣慰的笑容，谈起在熊家岩村科技扶贫的几年经历，赵书军研究员不禁感慨：“我们常说，论文要写在大地上，非常荣幸我们能有机会将多年的研究技术和成果应用在熊家岩村，看到乡亲们收入提高，贫困户脱贫致富，村里的合作社越办越好，我们打心底里为乡亲们开心。”

案例点评：

自2016年湖北省科技助力精准扶贫工作启动以来，湖北省农科院植物营养团队与熊家岩村开始了一次命运的邂逅，从此便结成了不离不弃的姻缘。团队成员进驻熊家岩村之始便以调研开路，摸清熊家岩村产业发展的“病根”，通过综合研判、反复研究，精准开出让产业振兴的“药方”：提高效益，发展“玉米—豌豆”和“玉米—西瓜—蔬菜”等高效模式；土壤保育，蔬菜产业迎来“新机遇”；绿肥养虾，冷浸田焕发“新生命”；培育优质茶叶，老茶园成为“新亮点”。让熊家岩村的传统农业注入“科技芯”，在科技力量的支撑下熊家岩村的农业产业欣欣向荣，村民们的收入提高了，贫困户脱贫了，村里的合作社也越办越好了，团队成员们的无私付出也成功助推熊家岩村的脱贫之梦得以提前实现。

（刘友梅　赵　越）

34 毛冲村来了专家服务团

——武汉市农业科学院专家服务团科技扶贫纪实

2020 年 4 月 8 日，武汉市解封的第一天，武汉市农业科学院（以下简称武汉市农科院）副院长、专家服务团团长林处发就带着专家服务团成员和园林苗木产业园急需的 15 万元复产物资赶到毛冲村。村支书程纲全眼含热泪："没想到，你们下沉社区那么忙，还想着我们村的产业发展。有了你们的帮扶物资和现场支招，我们的园林苗木产业园抢季节完成升级有希望了，贫困户的务工收入有着落了！"

2015 年，武汉市农科院开始实施"三百行动计划"，即遴选 100 名农业专家、重点帮扶 100 家农业企业和贫困村、带动发展 100 家专业合作社或家庭农场。他们组建跨学科专家服务团，实施对口帮扶，毛冲村就是"三百行动计划"的一部分。毛冲村专家服务团由农业规划设计、作物栽培育种、畜禽水产养殖、林业果树栽培和植保、土肥、农机等不同学科的 10 位专家组成，平均年龄 48 岁，其中正高级职称 4 人、副高级职称 5 人，平均从业时间 21 年，有着丰富的理论与实践经验。5 年来，他们针对毛冲村实际，发挥各自专长开展帮扶工作，被当地政府和村民誉为"一群将论文写在脱贫大地上的农业专家"。

为贫困把脉，为脱贫开方

毛冲村地处武汉市新洲区凤凰镇西北部丘陵岗地，是湖北省省级重点贫困村、革命老区。全村 13 个村民小组，总户数 535 户，人口 1 711 人。耕地面积 1 678 亩，其中水田 965 亩、旱地 713 亩；山林面积 1 632.9 亩，水面

872.4 亩。受自然环境、交通设施等多重因素制约，这里的村民以外出务工为主，传统种植约占总耕地面积的5%，荒山、荒坡、荒地、荒塘比比皆是。在常年住村的280余人中，空巢老人89人、留守儿童18人，劳动力数量少、素质低、年龄大。2015年之前，村里没有产业，村集体负债11.8万元，全村建档立卡贫困户有40户98人。

2015年9月，专家服务团第一次到毛冲村对接帮扶，“村两委”班子成员程喜林无奈地说：“我们晓得村里穷，村里人都不愿意在村里待。但不晓得为什么穷，也不晓得怎样搞。”服务团认识到，精准扶贫首先要解决“村两委”班子的思想和信心问题，从找准贫困根源入手，为扶贫、脱贫寻觅破解良方。

10月，以服务团成员、武汉都市农业规划设计院院长林育敏为责任人的前期工作专班一行5人入驻毛冲村。他们22天吃住在村委会，踏勘村域自然资源，跑遍区镇规划部门，入田间调查生产情况，进垸组了解民风民情，白天请老村民座谈，晚上找村干部会商。“每天陪着你们专家钻林子、入农户，晚上还要收集数据、定明天的事情，我老公都威胁要离婚了”，负责工作对接的村妇联主任谢金爱的一句戏言，才为工作专班争取了1天的休整时间。

▲ 规划设计与林业果树专家商讨毛冲村产业规划前景

10月底,《武汉市新洲区凤凰镇毛冲村全域发展规划》(以下简称《规划》)编制完成。《规划》以翔实的第一手资料和直观生动的图表,剖析毛冲村贫困的根源——缺规划、缺资金、缺产业、缺技术、缺劳力、缺智力;分析了发展产业的优势——区位优势、地形地貌丰富、山水环境优美,具备原乡村、原田园、原生态、原文化的"梦里原乡·生态田园"产业基础;提出目标任务——对接凤凰镇高效循环农业示范区产业发展规划,依托各级扶贫项目和武汉市农科院人才、技术、成果资源,发展特色种养产业,延伸产地初加工业,开拓乡村体验和森林旅游业,完成农旅产业融合,吸引社会资本和能人回乡,实现产业兴、村塆美、集体强、村民富的扶贫脱贫目标。

两个小时的说明讲解,有分析、有处方、有目标、有措施,"村两委"班子、在村党员和村民代表等26人听得津津有味。不仅明确了方向,更重要的是增强了信心。五保户程首清感慨道:"我在村里生活了73年,守着2.4亩水田旱地维持生计,从来没有觉得村里有这么美,而且还可以建设得更美,真的还想再活20年!"

帮农民做,帮农民销

目标明确了,服务团决定结合村域荒坡、荒田治理,从园林苗木容器苗和籽莲种植入手,先行示范,扩大规模后形成特色种植业。2016年春,服务团蔬菜专家陈峰、项裕强和林业果树专家杨守坤、陈发志拿着《籽莲种植加工综合开发》和《园林色块苗产业化实施方案》找贫困户、找村民、找村干部,结果却出乎意料:有的婉言谢绝,有的直言不做。

怎么办?服务团决定租农民的地、帮农民做,主要实行农资帮、田间地头教,当年示范种植籽莲12亩、红叶石楠和金森女贞容器苗8亩。产品出来了,服务团又帮助农民联系市场、商讨价格。2016—2017年,服务团帮助销售藕带、鲜莲子1 200千克,铁莲子750千克,种藕2 000株,红叶石楠、金森女贞容器苗4.6万株。年底算账,籽莲平均每亩产值4 360元,园林容器苗平均每亩产值12 000元!村委会副主任程仲豪深有感触:"科学就是科学,不是亲眼所见,真不敢相信。"

看到这样的收成,村民们来劲了。如今,籽莲种植面积扩大到83亩,2个品种、4个规格的铁莲子初加工产品已进入供销社电商平台,初步形成籽莲种植产业;园林容器苗扩增至 5 个品种 57 亩,与果树、樱花苗圃共同打造的园林苗木产业园已然成为村里又一新兴产业。

▲ 专家服务团到苗木产业园进行现场技术指导

专家服务团在总结经验的基础上,采取立项介入、前瞻培训、跟踪指导的全程立体式技术服务 + 引导式农资精准帮扶工作模式,先后实施“经济林生态种养”“蔬菜设施栽培”“水体综合利用”等 5 个扶贫项目,推动特色水产、畜禽、糖蔗等种养产业配套发展。仅 2019 年,服务团针对不同立地条件和地域水体,先后检测土样 22 个、水样 11 个;主办“农业生产与农产品质量安全”“水稻科学施肥与高效栽培技术”“发挥都市果树在城市生态文明建设中的作用”“国内药食观赏植物产业发展现状与前景”等技术培训班 4 期,培训农户 248 人次;推广养殖、种植和园林苗木新品种 12 个;印发鱼、鸡养殖和果树栽培技术资料 136 份;结合新技术、新品种、新产品、新模式推广,配套种子种苗、饲料肥料等各类农资 25.25 万元;针对甘蔗、籽莲种植和名优鱼及土鸡养殖关键节点,服务团现场操作、跟踪指导 128 人次;帮助农户销售鮰鱼 1 100 千克、土鸡蛋 8 200 枚、籽莲种藕 1.8 万株、园林容器苗 12.4 万株。低保户陈盛银逢人就夸:“服务团专家既没有架子又有学问,帮我养鸡养鱼,还帮我卖蛋卖鱼,好,真好!”

带能人学，带能人干

程国兵是毛冲村农民，之前一直在外做生意，能吃苦、有干劲，也有不错的收入。看着村子近年的巨大变化，心里总有一股子劲想参与进来。2017年在村支书的极力邀请下，决心返乡做一番事业。

“回村后，我就一直在谋划做点产业。村干部不做破局头雁，盘活闲置土地就是空想”，程国兵思忖，“村里资源都在，又有专家服务团出谋划策，正是大干一场的好机会。”2019 年，程国兵与专家服务团交流，想利用 30 余亩沉睡多年的荒堰搞水产养殖，吸纳困难群众参与管理，健全利益联结机制，以实现“帮富一个、带富一群”的扶贫效果。

专家服务团征得村领导同意后，水产专家李波就带着他到武汉市农科院水产研究所定向学习鲌鱼养殖技术，并赠送养殖技术资料、提供鱼苗和小鱼饲料、建立鲌鱼养殖微信群，一天两问、一周一临。现在，投放的鱼苗平均增重至每尾 52 克。

“我为你准备的先锋一号鲌鱼苗正在炼网，后天可以送到”，站在精养鱼池边上的李波告诉程国兵，“你要按照技术规范装好增氧机、投食机、饲料隔离栏。按我教你的办法，现在每千克 80 尾规格的鱼苗，保证你年底每条达到 0.5 千克的售卖标准，21 000 尾鱼，产值不会低于 16 万元。”程国兵看着投食机前抢食的鱼群，心里美美的。

在毛冲村，贫困户底子薄、不敢动、亏不起，种植企业缺技术、缺人才、土地成本高，种植、加工、销售不能形成产业链，制约了毛冲村的产业发展。

2017 年，“点溪园”古法红糖入驻毛冲村。新洲区亮新欣种植专业合作社法人程喜林有与其合作，将甘蔗种植、红糖古法加工和产品市场开发形成毛冲村糖蔗产业的意向。不料，当年试种甘蔗 15 亩，单产、品质、出糖率和单位面积产值却都不理想。

2018 年，作物栽培专家张安华、周争鸣帮他分析甘蔗生长特性，根据土壤检测指标调整栽培地块，带着他跑蔬菜批发市场了解市场需求，3 次修改《甘蔗高效栽培技术方案》，并将甘蔗种植纳入当年武汉市农科院产业扶贫专项。通过引进“糖蔗 3 号”和“雪菲(211)”白菜苔新品种，配套土壤生态修复剂、短肽全元素水溶肥和蛋白螯合叶面肥等新产品，示范推广“甘蔗—

白菜苔”高效栽培模式取得成功。于是，亮新欣种植专业合作社扩大种植面积到 80 亩。2019 年，白菜苔采摘 25.92 吨，尾菜还田 60.8 吨；甘蔗亩产 6.2 吨，亩均增产 11.2%；平均每吨鲜蔗产糖 66.3 千克，出糖率提高 8.5%；亩均产值 6 920 元，增值 15.32%；提供常态就业岗位 43 个，人均务工收入 6 317 元；村集体分红 10.2 万元。实现村民增收、村集体创收、有力助推了村域糖蔗产业健康发展。

▲ 毛冲村甘蔗规模化种植

▲ 毛冲村籽莲规模化栽培

年近 70 岁的五保户陈金全，既有丰富的养鸡经验，又勤劳肯干。专家服务团协助其租赁邻村铁门养鸡场，提供蛋鸡饲料 2 吨、饲养蛋鸡 3 100 只。养鸡专家冉志平、周源拟定饲料配方、示范饲料调配，一对一进行技术指导。2019 年，陈金全家的鸡蛋收入 7.24 万元，更新蛋鸡收入4 万余元。

因缺技术致贫的低保户陈盛银，有通过生态循环养殖脱贫致富的愿望。于是，专家服务团多方争取，协助他得到新洲区农商行 2 万元贷款扶持，畜牧、水产专家不但定时现场指导、教他防疫治病，还帮他争取到 300 只土鸡雏、500 千克鸡饲料和 2 000 尾鲌鱼苗的配套资助。如今，陈盛银的家庭养鸡场日产鸡蛋 100 余枚；20 亩水面，堤岸牧牛，鱼翔水底，鹅鸭欢歌。截至 2019 年 12 月底，仅禽蛋和鲜鱼销售收入已逾 3.6 万元。用陈盛银自己的话说：“还清欠债有望了，日子更有盼头了。”

扶产业上马，扶致富长效发展

壮大村域企业是实现村集体经济健康、可持续发展的基础，也是产业扶贫带动村民致富的重要举措。2018 年，毛冲村依托前期扶贫成果，先后引进旭华源精品苗木和点溪园、仙人洞、乐田、凤鸣、民悦生态农业等6家公司，与亮新欣种植专业合作社组成了“6+1”产业布局，流转土地2 500亩，总注册资金3 860万元。但是由于运营不善，2018年总产值550万元，库存产品却有200余万元，不但业主经营困难，村集体上缴也得不到保障。村支书程纲全一脸无奈：“真不晓得脱贫攻坚工作结束了，专家服务团离开了，我们村是不是又要返贫了。”

专家服务团得知后，指派有企业任职经历的张安华组成“长效帮扶”调研专班。历时两周，调研专班针对域内企业运营和业态布局，以基本情况、经营状况和企业愿景、需求与建议为主线，先后2轮进入“6+1”企业调研核查，汇聚55类信息，完成：“一企一册”建档，完成《毛冲村村域企业现状调查报告》。调查认为，毛冲村产业定位与产业模式存在一产为主、抢占资源、三产疲软、等待机遇的突出问题；普遍存在投资、品类、产能、市场、就业、产值、利润规模小，重苗木、建筑，轻技术创新和无形资产的投资偏见；缺乏企业化运作理念，市场信心、投资预期动力不足，导致企业抗风险能力差、自身壮大难。服务团专家指出，村集体在产业链质量构建和利益链健康及产业方向定位、社会资源交流平台搭建及融资引智、生产要素协调上的缺位，增加了村级经济盈利模式与利益链稳定的风险。

毛冲村“两委”和村域业主对调研专班的工作给予高度评价。受毛冲村“两委”和村域业主委托，专家服务团调研专班结合《毛冲村全域发展规划》和《毛冲村旅游规划》，编撰了《毛冲村产业资源整合构想》，先后5次主持村“两委”、驻村工作队和相关业主专题会议，形成“资源变资本、园区变景区、三产主导、协同发展”的基本思路，沿村域主轴“两极、四区”进行资源整合的优化方案引起村“两委”和村域业主的共鸣，“毛冲产业联盟”顺势组建。

思想统一了，突破口在哪里？专家服务团调研专班又制作了《毛冲村农业发展机遇与思考》和《毛冲村产业资源整合构想》，将村域业主座谈会和外聘专家论证会意见形成《会议纪要》，争取武汉市农科院和新洲区、凤凰镇各级领导的支持。最终，武汉市农科院出资2万元协助注册“毛家冲”商标和产品包装，授权产品包装使用“武汉市农业科学院技术支撑”标识，扶持毛冲村“经济林生态种养高效模式展示园”建设并挂牌“武汉市农科院研学游毛冲农耕体验基地”。新洲区也配套50万元精准扶贫资金，用于120亩次生林升级改造。2019 年 9 月，突出“总规细化、区域切入、研学突破、农旅带动”特点的《毛冲村农旅产业 2020 工作计划》和《毛冲村研学游(2020)实施方案》启动，《长江日报》2019 年 12 月 16 日以“整合全域资源，奏响乡村振兴进行曲”为题，专版报道了毛冲村产业扶贫工作的成效。

新冠肺炎疫情稍缓，串联“6 + 1”企业的“沿村域轴线创建一园(生态种养高效模式展示园)四场(家庭农场)”的主轴经济产业群复工复产。村支书程纲全在给新洲区领导汇报时感慨万千：“以服务团专家们的学识水平、工作阅历和敬业精神，我不想撸起袖子往前冲都找不到借口了。”

2020 年 4 月 23 日，毛冲村 2020 年精准扶贫对接会上，凤凰镇经管站负责人高兴地宣布：截至 2019 年底，全村建档立卡贫困户人均可支配收入从 2016 年的 9 747 元增长到 17 602 元，增幅 80.6%；村集体收入从 2016 年的 16 万元增长到33.85万元，实现翻番；全村产业发展良好，3 年来为村民提供就近务工机会 5 万余人次，增加务工收入 500 余万元。

听到这些，专家服务团的成员们欣慰地笑了。

案例点评：

扶贫需要引智，更需要调动当地贫困户的积极性。武汉市农科院的专家服务团对口帮扶毛冲村，先从帮助农民建立信心入手，通过整体规划，确定目标措施，采用示范带头，发动当地能人参与，将外援内化为当地发展的动力。经过数年的接力，他们帮助毛冲村引进产品、发展产业，组织农民开拓市场，帮助村域企业进行现代化管理，他们把扶贫工作做成了毛冲村社会改造的大工程。

(张安华)

35 长长的蚕丝串起富民链

——湖北省农业科学院蚕桑团队郧西科技扶贫纪实

郧西县地处鄂西北，北依秦岭，南临汉江，地扼秦楚要冲，素称“秦之咽喉，楚之门户”，地势西北高东南低，为南水北调中线核心水源区之一，立体气候明显，旱涝灾害并存，水土流失严重，生态保护与发展矛盾尖锐，但基于桑树绿化荒山、保持水土、净化空气土壤等生态学作用，蚕桑产业对移民安置、山区搬迁式扶贫移民，保护库区生态平衡以及水质安全，发挥了积极作用。且该县位处湖北省三大蚕区之一的鄂西北蚕区，目前桑园面积占本区桑园总面积的40.7%，蚕桑生产发展态势良好，在本区蚕桑产业发展中占据重要位置。

郧西县安家乡长岗岭村和六郎乡罗坡垭村为该县蚕桑重点村，其中郧西县安家乡长岗岭村位于郧西县东北部的长安岭上，海拔较高，位置偏僻，交通不便，是典型的高山贫困村。全村面积9.6平方公里，耕地1 459亩，林地3 600亩，山林牧场9 000余亩。2001年，机构区划调整强带弱由燕子山村与长岗岭村合并而成，属2014年入列的全省扶贫重点村，现辖5个村民小组，222户765人，有贫困户118户317人，其中2014年脱贫5户17人，2015年脱贫26户76人，2016年脱贫17户50人，2017—2018年脱贫70户174人。产业带动脱贫98户297人，易地搬迁54户133人，扶智脱贫32户41人，保障供养19户19人，医疗救助89户92人。罗坡垭村位于湖北省十堰市郧西县六郎乡东北部，全村面积11.2平方公里，辖7个村民小组，共339户1 287人，其中建档立卡贫困户194户540人。2015年全村共有山林面积9 767亩，耕地面积1 682亩，其中水田面积175亩，桑园面积1 109亩。

全村总收入 1 589 万元，务工收入 665 万元，养蚕收入 62 万元。建有标准化专用蚕房 80 间（折合面积 2500 平方米），专业养蚕户 160 户，其中 115 户为建档立卡贫困户，25 户通过养蚕于 2015 年底脱贫。2015 年统计数据显示，全村亩桑产叶量 800 千克，每亩桑荷种量 0.36 张，全年发种量 385 张，张种蚕茧产量 35 千克，蚕茧总产量约 1.35 万千克，当年蚕茧价格为 46 元/千克，加上桑园套种作物收入，平均每亩桑经济收入为 750 元左右。湖北省农科院经济作物研究所蚕桑团队自 2016 年始，以科技为支撑，协助该村开展蚕桑产业精准扶贫工作。

▲ 蚕桑团队在郧西县调研蚕桑产业发展现状

科技助力桑蚕菌肥循环利用特色产业

精准扶贫，精准脱贫，产业要先行。建成支柱产业，更是建成小康社会的坚实基础，是实现安居乐业的小康幸福生活之根本所在。长岗岭村以突出发展特色产业作为工作重点，切实增强可持续发展的"造血功能"。以桑蚕食用菌为主导产业，同步配套发展蚕桑、生猪等特色产业为辅。该村现有桑蚕基地 800 亩，其中 2016 年新建 100 亩，2017—2019 年更新换代 600 亩。

养蚕农户30户(其中贫困户28户)产茧5 000千克,收入18万元。2015年9月,该村借助湖北省科技厅新一轮精准扶贫对口帮扶机遇,率先在全乡范围内成立了首个以桑枝栽培食用菌、发展蚕桑产业为主的“郧西县天珍桑蚕菌科技专业合作社”,延伸产业链条,参与农户149户681人,其中贫困户86户232人。

2016—2019年由湖北省农科院经济作物研究所作为技术依托单位并组织撰写的湖北省科技精准扶贫专项“桑蚕香菇生产基地建设与技术示范推广”“桑蚕菌香菇生产基地提质增效技术应用与示范”“桑蚕菌香菇生产配方优化及菌渣生产有机肥技术应用与示范”和“秦巴山区现代农业科技示范基地建设”共获批资金360万元。已建成粉碎、消毒、装袋、培菌、栽培示范、烘干等一条龙全套生产线1条,年产能力20万袋,建成有6万袋规模的标准化示范大菌棚3个2 000平方米,分散农户出菇棚12户1 800余平方米、配套小型烘干箱6个,当年实现收入32万元。2017年,改扩建袋料生产厂房450平方米,桑园间作套种巨菌草50亩,投产20万袋,产值200万元以上,并通过集成示范优良桑品种及桑园高产、高效、省力化管理新技术,引进省力化轻简型栽桑养蚕机具,如切桑机、蚕室环境调控设备、采茧器、消毒设备等,使参与农户149户681人户均增收5 000元,间接使用劳力6 000人次,带动本村及周边农户160户以上参与食用菌和蚕桑生产。2018年,引进年处理1 200吨无害化处理食用菌菌渣生产优质有机肥生产线,使其总养分和有机质含量、pH值和外观形状等技术指标均达到有机肥料的标准(NY525—2002)。2019年,投产25万袋,产值达250万元以上,使参与农户149户681人(其中贫困户86户232人)户均增收5 500元,帮助86户建档立卡贫困户脱贫,间接使用劳力6 600人次,带动本村及周边农户180户以上参与食用菌和蚕桑生产。由此建成了“桑枝—食用菌—有机肥—桑园—养蚕”的综合利用高效循环模式。

以实施项目为契机,开展技术培训,强化技术支撑

郧西县地处秦巴山区,是国家集中连片贫困地区,同时也是丹江口水库核心水源地,利用蚕桑产业生态保护、产业提升、精准扶贫等特点,湖北省农科院经济作物研究所联合十堰市农业科学院(以下简称十堰市农科院)食用

菌研究所、郧西县农业技术推广中心及其乡镇农业技术服务机构、郧西县天珍桑蚕菌科技专业合作社等多家单位,申请并获批中央引导地方科技发展专项资金项目"秦巴山区蚕桑产业提质增效关键技术集成示范"(50 万元)。

通过本项目的实施,在长岗岭村集成示范了优质高产多抗家蚕新品种、省力高效家蚕饲养技术、高产优质抗逆桑树新品种、桑园测土配方优化施肥技术、桑园生态高效间作套种技术、桑枝培育食用菌技术等,通过项目的实施,在该村建立试验基地 100 亩,每亩桑产叶量增加 15% 以上,张种产茧量增加 15% 以上。通过栽桑养蚕或培育桑枝食用菌,已有 9 户贫困户脱贫。举办培训班 20 次,培训 1 500 人次以上,提升了该村蚕桑种养技术。

▲ 蚕桑团队在桑园开展测土配方优化施肥技术试验示范

蚕桑是扶贫项目,蚕桑产业发展事关精准脱贫。针对罗坡垭村当地桑园单位面积产出偏低,每亩桑园荷种量不够或者桑园产叶量不高,桑园立地条件差或者桑园肥水管理水平较低,桑园利用率较低,蚕农饲养技术水平有待提高等问题,通过技术培训,规模化示范推广国家蚕桑产业技术体系、湖北省农科院经济作物研究所"十二五"期间研发的优质高产多抗家蚕新品种、省力高效家蚕饲养技术、高产优质抗逆桑树新品种、桑园测土配方优化施肥、蚕桑病虫害绿色防控、桑园生态高效间作套种等技术；以国家蚕桑产业技术体系及中央引导地方科技发展专项“秦巴山区蚕桑产业提质增效关键技术集成示范”等为依托，采取“公司—基地—蚕农”“合作社—基地—蚕农—科研机构”的运行模式，实行产学研相结合，科研机构负责筛选提供蚕桑新品种、新技术、新产品，负责蚕桑新技术培训，负责指导蚕桑试验示范基地建设。公司(合作社)负责组织蚕农参与试验示范基地建设，组织示范蚕桑新品种、新技术、新产品，组织蚕种、蚕药以及其他蚕需物资供应，提供蚕茧等蚕桑产品销售信息，帮助蚕农销售蚕桑产品，实现蚕桑生产效益。蚕农直接参与蚕桑生产，按照规范要求进行蚕桑种养技术操作，建设试验示范基地及其附属设施设备，实现蚕桑产业质量和效益双提高。

2016—2019 年通过引进高产优质多抗桑树新品种“强桑 1 号”，新建桑园面积 50 亩。引进家蚕新品种“华康 2 号”“鄂蚕 6 号”，配套小蚕共育、家蚕省力高效家蚕饲养等技术，该品种表现孵化齐一，五龄经过、全龄经过分别比当地习用品种短 5 小时和 17 小时；蚕期蚕儿发育整齐，强健好养，老熟齐，营茧快，茧大小匀整，健蛹率 97.87%，为对照的 106.82%，张种蚕茧产量比对照高 4.56 千克，增产 12.5%。通过采集当地土样进行土壤养分分析，并根据土壤肥力制订桑园优化施肥方案，示范推广桑园测土配方优化施肥技术 500 亩，桑园面积增至 1 159 亩，每亩桑产叶量提高 15%。全村发种量 379 张，张种蚕茧产量 37.5 千克/张，蚕茧总产量 1.42 万千克，受市场影响，当年蚕茧价格仅为 38 元/千克，蚕茧总收入 54 万元。此外，结合当地经济作物种植习惯及气候特点，试验示范了“桑树/马铃薯 + 红薯”和“桑树/蚕豆 + 黄豆”两种桑园一年二熟制套作模式各 100 亩，采用该套作模式的净产值和土地生产率均较单套得到大幅提升，而成本收益率和资金产投比介于桑园单套之间，使每亩桑经济收入增加 300 元左右。通过蚕桑种养帮扶贫困户 90 户，其中 47 户实现脱贫。

加强新建桑园示范推广作用，扩大各项技术示范面积，加强技术人员培训，在该村举办培训班 20 次，培训 2 000 人次以上，发放技术资料 750 余份。每亩桑产叶量提高 18%，2017 年全村发种量 391 张，张种蚕茧产量增至 40.5 千克/张，蚕茧总产量 1.55 万千克，茧丝绸市场回暖，当年蚕茧价格升至50元/千克，蚕茧总收入79万元。2017年帮助33户养蚕贫困户实现脱贫。截至2020年春季养蚕206张，蚕茧产量8 137千克，蚕茧总收入39万元。

以桑蚕菌产业为引领，推进产业融合发展

2018年以来，湖北省科技厅驻村工作队与湖北省农科院经济作物研究派驻郧西县“三区”人才在开展蚕桑生产技术指导基础上，多次商讨、论证“郧西县安家乡长岗岭村田园综合体”建设事宜。确定在桑蚕食用菌产业基本稳定发展的基础上，通过产品、技术、制度、组织和管理创新，大力发展以新型职业农民、适度经营规模和绿色农业为主要内容的现代农业，推进农村一二三产业融合发展，促进农业产业链延伸，为农民创造更多就业和增收机会。由湖北省农科院蚕桑科研人员撰写，涵盖“蚕桑产业发展历史、桑树产业、家蚕产业、蚕桑资源多元化利用、现代蚕桑产业模式、桑枝生产食用菌技术”的蚕桑产业展板资料已建成，“郧西县安家乡长岗岭村田园综合体”建设已进入实施阶段。种桑养蚕和食用菌种植在时间上相互衔接，将桑蚕产业的剩余桑树枝用作食用菌袋料的原材料，可实现资源循环利用。二者结合，可提升每年有效劳动时间，有利于打造蚕桑和食用菌两大精细产业，最大限度增加贫困户收益。多业态打造，构建农村产业融合的产业体系，以桑蚕菌产业、休闲农业和乡村旅游为引领，促进了产业相互渗透和交叉重组，形成了新产业、新业态、新商业模式，带动了资源、要素、技术、市场需求在该村的整合集成和优化重组，实现了产业范围扩大和就业增收渠道增加。

在湖北省农科院蚕桑团队的技术支撑下，郧西县安家乡长岗岭村桑蚕食用菌专业合作社的经营模式，改变了贫困村群众以往单一的耕作模式，实现了“桑枝—食用菌—有机肥—桑园—养蚕”的综合利用高效循环模式，而罗坡垭村蚕桑新技术、新品种、新模式的推广，走出了产业结构调整的新路子，也为精准扶贫产业发展积累了好的经验，取得了经济和社会效益的双丰收。达到了产业强村，带富百姓，幸福一村，示范一方，带动一乡的良好效果。

案例点评：

湖北省农科院蚕桑团队通过集合项目、集中资金、集聚要素、集成技术，以突出发展特色产业作为工作重点，切实增强精准脱贫可持续发展的“造血功能”。团队根据郧西产业发展特点，采取“公司—基地—蚕农”“合作社—基地—蚕农—科研机构”的运行模式，实行产学研相结合，通过筛选并提供蚕桑新品种、新技术、新产品、新技术，指导蚕桑试验示范基地建设，帮助合作社和蚕农实现蚕桑产业质量和效益双提高，为科技助力精准脱贫探索出了一条特色产业之路。

（李　勇）

36 李春勇：真心解民困 实干助脱贫

“晴天一身土，雨天两脚泥；住着土坯房，迷茫无方向”，这曾是利川市谋道镇四合村村民生产生活的真实写照。从恩施出发，往西经过170公里艰难行驶，便到了平均海拔1 400米的高山，临近四川万州的利川重点贫困村四合村。四合村占地5.6平方公里，辖12个村小组，共有村民334户1 074人，其中建档立卡相对贫困户128户392人，贫困发生率高达36.5%。2017年以前是无基础设施、无基础产业、基层组织弱、基层治理弱的“两无两弱”重点贫困村。贫困户因病、因残、因智障致贫情况占比较高，脱贫攻坚任务十分艰巨。根据恩施州委、州政府统一安排，自2017年以来，恩施土家族苗族自治州农业科学院（以下简称恩施州农科院）定点帮扶利川市谋道镇四合村，并派李春勇为第一书记和工作队一起进驻四合村，真心解民困、实干助脱贫，掀开了四合村发展的崭新篇章。

补短板，完善基础设施

四合村原村委会建于20世纪90年代，已经成为危房，没有办公场所、没有水喝、没有饭吃、没有厕所；需要在50米远的水塘打水，蹲在办公室吃泡面，借用老百姓家里的厕所，这就是进驻村的感受。李春勇生在农村、长在农村、吃在农村、住在农村，小时候挨过饿、受过苦，工作后经常驻农业科研基地，很自信能吃苦，但四合村却让工作队真的感到失望甚至是绝望。只知道这里条件很艰苦，但没想到会这么样的艰苦；只知道这里基础条件差，没有想到会这么的差。

第一书记和工作队进驻四合村后，如今旧貌换新颜，280平方米的党员群众服务中心，舒心了办事的群众；500平方米文化活动广场，丰富了村民的文化生活；16 公里小组硬化路，便利了村民出行；23 口堰塘，保障了农业生产灌溉；10 000 米水管、10 口储水池，方便了村民安全饮水；新增加和扩容的 5 台变压器，确保了电源稳定；自筹资金 13 万元，保障安全饮水的最后 400 米；自筹资金 40 万元，美化了环境发展了生产。一位小组长周明清这样说："这几年，我们村发生了翻天覆地的变化。这都是驻村工作队给村里做的好事！现在开个会嘛，终于有个会议室、有把像样的椅子，办个事也像那么回事了。"老百姓的赞誉，给了工作队不断努力的动力。他们时时用心、处处用心、事事用心，换来的是老百姓的笑脸和热情。村里五保户向存权，曾住着危房，没有水吃，没有土灶，生活十分困难，工作队第一时间联系村建中心实施危房改造，到处筹集资金购买被褥床铺、修建土灶、接通水管、安装窗帘、打扫卫生、帮助搬家……现如今，向存权住着新修房、拿着供养金、种点小菜、脸上充满了感激的笑容。他对李春勇说："李书记，要感谢共产党、感谢政府，我做梦也想不到有今天啊。"是的，中国梦就是让贫困群众实现稳定脱贫，让老百姓过上幸福美满的小康生活。

▲ 驻村工作队为困难独居老人赠送被子

强引导,激发内生动力

"种什么养什么,太累了,都几十岁的人了,半截埋在土里,种了养了也不是我的,只要饿不死就行了",这是进村之初,工作队经常听到的村民的口头禅。为调动贫困户的参与意识,激发其内生动力,工作队多次采取登门拜访、座谈交心、工作请教等形式,积极融入当地环境。为争取当地群众对扶贫开发工作的支持配合,工作队采取召开党员会、代表会、"坝坝会"、院子会、家庭会等,宣讲政策及产业帮扶规划措施,让群众正确理解和掌握精准扶贫政策,营造脱贫攻坚的良好氛围。

▲ 驻村工作队在四合村新建茶园基地进行技术指导

村里脱贫致富的典型之一向一平,是一名退伍军人,一家三口,女儿在谋道初中上学。前些年他因为养殖土鸡、野兔缺乏技术和市场,欠下巨额外债,留下一堆断垣残壁养殖房,住房也成为危房,是村里的低保户。他被巨大的生活压力压得失去了生活信心。在了解他家的情况后,李春勇多次到他家走访,鼓励其树立生产生活的信心,并通过产业扶持、教育扶贫、走访慰问等多种途径对其进行帮扶,协助他办理了小额扶贫信用贷款、规划并指导修建了养鸡房、安装水管提供水源、邀请恩施农科院专家陪同共同挑选鸡苗、提供强大的技术团队支持,保障鸡养殖全过程、联系市场帮助销售。现如今,他们一家住进了两层楼约 100 平方米的楼房,通水通电、厕所卫生、环境优美,并购买了一辆小货车,每年靠养鸡一项的收入就有 30 000 元以上,一家人过得其乐融融。

重宣教,树立身边好人典型

四合村是重点贫困村,曾经的"等""靠""要"思想十分严重,人人争当贫困户、个个想吃低保金。记得有次代表大会,讨论东西部协作资金使用方案,大家对资金的使用争论不休,纷纷想为自己拿到钱而不想做事。工作队队员王永健说:"光拿钱不做事不光荣,因为我们穷,人家同情我们、可怜我们,才给我们钱,我们要立志给别人钱,而不是等着别人给钱。"有位代表这样回应:"只要有钱,管什么光荣不光荣,那你给我钱,我天天光荣。"这就是工作队刚驻村时的现状。经过一段时间的引导,给老百姓把过去的事情讲清楚,把现在的事情做公平,把将来的事情说明白,老百姓的思想慢慢转变了。到村委会要低保的人少了,在村里务工的人多了;辱骂村干部的人少了,支持工作队的人多了。

2019 年 3 月,四合村的肢体二级残疾人王习菊,千辛万苦赶到村委会,向值班的同志递上了一纸申请书。工作队一看惊呆了,原来是放弃低保户的申请书,让村支"两委"无比感动,这是四合村第一份要求放弃享受政策的。我们相信,这也是乡风文明建设从引导到自发的转折点。如今的四合村,村民"等""要"的思想没了,贫困群众的主观意识已经从"要我脱贫"转为"我要脱贫""我能脱贫"。

舍小家,实现伟大梦想

伟大梦想的实现,也有我们的一份努力。到农村去,做点事,是李春勇一直以来的心愿。为了伟大的梦想,他舍小家、为大家。平时没有时间照顾老人小孩,三岁的女儿上学他不能接送、母亲住院的时候他不能陪伴,只能周末回到家中陪小孩做做游戏、为家人烧烧饭、带他们透透风。今年儿童节,女儿对李春勇说:"爸爸,我要参加舞蹈表演,您能回来看吗?"因为是她人生中第一次参加演出,李春勇答应道:"爸爸一定会来的"。谁也没料到

5 月29 日晚上 8 点多，李春勇、包组干部方文碧、村支书彭杰前往 2 组危房改造户的时候，汽车方向机出了故障，一直到 30 日下午 5 点多才修好，已经无法驾车按时返回。李春勇只能搭摩托车到谋道，转公交到利川，乘火车到恩施，坐滴滴车赶到龙凤坝表演现场。此时女儿早已入场，表演时她还在张望着场下，一直在寻找、一直在寻找……看着她那期待的眼神，李春勇的眼睛也湿润了。

习近平总书记强调“在担当中历练，在尽责中成长”，这也是工作队开展工作的方向。努力为老百姓做好每一件事，把国家的每一项政策宣传到位、落实到位。经过不断的努力，目前四合村已经整村脱贫，村集体经济从 0 元增长到 6.5 万元，蔬菜基地 350 亩，建设高标准茶园 220 亩，设施农业达到2 500平方米。现如今，群众认可度正在提高，内生动力正在萌发，老旧房屋正在减少，返村创业势头正在激发，发展长效机制正在形成，在完成脱贫攻坚任务后能顺利进入乡村振兴。恩施州农科院人，就是要把论文写在鄂西大地上，把科技成果送到农户家，把党的光辉形象牢牢树立在农民的心坎上。

▲ 四合村昔日的荒山野岭变成了今天的金山银山

案例点评:

自从2017年恩施州农科院定点帮扶,派驻工作队和第一书记李春勇以来,四合村发生了翻天覆地的变化,村民的精神面貌焕然一新。扶贫先扶心!他们把党的温暖、政府关怀化作实际行动,积极筹措资金,修房修路修堰塘,让伟大的中国梦变成山村的现实生活;扶贫必扶志,他们宣讲党的政策,走访谈心,建档立卡,问寒送暖,时时用心、处处用心、事事用心,彻底改变了四合村过去"人人争当贫困户、个个想吃低保金"的旧思想,换来的是农民的笑脸、激情和动力;扶贫要扶智,他们因地制宜、因势利导,帮助山村制定产业发展规划,建基地、兴茶园、养山鸡,让村民掌握实用的科学技术,把昔日的荒山野岭变成了今天的金山银山。他们情系山村,舍小家、顾大家,把自己的青春和热血无私奉献,让科技成果牢牢地刻画在美丽四合的山川田野上!如今的四合村,在驻村工作队和第一书记的帮扶下,在"村两委"和村民的共同努力下,已经正式脱贫。我们相信,在党的脱贫攻坚政策指引下,四合村的发展一定会掀开崭新的篇章。

(刘小芳)

37 科技创新结硕果 服务“三农”勇担当

——十堰市农业科学院食用菌团队科技扶贫实践

在鄂西北的大山深处，有这样一个团队。他们的工作：专业、严谨、创新亦辛苦。他们的成员：爱岗、敬业、真诚亦朴实。他们的品格：锐意进取、无私奉献、淡泊名利。

这是一个扎根山区砥砺创新、矢志奉献服务“三农”的农业科研工作者群体，他们是改变十堰山区“三农”面貌的参与者，也是用科技初心浇灌为民使命的见证者，这就是被十堰市广大菇农交口称赞的十堰市农科院食用菌研究团队。

这是一个薪火相传、历久弥新的团队

十堰市农科院食用菌研究所始建于 1985 年，是湖北省最早成立的地市级食用菌专业研究机构。建所之初，面对人才匮乏、科研基础薄弱、菇农技术观念落后、食用菌产业处于低谷等不利条件，全体科技工作者不气馁、不退缩，牢固树立“推动食用菌科技研究、服务经济社会发展”的目标，扎根山区、潜心致志，不负使命、传承创新，不断加强团队建设，提升科研推广能力，充分利用鄂西北得天独厚的农业环境资源禀赋，实现科技优势与食用菌种植传统的无缝“嫁接”，首创“黑木耳耳片菌种分离法”等新技术新模式，培育和打造了“武当山珍”“房县香菇”“房县黑木耳”等食用菌知名品牌，为推动山区特产走向世界、服务广大菇农脱贫致富提供了科技支撑。

▲ 2020 年 3 月，食用菌团队赴房县通省馆村指导黑木耳产业疫后恢复生产

食用菌团队高度重视人才培养和引进工作，积极打造鄂西北食用菌研究“第一梯队”。经过数十年的持续发展，团队现有成员 15 名，其中正高级农艺师 3 名、高级农艺师 4 名、农艺师 6 名。特别是近年新引进 3 位名校硕士研究生的加入，为团队带来了新理念、新活力，科研事业更加呈现出勃勃生机。目前团队专家中担任中国食用菌协会理事 1 人，湖北省食用菌协会常务理事 1 人，湖北省农作物品种审定委员会食用菌专业委员会委员 1 人，省“三区”人才 4 人，省、市科技特派员 11 名，湖北省农业科技“专家大院”成果转化岗位专家 3 名。团队成员在数十年的科研、推广服务中兢兢业业、克难奋进，涌现出数名优秀代表，如国务院特殊津贴专家、全国劳动模范周华平，高级农艺师、食用菌研究所所长、全国食用菌扶贫工作先进个人、十堰市“六个一”科技扶贫示范工程专家团队食用菌首席专家李为民，省女职工建功立业标兵、省市五一劳动奖章双料获得者张九玲，湖北省食用菌扶贫先进个人刘杰，十堰市青年科技岗位能手常堃等。他们数十年如一日以菌场为家、以菇农为友，奔波在崇山峻岭之间，扎根在食用菌生产第一线、奉献“三农”，成为十堰市数千名农业科技工作者的杰出典范。常堃，食用菌团队年纪最小

的成员，自2014年从华中农业大学研究生毕业以来，放弃了回天津老家发展的大好机会，选择留守在鄂西北山区继续追逐他的“食用菌梦”。从实验室到生产基地，从理论学习到野外考察，多年来，他始终急菇农之所急，想菇农之所想，或在扶贫基地现场服务，或走在去扶贫对象的路上，他被亲切的称为“蘑菇小伙”，对此，他只是淡淡地说“我要留守在梦开始的地方……”。2019年，他被评为“郧西县安家乡科技扶贫先进个人”。

食用菌团队成立35年来，自觉履行农科人服务职能和新时代赋予科技工作者的光荣使命，在十堰市特色农业产业发展和助力精准扶贫中展现作为与担当，被确定为十堰市第三批重点创新创业团队、十堰市“六个一”科技扶贫示范工程农业专家团队。

这是一个精益求精、成果丰硕的团队

食用菌团队自成立以来一直坚持开展基础应用研究，提升科研水平，积极推进十堰食用菌产业发展。团队先后承担国家、省市重大科技项目20余项，近几年先后获得国家发明专利2项、实用新型专利3项，省级重大科技成果登记3项，并无偿转化给农业龙头企业。先后有《黑木耳耳片菌种分离法》《黑木耳光伪步甲的发生与防治》《无公害代料香菇、袋栽平菇生产技术规程制定与应用》《武当食用菌产业化开发与推广》等科研成果获十堰市科技进步奖，主持制定《无公害代料香菇生产技术规程》等十堰市地方标准8个，合作出版《香菇安全高效生产与加工技术》《香菇高产栽培新法》等专著5部，在《食用菌学报》《中国食用菌》等核心期刊发表专业学术论文40余篇，为十堰地区食用菌健康发展奠定了坚实的理论基础。

进入新的发展阶段，食用菌团队紧盯生态环境保护与资源综合利用、轻简化栽培、珍稀品种产业化等行业发展趋势，积极开展良种选育、栽培工艺优化、栽培原料替代、种质资源收集与评价、菌种质量检测、食品深加工等领域的研究，与国内最具实力的科研院所和高校建立了紧密的业务合作关系，已成长为全省综合技术力量较强的食用菌研究机构之一，为扶贫工作的开展奠定了坚实的技术保障。

▲ 食用菌团队在郧阳区青曲镇周家洼村提供制棒养菌环节技术服务

2016 年，按照十堰市委、市政府的统一安排，十堰市农科院进驻郧阳区青曲镇周家洼村开展精准扶贫定点对口帮扶工作，彼时周家洼村落后的农村经济和贫困的生活状态令帮扶干部十分揪心，压力很大。在征集全院干部职工意见建议的基础上，最终确立了以食用菌产业为主导的扶贫路线。考虑到周家洼村缺乏食用菌产业基础，贫困户积极性不高，观望态度明显，食用菌团队主动提出垫资，帮助在该村成立了汇聚食用菌专业合作社，走组织化发展模式，并无偿出资引入食用菌种，系统开展香菇周年生产技术培训和示范，吸纳全村 80 余户贫困户进驻合作社。在食用菌团队日复一日、年复一年的引领带动下，合作社一步步走向正轨，最新最实用的技术在周家洼村落地生根。经过 4 年的发展，全村香菇年栽培规模已达 80 余万棒，可转化经济效益 40 余万元，帮助全村 120 余户贫困户增收致富，成为当地独树一帜的产业扶贫典型村。伴随周家洼村食用菌从无到有、从弱到强的华丽转变，整村按期脱贫出列。

这是一个全心为民、担当奉献的团队

十堰市地处秦巴山区核心地带，食用菌产业具有悠久的历史和厚重的文化积淀，“木耳之乡”“舌尖上的小花菇”等在全国乃至世界都具有相当的知名度。如何进一步突出经济效益、增强社会效益、扩大生态效益，为十堰市打赢脱贫攻坚战，大力推进乡村振兴战略，加快建设现代化特色农业强市做出更大的贡献，食用菌团队一直在思考、在探索，更是脚踏实地、躬身践行。

近年来，食用菌团队以富民强市为宗旨，以服务十堰食用菌产业提档升级、做大做强为目标，上接“天线”——积极从中国农科院、华中农业大学等顶尖科研单位学习新理念、引进新品种、新技术，下接“地气”——派出“科技特派员”竭力为全市近千家菌业龙头企业、专业合作社、种植大户和广大菇农开展面对面、手把手的技术指导服务。在湖北神运农业科技股份有限公司，在郧阳区“香菇小镇”，在房县土城食用菌农民专业合作社繁忙的生产现场，都能看到食用菌团队专家挥汗如雨的身影。有的专家一年下乡 300 余天，有的专家从菌棚上摔下，仍然无怨无悔、毫不退缩。专家们的手机号码也成了竞相转告的“服务热线”，随时回复菇农的疑问和咨询。2016 年 4 月 23 日，食用菌团队成员张九玲和往常一样，带着笔记本与沙河乡食用菌生产基地的负责人一道，钻进各个村落的菇棚查看香菇生长情况，走访了二十几家种植示范户。看到当地菇农还将菌袋码的密不透风，有三个、三个一码的，有的几千袋一起装在大塑料袋里扎紧的，还有的把菌袋用塑料袋蒙紧后关在密闭的房间里。有个菇农的房间内有一两千袋菌丝全部烧死，他却不明白究竟怎么回事。此情此景令张九玲的心情非常焦虑，当时已经是 4 月，这种天气下高密度码袋是非常不利于菌丝生长的。她就耐心地向农户解释：“食用菌菌丝和人一样，我们人关在密闭的空间里没有氧气坚持不了多久，而菌丝长期不给氧气也会死亡；香菇菌丝生长的最适温度在 24 ~ 26℃，32℃以上便停止生长，适时降温对菌丝生长非常重要。”张九玲就这样一路向菇农讲解知识、回答问题，同时想办法帮助他们采取补救措施，并叮嘱乡里干部密切注意菇农生产，随时随地反馈问题。从沙河回到基地已经晚上 11 点半了，而这是食用菌团队的工作常态。

作为食用菌团队年龄最大的成员，李为民总是说："老百姓是最聪明的经济学家，菇农能挣钱，我才能心安。"多年来，他始终带领团队冲在食用菌产业扶贫第一线，嘱咐年轻干部"基层农业科技工作者要褪去书生气，多沾泥土味"，让年轻人要多到菇棚走走转转。李为民不时自嘲道："只有与农民朋友打交道，我才能体现出自己的价值，才对得起自己的名字啊！"

▲ 2020 年 4 月，食用菌团队到竹山县宏盛香菇种植专业合作社进行现场指导

近年来，食用菌团队先后常驻郧西县安家乡长岗岭村、郧阳区青曲镇周家洼村、郧阳区青山镇园林山村等 10 余个贫困村，在食用菌产业园建设、栽培品种选择、栽培技术规范化等方面提供全方位技术服务，目前均已见成效。以科技助力产业发展、推动精准扶贫的良好示范作用，正得到越来越多贫困乡村和群众的接受。专家的脚步更是印遍了四县一市三区的山山水水，团队每年开展技术讲座 50 余次，深入乡镇、村和企业基地技术指导 100 余次，培训超过 5 000 人次，产业净增效益近亿元。近两年，十堰市农科院先后与竹溪县和竹山县签订技术服务协议，致力于进一步在"两竹"发展壮大食用菌扶贫产业，以产业振兴为目标，提供食用菌规模化高质高效生产技术

服务。通过在“两竹”所有乡镇开展巡回技术培训，推动食用菌产业从零起步，年发展代料香菇4 000余万袋规模，为“两竹”乃至全市的产业扶贫贡献了科技智慧。2018年，十堰市农科院食用菌团队被授予“感动十堰集体提名奖”。

不忘初心，牢记使命。迈入新时代，踏上新征程，担负新使命。在扶贫攻坚的道路上，他们为付出的心血、取得的成绩倍感骄傲；在乡村振兴的征途上，他们更是对发挥科技优势、服务山区“三农”满怀期望、信心十足。“但愿苍生俱饱暖，不辞辛苦出山林”。十堰市农科院食用菌团队将不断坚定为民情怀、加强人才建设、提升科研能力，继续追求打造一流食用菌科技服务的目标，坚定信念、矢志不渝，为十堰市农业供给侧结构性改革、农民增收脱贫、三产融合发展作出新的更大贡献。

案例点评：

你若盛开，蝴蝶自来。一袋袋菇菌运出山林，走向千家万户的餐桌，“房县花菇”“十堰木耳”……一个个响亮的品牌，成为鄂西北百姓脱贫致富的希望。

日出东方，其道大光。浇灌希望之花的是食用菌团队。这15人的团队，不仅是助民致富的团队，更是不断进取的团队。他们生在鄂西北，扎根大山中，通过33年耕耘，给百姓带来观念转变，扶持农户从弱到强，用科学精神带领山区农户走向世界的高速路。

青青子衿，悠悠我心。科技助力产业发展，特派员帮助农户精准扶贫。他们的名字和武当山一样，成为“武当山珍”。

（龚世飞）

38 产业扶贫路上的"及时雨"

——武汉市农业科学院黄陂包区服务团队科技扶贫实践

有这样一群人,他们每天都在平凡的岗位上,没有豪言壮语,只是五年如一日默默工作着,在黄陂区各贫困村、各农业经营主体的田间地头,随处可见他们忙碌的身影。他们用责任点亮万家灯火,用坚守成就不平凡的人生境界,在科技扶贫路上取得丰硕成果,赢得驻村工作队、村支"两委"以及村民的交口赞誉。这群可爱的人就是武汉市农科院黄陂包区专家服务团。

保春耕,送来"及时雨"

2020 年 3 月 18 日一大早,黄陂包区专家服务团负责人冉志平就带领团队成员驱车前往姚家集街双河村,将疫情防控期间第一批价值 15 万元的保春耕物资送到村委会。他们一到,就马上组织村民分发。看到一袋袋饲料、生物有机肥送到了农家圈舍、鱼塘边,一棵棵果苗稳稳地扎根在村民家门口,听到田野、山间的农机响起来,农民忙起来了,冉志平一颗悬着的心终于放下。他说:"人误天一时,天误人一年。现在是疫情防控关键期,也是春耕生产的重要时节。我们协调各方资源,为贫困村送去'及时雨',确保春耕物资供应不误农时。"

看到这些饱含专家服务团情谊的春耕物资,村民们高兴了:"3 月是春耕果树的定植期,果树种苗获取难、运输难。幸好有武汉市农科院的帮助,春耕生产才没有耽误。""专家团给村里带来了 2 400 株优质果树种苗,村里可以按时进行果树定植了。""专家们还为咱村打造了 25 亩高品质无花果园、蜜枣果园,提供春耕果树种植技术指导,保障咱村果乡的产业发展。"

疫情防控期间，冉志平带领专家服务团往来各扶贫村 30 余趟，提供技术服务 120 余次，解决困难 20 余个，制定农业产业发展规划 3 个，建立产业项目 10 项，帮扶 4 个村 6 家企业、近百户贫困家庭。

当冉志平了解到双河村、凤凰寨村的生态蛋鸡饲料紧缺时，就马上会同专家服务团制定应急饲料配方，指导合作社利用当地资源，适时调整饲养方式，定时饲喂新制应急饲料，尽量保证畜禽正常生长发育。当他得知木兰绿然梦家庭农场的猪饲料仅能维持 5 天时，一边要团队成员马上联系黄陂区农村农业局想办法，为农场主办理运输车辆通行证，一边又与正大饲料经销商协商，给农场紧急调运 20 吨猪饲料，解决燃眉之急。同时，他又主动争取黄陂区农委的支持，将 50 头 150 千克重的肥猪上市，以减少饲料的消耗量，确保生猪不断料。

▲ 2020 年 3 月，武汉市农科院到黄陂区双河村赠送科技生产物资

发挥科技优势，助力脱贫攻坚

习近平总书记指出，“产业扶贫是稳定脱贫的根本之策”，“要紧紧围绕发展现代农业，把农业产业扶贫贯穿于脱贫攻坚全程，久久为功，持续发力”。为贯彻习近平总书记指示精神，落实“精准扶贫、科技助力”的方针，围

绕实现农业产业扶贫与兴旺，发挥地方农业院所的人才和科技优势，武汉市农科院决定以智力帮扶、科技攻关、技术指导等形式，助力武汉市各贫困村脱贫致富，并制定了“五个一”行动方案。黄陂包区服务专家团队就是在这个背景下成立的，团队由15名畜牧、水产、农学、果树、产业规划等专业的正高、副高、博士、硕士组成，冉志平被任命为负责人。

为了有针对性地做好脱贫攻坚工作，冉志平带领团队成员与驻村工作队、村支“两委”一道进村入户，多次遍访贫困户，对各村自然资源禀赋、农业产业基础进行细致的调研摸底。“我们只有对各村基础情况、经济发展现状、自然资源和扶贫开发规划等有了深刻认识，才能精准施策，进一步确立各村扶贫开发工作思路。”

他们一次次深入双河村、凤凰寨村、青云村、大简湾村等贫困村，把足迹印在青苗遍野的田间地头、鸡鸭成群的农家圈舍……通过调查研究，冉志平和他的团队掌握了第一手资料。研究资料后，大家一致认为：在国家大力倡导调结构、转方式的背景下，改变传统的种植、养殖方式，谋划适宜当地的种养一体、农牧结合、自我消纳的生态循环农业路子，以农业产业带动贫困户脱贫增收，如林下养鸡、稻—虾、稻—渔等模式就是很好的产业模式。

双河村村支书刘光耀听到专家们的建议，高兴地说：“感谢武汉市农科院的领导和专家，给咱们村搭起了致富路，建起了产业池。”

培育特色产业，推动农业产业高质量发展

为了更好地推动黄陂区各贫困村的精准扶贫工作，包区团队建立了“专家 + 专业合作社 + 村级组织 + 建档立卡户”扶贫模式，先后整合科技示范项目专项资金100万元，进行科技扶贫整村推进示范。按照先试先行、以点带面、滚动发展的思路，确定以种养结合、生态循环为特色，发展两用籽莲、优质果园、生态养鸡、稻虾共作、稻渔共作等农业特色优势产业。

专家服务团通过利用农村闲置土地、水塘等资源，建设主导产业，以产业带动村集体经济和贫困户增收，以农村闲置资源为创富资本实现产业兴乡，以实现真正帮村挖穷根，形成当前与长远兼顾、传统与现代交融、龙头与基础协调的产业格局。同时，农业插上科技的翅膀，村民们尝到了科学种养的甜头，农民的传统耕作观念正在发生改变。

2018 年，凤凰寨村建成 30 亩籽莲种植科技示范基地，使村集体年增收 6 万元；凤凰寨农家庄园建成 1 000 平方米蛋鸡养殖生态发酵床，实现经济效益和环境效益双赢，为村集体经济创收 10 万元；藕虾健康高效养殖示范基地，使村民龚志力承包的养殖小龙虾的 120 亩地在 2018 年扭亏为盈，创收 20 余万元。2019 年，双河村建成 90 亩稻虾健康高效养殖示范基地，使村集体年增收 5 万元；通过培育新型农民经营主体，发展壮大特色农业产业，带动了周边贫困群众就业增收。

▲ 包区负责人到青云村指导生态种养示范园建设

2020 年 5 月，5 000 只 30 日龄的优质绿壳蛋鸡鸡苗已经发放给 280 余户有养殖意向的村民，2 600 斤鲌鱼苗、黄颡鱼苗也精准分配到示范塘及 11 个村湾当家塘。黄颡鱼、鲌鱼混养新模式示范池也已取得明显成效，经专家指导投喂高营养指标的配合饲料，鱼苗生长旺盛，预计 2020 年至少为村集体增收 5 万元。

受疫情影响，2020 年小龙虾产业低迷，不论是虾苗还是成虾都卖不出价。为了降低经济损失，专家服务团设计了新的养殖方案，投放 2 000 尾鳜鱼苗到稻虾田中，示范“稻—虾—鳜”共作高效生态种养模式，以田中虾苗作为鳜鱼等优质鱼类高蛋白活饵料，实现一田多收。冉志平替村民们算了一笔账：“今年黄颡鱼价格特别好，1 千克可以卖 30 元左右，抛开成本净利润至少 16 元。我们这批鱼苗投放正当时，可以抢抓端午节市场，将给村里带来可观的经济效益，我们的科技扶贫效果也就达到了。”

产学研融合，共促扶贫产业发展

“大资源、小产业、低效益”是困扰贫困村农业发展的难题。冉志平提出：“要抓住我院支持乡村振兴和都市农业发展的良好机遇，通过产学研融合，把科技创新和技术服务与精准扶贫、地方经济建设和产业发展结合起来。”他和他的包区服务团队组建了“生态种养殖循环农业技术研究与示范”创新团队，开展联合攻关。充分利用丰富的林地资源发展生态蛋鸡养殖，同时筛选出各类微生物菌株制作成微生态制剂、土鸡生物发酵床，推动构建循环农业、生态农业、绿色农业创新产业链，让贫困村既守住青山绿水，又创造金山银山。

产学研与脱贫攻坚的有机结合，让专家、博士将论文写在田间地头，使科技成果服务地方经济开花结果，展现出了一幅区院合作的崭新画卷。

案例点评：

没有豪言壮语，没有波澜壮阔，有的只是助力脱贫的责任和五年默默的坚守。他们走出实验室，来到田间地头，为农民量身定做产业发展模式，教会农民科学种养殖技术，为农民铺出致富路，为农村建起产业池。他们想农民所想，做农民所盼，在农民最需要的时候，总是送来及时雨。他们走遍黄陂的每一块地头，踏进每一户贫困家庭。他们用责任点亮千家万户，用坚守成就不平凡的人生。这支专家服务团在科技扶贫路上取得不凡的成就，将成为他们永恒的记忆，也将被村民们所铭记。

（周　莉）

39 蒋辉胜:产业致富引路人

“谋春不及竟,夏物遽见侵。”疫情尚未散去,但农时耽误不得,冒着暮春晓寒,一名穿着黑色外套的中年男子骑着一辆黑色的摩托车,沿着九曲十八弯的简易盘山公路,向着海拔 900 米的山顶行进。摩托车时而急转 180 度,时而 60 度俯冲,坐在后边的扶贫工作队员提心吊胆、忐忑不安。每当碰到村民,他都会鸣笛致以问候,这位中年男子就是襄阳市农科院驻村扶贫干部蒋辉胜。

2014 年底,襄阳市农科院按照上级统一部署,帮扶保康县城关镇堰塘村。蒋辉胜是襄阳市农科院一名畜牧兽医科技干部,也是一名优秀的共产党员,2016 年初在入驻帮扶堰塘村后,便在这里“住”了下来。一个月 30 天,他有 20 多天在村里,骑着摩托车去农户家里走访了解情况。摩托车到不了的地方就靠双腿走,通常要跋山涉水好几公里才能到达农户家里。4 年下来,他走遍了堰塘村的每一户人家,村民碰见他都会亲切地称呼他为“蒋主任”。1 600 多个日夜,他与堰塘村的父老乡亲朝夕相处,共沐风雨,产生了深厚的感情。他将掌握的科技知识的种子,悉心地播种在此,辛勤耕耘,精心呵护,如今枝繁叶茂、硕果累累。

蒋辉胜所驻的堰塘村属于城关镇高山边远山村,交通不便,信息闭塞,资源匮乏,是典型的高山贫困村,也是精准扶贫重点贫困村。该村共 303 户 1 083 人,面积 25 平方千米,可耕地面积 2 213 亩,素有“九山一地”之称。堰塘村贫困户 213 户 664 人,接近全村人口的 70%,因病致贫、因学致贫、缺乏劳动力是该村致贫的几大主要因素,这些贫困农民大多数没有增收产业。

技术带动产业扶贫

蒋辉胜驻村以后，每天都在村里调查走访，发现堰塘村有养殖业的传统，几乎每家每户都养鸡、羊、猪。但养殖分散，不成规模，只能改善生活，增加收入有限。于是，蒋辉胜就给农户提些建议，告诉他们如何科学养殖，如何利用现有的材料代替药物来防止畜禽生病。比如，韭菜切碎喂鸡可以预防球虫病，大蒜剁碎拌在鸡食里可以减少青霉素等抗生素的用药。为此，他还专门编写印制了200多本《家禽养殖要点》发给贫困户，定期开展科学养殖培训。

▲ 蒋辉胜专家现场指导贫困户进行鸡苗防疫

在走访过程中，蒋辉胜看见村民龚永军家里有近100只鸡养得不错，有一定的养殖基础，并且龚永军家附近有片三四亩的竹林，很适合养鸡。于是蒋辉胜叫来村干部一起给龚永军做工作，为他提供土地、小额贷款，在村里建起了生态土鸡孵化基地，采用先进技术免费帮助他孵化山鸡鸡苗，提高成活率。很快，龚永军就养成了600余只鸡，成了名副其实的养鸡大户。

蒋辉胜争取所在单位的支持，在堰塘村建起了孵化基地，基地建好以后，很难在村委会见到他的身影，他每天扎在养殖基地，连续很多个小时观察鸡苗的孵化情况，有时候甚至晚上都在基地里休息，方便半夜起来照看鸡苗。他在村子里找了几个有养殖基础的村民，手把手地教他们如何使用仪器设备，如何在鸡苗孵化阶段加温，如何在养殖过程中防止虫害、瘟疫等。蒋辉胜说："我把他们教会以后他们就成了行家，就可以带领其他的村民发家致富了。"

▲ 蒋辉胜专家精心指导贫困户掌握照蛋技术

堰塘村虽然是保康县城关镇最大的高山贫困村，但距离县城仅有 8 公里路，提篮小卖区位优势较好，很久以前这里的老百姓就有小面积种植蔬菜、林果的习惯，只是品种普通老化，种植管理水平比较低下，单产效益不是很高。蒋辉胜本来是学畜牧专业从事畜牧兽医科研的农业科技干部，刚开始驻村的头一年，他看到眼里，急在心里。曾有老百姓向他请教蔬菜、林果科学管理和病虫害防治的问题，当时他很尴尬，他只能委婉推辞到第二天回答解决存在的问题。蒋辉胜当天向襄阳市农科院的蔬菜和果树专家请教，第二天再为老百姓提供解决的办法。同时蒋辉胜向院领导建议安排相关科研团队定期为堰塘村提供蔬菜、林果种植管理技术科技服务，2016—2020 年，襄阳市农科院根据堰塘村产业发展的需求，每年组织专家团队最少进村开展2次畜牧、蔬菜、林果等种、养技术培训，多次进村深入到田间圈舍现场指导说法，驻村干部蒋辉胜经常陪同到村里开展农业科技服务的专家，便“近水楼台”虚心向他们学习，慢慢便熟悉掌握了蔬菜、林果种植管理的基本知识，也能随时随地解决一些管理技术问题，为贫困户发展种、养产业提供了很大的方便。

蒋辉胜在长期驻村期间，与群众同吃住、同劳动，培养了多个产业发展致富带头人，培养生态土鸡养殖大户4户、山羊养殖大户2户、生态黑毛土猪养殖致富能手3户、蔬菜种植大户15户、香菌种植大户1户，这些致富带头人中有党员、干部、打工回乡创业青年、建档立卡贫困户等各种类型，通过他们的示范效应也大大提高了贫困户发展种、养产业脱贫的积极性和信心。

2019年襄阳市发生非洲猪瘟，蒋辉胜指导堰塘村养殖户采取严密防控各种传播源头、定期消毒等预防措施，成功地避免了全村生猪养殖遭遇非洲猪瘟的影响，当年全村出栏生猪600头，老百姓销售生猪总收入超过200万元。全村现有生猪存栏近500头，预计增收150万元以上。

蒋辉胜根据堰塘村原有的种养习惯，结合该村山多、地少、人员居住分散等特点，在巩固提升“三养两种”产业模式的基础上，鼓励一部分有能力的农民发展雷竹、特色林果等长效种植产业，2019年发展雷竹120亩、黄桃50亩、巨丰李60亩、软籽石榴65亩，还提供外出务工信息，增加务工收入，逐步形成长短结合的产业发展模式，确保脱贫成效不走样，贫困户经济收入稳步提高。

4年来，蒋辉胜奔赴在扶贫工作的一线，通过开展精准识别入户调查、走访、精准施策等一系列工作，指导堰塘村建档立卡贫困户和产业发展的农户，带领村民发展生态土鸡养殖80 000余只，生态山羊养殖1 500余只，生态黑毛土猪养殖1 200余头，无公害蔬菜种植4 000余亩，发展无公害香菇种植50 000袋。联系中药材产业公司合作种植中药材皂角刺100亩20 000余株。同时协助村支“两委”完成了50kW光伏发电项目的建设安装。共同争取基础建设经费30万元用于安全饮水等建设。蒋辉胜全程协助村支“两委”做好易地搬迁工程的建设及质量监管工作，充分发挥了党员在精准扶贫战斗中的先锋模范带头作用。

致富花开荆山上

蒋辉胜扎根贫困村4年多，充分发挥所学知识，真诚帮助农民解决实际问题，耐心地培养当地养殖专业大户掌握畜禽饲养管理、疫病防治等各项关键技术，先后培养龚永军、陈明德、柳长友等12名畜禽养殖“土专家”。他们可以熟练地为畜禽配料、注射疫苗、治疗常规病等。其中，蒋辉胜根据龚永军的具体情况，精准施策，依靠既种又养双管齐下的方式增产增收，使得龚永军在2017年成功实现脱贫摘帽；近两年，蒋辉胜又积极支持并指导龚永军继续进行生态猪、鸡的养殖，使得其年均养殖纯收入又增加了2万元。

2019年，堰塘村实现贫困人口全部脱贫，一派生机盎然的景象：“村街环翠院庭芳，近悦民心事业穰。氧吧天然迎远客，清蔬野味尽闲尝。”

如今，600株五星枇杷硕果累累、肉黄味甜；软籽石榴正孕育着希望的果实；200亩的雷竹已形成燎原之势……

堰塘村脱贫攻坚战的军功章，以蒋辉胜为代表的扶贫干部，有至关重要的辛勤奉献。

舍小家为大家的“三农”人

堰塘村地处高山，很多地方手机都无法接收到信号，倘若是个年轻人长年累月在那里驻村，恐怕无法忍受没有网络的生活。蒋辉胜克服了和亲人分离、无法照顾老人和孩子的诸多困难，长时间坚持吃住在村里。在村里经常能看见他拿着锅铲在村委会的厨房里做饭，披着雨衣冒着滂沱大雨去查看产业，骑着摩托车去挨家挨户走访，在漫天风雪中去落实产业扶贫资金，没日没夜地守在生产基地照看鸡苗，毫无保留地教会农户科学种养技术。

精准扶贫工作情系农民，是中央及各级地方政府的首要工作任务，蒋辉胜作为一名党员干部服务于工作第一线，心系人民，不辞劳苦，不畏艰难，扎实工作，勇于创新，把自己的青春与热血挥洒在秦巴山区，用自己的知识与劳动改变了村里的贫穷面貌，是脱贫致富的引路人，更是大家眼中亲切的“蒋主任”。

案例点评：

习近平总书记指出，扶贫要实事求是，因地制宜，因人施策，措施精准。作为一名下派的科技扶贫干部，蒋辉胜很好地领会了扶贫的重大意义，在扶贫一线，他不但甘于奉献，务实求真，兢兢业业，履职尽责！他还能够实实在在地心系村民，不懂就学，活学活用，千方百计，应帮尽帮，方法得当，成效显著！他和团队真正把脱贫工作落在实处，帮助贫困户落实扶贫规划，做到因人因地施策，扶贫且扶志，这才取得全村贫困人口全部脱贫的良好社会效益，这正是我们在脱贫攻坚战线应该大赞的扶贫干部！

（张金波　王文建）

40 勇推产业发展 助力山村脱贫

——襄阳市农业科学院蔬菜团队科技扶贫攻坚记

习近平总书记曾强调:“脱贫攻坚既要扶智也要扶志,既要输血更要造血,建立造血机制,增强致富内生动力,防止返贫。”自2015年开始扶贫攻坚以来,襄阳市农科院就根据单位特点精准定位,制定了“技术支撑产业发展,脱贫之时身有绝技”的脱贫攻坚战略,通过对贫困村产业特点进行分析,推动当地特色产业的发展,在推动产业发展的同时,充分利用单位的专业人才和资源优势提升当地种养技术水平和产品品质,专业技术人员培训种养大户,真正实现了“授人以渔”。

初摸家底 举步维艰

2015年初夏,当蔬菜团队第一次来到保康县城关镇堰塘村时,村里狭长而陡峭的山路给他们上了难忘的一课,车开到村委会就再也无法继续前行,到全村各个小组或村民家里就只能通过骑摩托车或者步行了,最难走的小路只能手脚并用艰难爬行。全村大部分都是土坯房,一家一小块土地上种的基本都是玉米或苦荞,只偶尔一小片菜园种着的月豆、黄瓜,碧绿青翠让人欣喜,而收获的庄稼却只能通过肩扛手提运送。蔬菜团队通过走访调研发现整个堰塘村共303户1 083人,其中贫困户213户664人,接近全村人口的70%,因病致贫、因学致贫、缺乏劳动力、没有增收产业是该村贫困户的典型特征。全村面积有25平方公里,可耕地面积却只有2 213亩,平均海拔有700余米,素有“九山一地”之称。由于海拔较高,种植的蔬菜品质较好,特别是马铃薯、香葱、韭菜、辣椒等蔬菜常年处于供不应求的状态。但种植技术落后、品种严重老化、劳动力匮乏、提篮小卖的种植销售模式，严重制约了当地蔬菜产业的发展，蔬菜种植规模小得可怜。

精准施策　成效明显

习近平总书记曾说过，要脱贫也要致富，产业扶贫至关重要，坚持因地制宜、因村施策，宜种则种、宜养则养、宜牧则牧、宜林则林，要树立“靠山吃山、靠水吃水”的发展理念，发展符合当地生态环境、人文特色、历史文化、资源优势的产业，只有把产业和贫困地区的特色与优势相结合，才能让扶贫产业真正扎根于贫困地区长远发展。为了保证让贫困村能够有自己的造血功能，蔬菜团队根据调研结果确定在当地发展二高山蔬菜产业。

▲ 蔬菜团队王四清专家在保康县堰塘村指导马铃薯生产

俗话说“谋事在人成事在天”，堰塘村能够用于蔬菜种植的土地资源少之又少，且大多存在有地没水、有水没地的状况，如何让村民自愿发展蔬菜种植，成了摆在蔬菜团队负责人王四清面前的一道难题。为此，王四清带领蔬菜团队成员跑遍了各个小组，多方调研，实地会商，设计方案，最终采取了一系列针对性的举措:找好了土地就近修建简易蓄水池,有好的水源就铺管引水到地头;缺乏良种就引进品种筛选,缺乏技术就开展技术研究集成;缺乏信心就开展新品种、新技术示范,建立信心。蔬菜团队最常说的一句话就是:“只要思想不滑坡,办法总比困难多。”通过两年的示范带动,堰塘村开始有小规模的蔬菜种植了,3 亩、5 亩的香葱,10 亩、8 亩的韭菜,20 亩、30 亩的辣椒、黄瓜,“紫茄纷烂漫,绿芋郁参差。初菘向堪把,时韭日离离”。眼看着面积一天天扩大,收入一天天提高,离脱贫的目标一天天接近,大家看在眼里,喜在心头。

增产不增收　调整扶贫路

在蔬菜团队全体成员的努力下,2017 年堰塘村蔬菜种植面积 350 余亩,马铃薯种植面积 300 余亩,蔬菜种植收入 200 余万元。然而,一场突如其来的天灾和盲目乐观的扩张给团队成员浇了一大盆凉水。

2017 年夏天,堰塘村一连下了五天的大雨,大雨过后的马铃薯花格外娇艳,也预示着马铃薯的丰收。这一批即将收获的马铃薯是蔬菜团队从引进的诸多品种中筛选出来的两个新品种——“费乌瑞它”和“中薯 5 号”。两个品种在二高山地区种植具有产量好、品质好、抗病性较强的特点,7 月当马铃薯从地里挖出的那一刻,大家的脸上堆满了笑容,连日的雨水让正在膨大期的马铃薯个头比往年大了近 1 倍,个头大的马铃薯有 300 克以上,通过测产平均亩产达到 1 700 千克以上,最高产接近 2 000 千克。看似不高的产量已经让在二高山上的堰塘村村民感到很吃惊了,毕竟原来的亩产量只有 1 000 千克左右,个头最大的也不过 150 克左右。丰收的喜悦在大家的脸上挂了不到一天就被坏消息冲散了——因马铃薯个头太大,收购商竟然拒收。种植户的满心感激瞬间变成了埋怨,蔬菜团队成员们一个个低着头,不知该如何是好。关键时刻,襄阳市农科院院长冯鹏鼓励蔬菜团队说:“成功的经验很宝贵,失败的教训更宝贵。”

蔬菜团队成员们重整旗鼓,一方面帮助当地种植户联系销路,一方面了解当地的马铃薯消费习惯。通过深入调查,团队发现马铃薯的品质并没有下降,口感也和原来的主栽品种“米拉”“克 A”相差无几,只是当地人认知高山马铃薯就是小型马铃薯,个头大了反而都不认可了。为此,蔬菜团队负责人王四清决定改变思路，一方面引进“米拉”脱毒种薯，另一方面进行广泛宣传，推动新品种在当地销售，同时在其他蔬菜新品种的引进、筛选、示范中尊重当地的消费习惯，尽量选用更符合当地消费习惯的新品种替代老品种，推动堰塘村建立起规范的蔬菜种植基地来保证蔬菜种植规模，并编制了《有机食品 二高山辣椒生产技术规程》《襄阳市有机马铃薯生产技术规程》等地方标准规范当地种植，提高产品品质。团队采取因地制宜、因户施策措施，为贫困户量身打造产业扶贫规划，取得了较好的扶贫效果。2019 年，蔬菜团队指导发展高山马铃薯 415 亩，蔬菜 300 亩，带动 203 户 710 人种植马铃薯、蔬菜，年人均每亩增收 765 元，带动脱贫 60 户 163 人。现年 51 岁的张德国是堰塘村三组村民，家庭人口 6 人，由于父母年迈、儿女上学，2014 年被确定为建档立卡贫困户。“自从市农科院蔬菜团队入住堰塘村后，带来了资金、技术，给我们讲解了马铃薯及蔬菜产业发展规划，提高了我们发展马铃薯和蔬菜的信心。”张德国说。2017 年，张德国被襄阳市农科院扶贫工作队选为科技示范户，发展马铃薯种植 4 亩，占自有耕地面积的 51%，通过采用马铃薯新品种、新技术，亩产超过 1 500 千克，家庭人均收入增加 3 000 元，于 2019 年成功实现脱贫。夏正敏，现年 71 岁，堰塘村二组村民，家庭人口 5 人，2014 年被确定为建档立卡贫困户，2018—2019 年，蔬菜团队连续两年向其免费提供 750 千克脱毒种薯、300 千克复合肥，夏正敏更加大胆地扩大了种植规模，由原来的 2 亩扩大到现在的 5 亩，占自由耕地面积的 59%。2019 年，夏正敏通过种植马铃薯 + 蔬菜收入 20 250 元，人均收入增加 4 050 元，成功实现脱贫。

多措并举　协调发展

2017 年度马铃薯滞销事件，让蔬菜团队看到单一发展蔬菜种植产业的潜在风险，通过与村干部的会商，大家一致认为“多条腿走路”才会走得更稳走得更远，为此，团队提出了“三养两种”产业模式。蔬菜团队与果茶团队、畜牧团队、粮作团队联合扶贫，充分利用当地资源实现循环经济，秸秆喂牛羊、菜叶喂鸡鸭、畜禽粪便种果茶、蔬菜，果茶、蔬菜产业带动采摘旅游产业发展，采摘旅游促进果茶、蔬菜销售。在蔬菜团队的推动下，2019 年堰塘村实现贫困人口全部脱贫，同时也拉开了乡村振兴的大幕。

胸怀非一才高知大

堰塘村在襄阳市农科院蔬菜团队及果茶、畜牧团队的帮助下，发展蔬菜、果树种植、畜禽养殖产业而脱贫的消息不胫而走，许多蔬菜种植企业、协会、合作社及蔬菜种植村主动与襄阳市农科院蔬菜团队联系，希望得到蔬菜团队的帮助。团队成员深感责任重大，既为能够帮助村民致富而自豪，又为产业快速发展而忧虑。团队负责人王四清三番五次地勉励团队成员说道："既然我们肩负着这份使命，我们就应该竭尽全力保障本地蔬菜供应的安全，我们不能够决定市场行情，但我们可以给种植户提供合理化建议，让他们不受损失。"2016 年以来，蔬菜团队与谷城园坤农业科技有限公司等 7 个蔬菜生产企业、襄州驿寨蔬菜种植专业合作社等 9 个蔬菜种植专业合作社、宜城市王集镇中心村等 6 个蔬菜种植村签订技术服务协议，示范推广鄂豇豆 5 号、8 号、10 号等蔬菜新品种 7 个、叶菜病虫害绿色防控技术等新技术 5 项，应用推广面积 120 余万亩，实现经济效益近百亿元，开展科技服务与培训 100 余场次，培训专业技术人员、种植大户 4 000 余人。所有与襄阳市农科院蔬菜团队签订技术服务协议的企业、合作社、蔬菜种植专业村没有一家因栽培技术缺失而造成经济损失。

扶贫攻坚不光要让贫困户脱贫致富，更是要让非贫困户不返贫；农业科技不仅要雪中送炭，更要锦上添花。蔬菜团队在团队负责人王四清的带领下，引进新资源、选育新品种、集成新技术，多年来育成新品种 5 个，集成新技术 7 项，编制省、市地方标准 20 余项，获得省、市科技进步奖励 6 项，这些新品种、新技术耗费了团队的大量时间和精力，但只要是脱贫攻坚有需要，所有的新品种、新技术都无偿转让，没有收过 1 分钱的成果转让费。正如团队负责人王四清所说："扶贫不仅要提供品种、技术支撑，更要有包容天下的胸怀。"这充分表达了蔬菜团队对贫困群众的真挚感情，更体现了蔬菜团队对待扶贫工作的一腔赤诚。正如一首诗中写到的："他们是接地的春风，激活沉睡的泥土，吹走山川幽远的叹息，把新村的喜讯发布，他们是及时的春雨，潇洒着彩云寄存的嘱咐，点点滴滴润物细有声，把党的深情灌注！"

▲ 蔬菜团队负责人王四清在南漳县继垚蔬菜专业合作社指导西葫芦整蔓

案例点评：

蔬菜是人们餐桌上的必需品，大多农民都会尝试种植，但是不一定种得好，上规模、上档次，形成气候并带来良好的经济收益。以王四清为带头人的襄阳市农科院蔬菜团队，在扶贫攻坚、振兴乡村经济过程中带来了技术，带来了专利，带来了创新，带来了信心，带来了收获，更带来了希望！他们充分发挥人才和组织网络优势，突出精准扶贫、志智双扶，把科技创新的动能扩散到田间地头，最大限度地发挥了科技的力量和作用。正是由于他们不辱使命，作风务实，科技创新，才赢得了扶贫路上丰硕果实，从而把党的扶贫政策化作席席春风融进老乡的心田，带来了“平畴交远风，良苗亦怀新”的盎然生机！

（张　杰　蒋辉胜）

41 把初心使命谱写在希望的田野上

——孝感市农业科学院驻村工作队脱贫攻坚纪实

前进村地处孝昌县小河镇南部，依邻槐河为丘陵低山区，海拔70余米，岗地缺水，十分落后。有5个自然湾，7个村民小组，236户848人（2014年农业人口914人），有耕地面积686亩，人均占有耕地0.75亩，山岗林地2 820亩。全村共有劳动力371人，经济收入以茶叶产业和劳务输出为主。其中建档立卡贫困户75户263人，是孝昌县重点贫困村。

2015年，孝感市委、市政府组建了市直驻宋砦脱贫攻坚工作队，由市委宣传部、市文化和旅游局、市总工会、市农科院等单位组成，市领导亲自挂帅，市农科院先后派出了科技干部高长清、汤亚东、王记安。从2018年初起，孝感市农业科学院（以下简称孝感市农科院）又派出精兵强将，并派王伟刚与张继东驻村扶贫。王伟刚，中共党员，高级农艺师，湖北大学农学硕士校外导师，2018—2019年度省级科技特派员；张继东，中共党员，水产工程师，孝感市项目评审库专家。他们都年近六旬，经验丰富，能吃苦耐劳，尤其是王伟刚，虽身患严重糖尿病，但他没有退却，任劳任怨，勇于担当，吃苦耐劳，一驻就是3年，全心扑在扶贫攻坚上。

2017年底，全县村组合并，宋砦村与邻近黄砦村、杨林村合并成前进村，相当于增加了一个重点贫困村和一个非重点贫困村。黄砦村有5个自然湾，8个村民小组，356户1 603人（2014年农业人口1 660人），面积2 004亩。其中建档立卡贫困户122户493人。杨林村有3个自然湾，5个村民小组，147户740人（2014年农业人口780人），国土面积1 200亩。其中建档立卡贫困户60户168人。

夯牢基础，初见成效

前进村脱贫攻坚工作在脱贫攻坚工作队、武汉联勤保障部队及孝昌县文化和旅游局的共同帮扶下，强化基层组织建设，重新选举产生了前进村党支部委员会和村民委员会，党员积极分子纷纷自觉参与到脱贫攻坚战中，充分发挥了党建引领作用。

▲ 孝感市农科院在前进村开展农业科技培训服务

截至2019年，前进村完成了所有贫困户“种养加创”补助核定申报工作；每年开展义诊、巡诊4场次，落实免费健康体检1 000余人次（其中贫困人口600人次）、实现建档立卡贫困人口免费签约服务全覆盖；医疗保险全覆盖；教育补贴、雨露计划全部落实到位，全年组织开展送戏剧、送电影、送文艺活动17场次。2015年以来，积极争取上级帮扶资金1 500余万元，加大基础设施建设力度，新（扩）建水泥道路8公里，基本实现了村内水泥路的循环畅通。扩挖塘堰50余口，贮蓄水能力明显提升，基本解决了村里的生产用水问题。安装路灯300余盏，新建前进村党群服务中心。对前进小学操场、食堂、图书室进行了改造升级。建设异地搬迁点两处，已全部入住，拆除土坯房200余间，危房改造70余户。栽种各类绿化苗木2万余株。安装健身体育器材10余处。建设50光伏发电站一座。修建水冲厕所3座，全面整治了村庄环境，全村整体基础设施和公共服务水平明显提升，切实解决了前进村的“两不愁三保障”。

过去，前进村杂草丛生，土坯房歪斜，安全隐患多，道路狭窄，车辆无法通行，农产品难以运输出村，集体经济薄，村民收入低，因病、因残、因学、因劳动能力弱等致贫现象严重。现在通过精准脱贫政策的实施。全村发生了根本性变化。林木繁荣，绿树掩映，红瓦白墙，好一派新农村景象。

现在的村庄，三月芫花迎春，四月桃李艳丽，五月牡荆飘香，六月荷花婷婷……尤其是四月的槐河，芳草萋萋，流水淙淙，两岸丘岚绵延，槐花如雪，花香四溢，是乡村旅游的好地方。

科技进村，精准帮扶

前进村的变化，离不开孝感市农科院科技帮扶，更离不开这群不辱使命、勇于担当的科技扶贫工作者。为了让科技扶贫更精准，更有效，孝感市农科院先后派出了22名科技专家对接26个贫困户，他们定期深入贫困户了解生产生活情况，解决实际困难，因户施策，一户一品，一户一策开展精准帮扶。

正高级农艺师王记安对接宋法勇家，他们家中两口人，宋法勇年过七旬，儿子智力残疾，王记安指导他们种植红薯、萝卜，并帮助他们养殖了一头母牛，每年都产一头牛仔，还为其子办理了残疾证和低保，使他们的生活愈来愈好。贫困户刘河坎、刘青桥、黄清平家想种植野菊花，高级农艺师王伟刚教他们整地施肥，采集野菊花种苗并进行嫩芽繁殖，取得了很好的效果，现准备大面积推广，带动村民一起致富。

发展产业，助推脱贫

脱贫致富，需要产业的兴旺。孝感市农科院因地制宜，根据前进村的优势，兴办农民专业合作社，抓扶贫产业发展。发展了木清茶叶合作社和永盛苗木花卉专业合作社，创办了应新香椿合作社、友清稻虾养殖合作社、瑞莲养牛合作社，积极争取联勤保障部队援建黄桃基地、扶贫车间产业项目。目前已建成村级黄桃基地200亩，扶贫车间项目现已启动建设。全村共有农民专业合作社11个。木清茶叶专业合作社现有茶叶面积1 200亩，年产值300百余万元，带动贫困户人口200余人，人均收入增加2 000元；永盛苗木花卉专业合作社现有苗木、花卉面积500余亩，年产值200百余万元，带动贫困户人口40余人，人均收入增加1 000元；应新香椿农民专业合作社现有香椿面积20余亩，年产值20余万元，带动贫困户人口10余人，人均收入增加800元；孝昌辰辉种植养殖专业合作社现有黄桃面积200亩，拟新增面积100亩，开展种、养殖综合开发，流转贫困户土地180亩，带动贫困户人口34人，人均收入增加2 000元；还有两个小型养猪场和养牛场，都能带动贫困人员增收，科研人员花大力气研究循环农业，在黄桃基地实施有机肥水一体化，有效地解决了用工、干旱和节能降耗问题。筛选优良的种子也是脱贫致富的重要基础，农科院不忘村民的希冀，为前进村村民送去了水稻、茶苗、鱼苗，油菜、萝卜、红菜薹、红薯、莴苣种子等。孝感市农科院财政资金有限，院党组却把有限的资金挤出来用在了前进村的脱贫攻坚上，茶叶是前进村的主导产业，2017—2018年提供“鄂茶1号”和“中茶18号”新品种改良老茶园；新挖的塘堰，为了充分利用，孝感市农科院送来了鱼苗；为创新路，孝感市农科院尝试在前进村开展蔬菜种植，并送来多种优良蔬菜种子种苗。每当农民满怀喜悦地看到“菜蔬滴翠盎生机，瓜果斑斓灿碧琦”的景象时，科技工作者们总是由衷地欣慰，村民都说农科院送的种子就是好！扶贫干部同时还针对性地宣传农作物秸秆禁烧，实施农作物秸秆还田技术，促进美丽乡村建设。

科技培训，授人以渔

授人以鱼，不如授人以渔。孝感市农科院专家注重扶智与扶志结合起来，用知识开启脱贫致富之路。孝感市农科院组织专家到村开展茶叶有机栽培技术、农作物病虫害防治技术、茶叶加工技术、香椿露地矮化密植栽培技术、特色蔬菜高产高效栽培技术培训。王伟刚专家手把手地教村民茶叶的加工、莴笋催芽、萝卜点播、菜薹移栽、红薯起垄技术。

▲ 王伟刚专家在孝昌木清茶专业合作社现场指导秋茶制作

为让贫困户徐友清脱贫致富，水产工程师张继东采取请进来走出去的方法，把汉川的养殖大户陈砚海请到孝昌指导徐友清的龙虾生产，还组织徐友清出外学习，开阔眼界。高级农艺师王记安与工作队成员还专程带领村民到应城市杨林学习香椿种植技术。除技术培训外，专家还亲临田间现场指导，王伟刚专家就经常行走在田间地头，前进村每一处土地上都留下了他的足迹。2018 年，春茶尺蠖发生严重，他指导茶农合理利用生物制剂防治病虫害，并利用灯光、色板、糖醋液等诱杀害虫，避免了虫害发生，减少了茶农的损失。2019 年，立云家花生地秧苗打焉，发生青枯病，他立即教立云拔掉已死苗，带出田间，用生石灰撒播杀菌，使得花生免受损失。

▲ 王伟刚专家在孝昌辰辉种植养殖专业合作社黄桃基地指导桃树修剪整枝

科学抗灾，力阻返贫

2018 年一场大风，掀翻瑞莲养牛合作社牛舍，牛四处逃窜。驻村工作队一边找牛，一边与畜牧兽医站和保险公司联系，让损失减到最小。2019 年遭遇百年旱灾，工作队与乡镇“村两委”，统筹协调，科学调度，利用各种资源，维修泵站，疏通渠道，分级提水抗旱救灾，减轻了农民因旱灾减产减收。2020 年新冠疫情下，他们不忘初心，牢记使命，坚决执行市县关于抗击新冠疫情的各项命令，表现出了共产党员勇于担当，敢于牺牲，冲锋在前的优秀品质，为抗击新冠疫情作出重大贡献。大年初二（元月 26 日），他们带着通行证、温测仪、口罩，第一时间奔赴到抗疫战场孝昌县小河镇前进村，与“村两委”其他同志一起贴标语，拉横幅，设路障实施防控，挨家挨户查体温，开展多形式宣传防护知识，帮助村民解决了生活保障问题。

疫情还在持续，为了解决村民的生活、生产的需要，驻村工作队建立了扶贫需求网，申报了“扶贫 832”平台，还建了一个电商平台，拓展农产品销售渠道，保障贫困户农产品销售畅通。

牢记使命，用心扶贫

作为扶贫干部要心中有党，心中有人民，心中有责任；要敢于担当，立说立做，用心去做；要多入户，经常与农民交心谈心。高级农艺师王伟刚，原本驻在宋砦村，三村合并后，镇里安排他负责原杨林村，他与村民打成一片，村里的大人小孩都认识他。疫情期间，查到刘河坎刘金元家80岁的老母代氏，很少出门，就主动上门问候。看到王书记给她测体温，她说王书记辛苦了，一起同行的问她，你认识他是王书记，她却说我不认识，听别人说有事找工作队的王书记准没错。

科技扶贫是科技工作者的使命担当，扶贫是光荣的事业，是科技工作者的“三农”情怀，也是爱的奉献。王伟刚看到程家湾贫困户程珍胜家孙女性格孤僻，他便主动问起原因，原来小孩自出世就没有见到过母亲，了解到情况后，王伟刚就与村信息员左娟一起，经常到程家慰问，并自掏腰包给孩子买衣服、买鞋子、买文具，鼓励孩子树立信心，并嘱咐左娟要把她当自己的姑娘看待，还到学校了解她的学习情况，帮助小孩健康成长。宋砦村残疾人宋浩、曾万华生活困难，扶贫干部帮助联系来资金为他们两家办起了小型养鸡场。每个贫困户的家庭情况都在他们心中……

他们根据前进村及周边地区的自然资源，社会状况，深入了解分析，调查研究，写出孝昌县槐河地区刺槐分布调查及刺槐生产与扶贫开发的建议和意见、保护优质蜜源资源野生牡荆的建议，调查与分析前进村青年男女婚姻状况以及农村老人养老状况。他们全面了解并掌握前进村各类一手资料，为最后取得脱贫攻坚战的胜利行稳致远！

案例点评：

前进村自然条件不好，交通不便，水利设施老化，基本公共服务不到位，抵御自然灾害能力较弱，村里经济结构单一，持续增收能力不强。正因为如此，孝感市委、市政府才专门组建了市直驻村脱贫攻坚工作队，并由市委宣传部、市文化和旅游局、市总工会、市农科院等多家单位组成，市领导亲自挂帅督办，市农科院更是委派多名科技人员轮流驻村参加扶贫。他们勇于探索，甘于担当，乐于奉献，务真求实，为前进村贫困人口实现脱贫，脱真贫，真脱贫，做出了难以磨灭的贡献，体现了“扶贫工作最艰难，万水千山只等闲，心与百姓同忧喜，不拔穷根不回还”的豪迈气概！

（熊　渠）

42 调水源头勤躬耕 秦巴山里孕希望

——十堰市农业科学院水果团队科技扶贫实践

这是一支年轻的队伍，平均年龄只有31.6岁；这是一支能战斗、不怕苦的队伍，不管严寒还是酷暑，不管是偏远山村的田间地头还是城郊果园的温室大棚，总能看到他们被果农围绕着的身影；这是一支足迹遍及秦巴余脉山山水水的队伍，搜集、整理、保存、筛选优质猕猴桃野生种质近200份，选育适宜十堰当地环境单株10余个；这是一支锐意进取、不甘落后的队伍，先后承担省、市重点科技项目30余项，获科技成果20余个；这是一支兢兢业业、敢于创新的队伍，推广先进种植模式，示范绿色防控技术，传授优质高效栽培经验，给老百姓解生产难题，帮老百姓稳脱贫实效，是十堰老百姓口中实在的、信得过的、靠得住的“好娃子”。

“黄沙百战穿金甲，不破楼兰终不还”，执着的十堰市农科院水果团队用真情、用真意、用农业科技耕耘在十堰山区这片肥沃的土壤，用农业科技在精准扶贫实践方面做出了积极的探索，用农业科技浇灌着调水源头水果产业结出丰硕的成果。

情系果农，一颗赤诚心铸造科技扶贫新业绩

水果团队领头人彭家清出生于江汉平原的公安县，在学生时代他就立志学农，秉持着“勤读力耕，立己达人”的愿望，希望能够通过自己所学将来为农业农村贡献出自己的一技之长。从华中农业大学园艺专业毕业后，他就离开鱼米之乡的老家，申请到十堰地区工作。耳闻目睹十堰老区农民在“九分山水半分田”的艰苦条件下为了生存付出的操劳，让他对农民有了更

为特殊的情怀，也让他更坚定了通过农业科技让农业农村旧貌换新颜的决心。

作为公益性农业科研单位的一名科技工作者，十堰市“61”产业强农计划建设工作组水果团队首席专家，长年累月与果农面对面肩并肩，谈田间管理，讲病虫防治，聊冻害预防，话鲜果销售。他深知农民信息的闭塞和对知识的渴求，他切实履行职责、发挥科技扶贫的优势，一直努力以科技的力量帮助乡亲摆脱贫困面貌。

多年来彭家清一直坚持着“三步工作法”。第一步，授课让果农记住你的手机号；第二步，田间指导加上果农的微信和 QQ 号；第三步，科技解难题效果见反馈，消除果农心中的大问号。

彭家清多年有个工作习惯，即任何时候他的手机不会关机，他主持的任何讲座的第一张和最后一张 PPT 上总是在显眼的位置加粗标注自己的手机号，就是为了让老百姓方便找到自己。只要果农在田间犯了愁，可能是春天的蚜虫危害，可能是用药不当造成的药害，可能是夏季高温造成的果面日灼，也可能是冬季修剪一个果枝的迟疑不决，一个电话过来，他总是耐心讲解，然后让果农把具体照片通过微信或者 QQ 发给他，通过实际判断和细致分析，再给出详细的解决办法。待问题解决，他总是会再通过实地走访、电话问询、微信 QQ 看图，向果农了解具体的解决效果如何，彻底让果农安心，让果农舒心。

作为水果团队的领头人，针对果农反应库区柑橘品种结构单一、优果率低、单位面积产量低、效益不高等问题，他先后主导引进多个高糖型温州蜜柑良种，推广测土配方施肥、高效低残农药使用、橘园“三挂”、大枝修剪、覆膜增糖、交替结果、避雨栽培等关键技术措施，通过产业调研、示范推广、技术引领，柑橘亩产增收显著。同时他积极推广果茶良种、果园间作套种绿肥、病虫害绿色防控技术，推广“猪—沼—果”、果园养鸡、果园生草等生态农业种养模式。对柑橘低产园，采取深翻改土、增施有机肥、间伐荫蔽、改换良种等改造技术。一年又一年，彭家清的足迹遍布十堰的山山水水，总是见他脚步匆匆，脚踏泥泞，奔走在田垄和山涧，也总能看到他接到一个电话，便能快速针对反应的问题悉心解释，耐心回答。

数年来，他累计推广适用技术 30 余项，田间地头培训农民 5 000 人次，技术咨询3 000余次，发放技术科普资料数千册。引进繁育优良品种20余个、数10万株，推广面积万余亩，为果农节本增收400余万元。10多年来他一直默默坚守在果树特色作物科研试验与技术推广第一线，十余载的坚守，无论俯仰进退，一颗事业心，只为探索科研的真相；不管寒来暑往，一双运动鞋，只为果农丰收的喜悦。真心扶、真情扶、真实扶，换来的是果农们朴素真挚的情感。他用10多年来的默默奉献，完成了一名基层农业科技工作者体现自身价值与果农实现脱贫致富的融合。

▲ 水果团队在丹江口市玉皇顶果场开展调研并提供技术指导

躬耕深山，一颗进取心打造农技新样板

一顶草帽，一件工作服，一把修枝剪，可能你会觉得很土很老气，但是这是他数十年来的标配；晴天一身汗，雨天两脚泥，是他最常见的“囧相”，这就是水果团队成员、鄂西北猕猴桃综合试验站站长肖涛的真实写照。

在平凡中非凡，在拼搏中超越。作为一名基层农业科研工作者，不管从实验硬件条件，还是从新的实验理念和方法，和大城市大院校都有很大的差距，想做出一点成绩需要的不仅仅是毅力，更需要的是不断学习的信心和耐得住寂寞的定力。

十堰当地气候环境优越，非常适宜猕猴桃生长，也是果农脱贫创收的致富果。但是由于盲目引种、忽视检疫，田间管理跟不上，溃疡病暴发给不少果农造成了巨大的经济损失。肖涛看在眼里急在心里，他一方面通过加强指导、规范引种，提高田间管理水平，解决了果农一时之忧；另一方面筛选出适宜十堰地区生产的，风味浓、产量高、性状稳、效益好的当地品种的想法在他心中扎了根。经过多年对秦巴山区野生猕猴桃优质资源考察、筛选、保存、选育，收集野生猕猴桃资源200余份，在丹江口市六里坪镇孙家湾、郧阳区柳陂科研示范基地、张湾区西沟乡长坪塘村建立猕猴桃资源圃，筛选出综合性状稳定、表现良好、适宜十堰环境的优良单株数10个，在郑州、宜昌、六盘水等地开展区域试验，目前审定品种1个（“武当03－01”），获得农业部新品种保护申请1个（“武当07－6－5”），实用新型专利2项，参与制定国家猕猴桃行业标准2项，主持制定市级猕猴桃标准2项。自主知识产权品种在十堰地区推广数千亩，获得了消费者的青睐和果农的一致好评。示范推广“一干两蔓”、高枝牵引、果园生草、起垄栽培、水肥一体化、节水灌溉、病虫害绿色综合防控技术数万亩。仅果园生草一项给果农减少劳动力成本投入数百万元。

仅仅数年内，在试验基础差、综合配套弱的条件下取得了如此成绩，殊为不易。这是因为在洁净喧闹的城市和安静无趣的田垄之间，肖涛选择了后者，他脚踏泥泞，俯首躬行，他撒下青春的汗水，播下理想的种子，悉心耕耘在秦巴山里，只为在荆棘和贫穷中喘息的农民拓荒。

没有规律的作息时间、没有固定的工作地点，不管天晴下雨、三伏三九，只要果农需要，就要随时随地提供帮助。面对年迈的父母，他常常心怀愧疚，面对日益生疏的双胞胎女儿，他常常忍不住眼泪，面对顶起家庭担子的妻子，他不无感激。肖涛话不多，他知道，只有干出来的辉煌，没有等出来的奇迹。他说农民满脸的笑容是对他最大的褒奖。

苦干实干，一颗奉献心谱写科技进步新篇章

以下这篇日志摘自驻五峰乡鲍家河村扶贫工作队工作日志。

2020 年 5 月 13 日　　星期三　　天气晴　　记录人:郭晓胜

今天下午,十堰市农科院经作所夏宏义老师在区农业农村局郭俊老师的陪同下,到我村开展野生桑类资源收集和果桑产业调研工作,在办公室经过简单的交流后,我介绍了我村发展果桑产业的经过、品种类型和产业规模,盛情请夏宏义老师进行深入的指导。

我们首先到达我村新品种示范基地,该基地共有 5 个果桑品种,分别是"台湾长果桑""四季果""陕西红果桑""大十""白玉春"。夏老师分别对这 5 个品种进行了技术指导,针对"台湾长果桑"冬天易受冻害,要求培养健壮的夏稍,控制秋稍,确保健壮树体越冬,从内质上增强抗冻性,冬天要进行秸秆覆盖,增加物理防冻措施;对于"大十"生长旺盛特性,要求适当加高主杆高度,不低于 1.5 米的主杆可防止叶桑接触地面引起病害加重和果实污染;对于"陕西红果桑",针对其结果密集,果色红艳可以大力发展盆景产业,该品种籽粒多,籽粒含油量高,如果规模大的情况可考虑榨油;对于"四季果"品种,别看它果子小,但它晚熟,是重要的延长果桑供应期的优良品种,且适合长途运输,可加大供应距离;针对"白玉春"果实香甜,可多在采摘园发展。

同时,考察了我村周边野生桑类资源,在我们熟视无睹的野桑中,发现了一株野桑的果实非常甜香,并进行了采样标记。

随后,到达我村果桑产业基地,夏老师在仔细询问了基地负责人张明田基地的规模、品种、管理、产品加工、销售等细节问题,并与张总就果桑的种植技术进行了深入的交流指导。

对于田间除草问题,夏老师非常关心,因为很多基地采用化学除草,对果桑树的根系和植株生长以及果桑品质都会产生影响,就此提出了他的意见。

关于综合利用,夏老师提出了新的建设性意见,每年夏伐时,采取每株半伐型,即每株留半数株杆,既利用了夏稍的优点,又有老枝杆的稳定保障,这样就可以解决春季养蚕时的矛盾,保障了果桑果实产量的同时,也可以为春季桑叶养蚕增加收入。

对于夏伐出来的桑叶,夏老师也介绍了新的用途,通过烘干用于饲料添加,由于桑叶的蛋白含量非常高,医用保健价值也很高,有很多生态养殖户把它加入饲料中,改善了畜禽的品质,提升了畜禽健康水平,市场需求和发展前景非常广阔。

我们围坐在果园内的方桌上，喝着桑叶茶、品着鲜桑果，谈论着果桑栽培的各环节技术要领，讨论交流着深加工的各种方法，听着夏老师介绍桑果酱的制法，桑果烘干的技术要领，桑叶面条的加工工艺，时间慢慢流逝，我内心非常感慨，下派到村四年来，我们发展了各种扶贫产业，要想出成绩容易，要想出效益还是要多请教这样的技术人员，多开思路，多联外界，才能使扶贫工作做得更好，更有成效，再次感谢夏老师的技术指导。

▲ 水果团队在鲍家河村开展技术需求调研

这篇《驻村工作日志》是十堰市农科院水果团队夏宏义日常工作写照的一个缩影。夏宏义出生于陕西旬阳县的一个偏远山村，对“三农”有着浓厚的情怀，自参加工作以来，一直致力于脱贫攻坚和山区现代农业建设，长期从事果桑、葡萄、草莓等水果高效生产栽培技术示范与推广工作，先后推广新技术 6 项，累计推广面积 3 万余亩；参与省部级、地市级科研项目7 项；国内外核心期刊发表学术论文 10 余篇，申请专利 2 项，参与制定地市级地方标准 2 项；获中华人民共和国农业农村部植物新品种保护权登记和湖北省科技成果登记各 1 项；获“2019 年度全国鲜食葡萄评比大赛”金奖 1 项。新冠肺炎疫情期间,夏宏义执行战“疫”联防联控任务表现突出,荣获社区“优秀志愿者”和2020年度国瑞阳光杯“最美志愿者”荣誉称号。

百尺竿头,一颗敬业心再创科技创新新辉煌

作为农业科技工作人员,他们在平凡的工作岗位兢兢业业、任劳任怨、埋头苦干,对于困难永不服输,对于工作永不放松。水果团队怀揣着“功成不必在我”的精神和“功成必定有我”的担当。彭家清、肖涛、夏宏义等都是十堰市农科院经济作物研究所水果团队成员。

水果团队中的“樱桃博士”朱先波,自西北农林科技大学贮藏运销博士毕业后,率先在十堰地区引种“红灯”“拉宾斯”“布鲁克斯”“美早”等品质优异、市场反响良好的车厘子品种,打开了北缘地区种植车厘子的先河,通过数年孜孜不倦试验,配方测土、拉枝牵引、深施有机肥、控制树势等技术措施,集成了一套十堰地区车厘子丰产优质栽培技术。在回龙乡、西沟乡、八里旺等一批批扶贫攻坚老大难的乡镇,我们都看到了“樱桃博士”朱先波忙碌的身影。2019年,一些乡镇集中脱贫了,可是朱先波的身影似乎更加忙碌了,他没有时间去照顾襁褓之中的孩子,常常风尘仆仆,他常常说:“我们搞农业的要舍小家为大家,要让老百姓种好果,还要卖好价,少走弯路,多致富。”

“突尼斯软籽石榴,丰产性强,树势旺,病虫害少,果实品质风味浓郁,非常适宜在我们丹江口库区种植”,程均欢在一次授课过程中总结道。这是常见的一次职业农民培训,但是库区果农异常热情,课程结束后又忍不住纷纷围住程老师,讨教交流种植技巧。十堰市农科院水果团队的程均欢,不到30岁,却是种植石榴的一把好手。他经常在示范基地的石榴园一待就是大半天,观察萌蘖规律,统计开花时间,计算药效防治效果,研究调节剂处理影响。为了让石榴早结果、结好果,缩短童期,提高产量,程均欢在网上查资料,在田间看效果,向同行取经验,向老师问技巧,勤勤恳恳不断求索。目前十堰地区的凉水河镇、习家店镇、六里坪镇、青曲镇等石榴种植大户已达百余户,给当地带来了新的致富途径。

2020年春,新冠肺炎肆虐,在春耕春播春管的重要阶段和关键期,水果团队在筑牢疫情防控人民防线,阻击疫情蔓延工作中充分发挥了先锋模范

作用,同时看到解封后,他们奔波的身影又蔓延在荆楚大地的沃土田间。

“扈江离与辟芷兮,纫秋兰以为佩”,水果团队以满怀的热情和孜孜不倦的追求,展现了基层农业科技工作者的精神风貌,他们把党和政府对农村、农业、农民的重视关心和各种扶农、惠农、强农政策及时传递给农民,他们满怀对农民真挚的感情,他们为农民、为产业出实力、献真技、见成效。

案例点评:

“我肯定不是第一个爱上你的人,也不是最后一个,不过我相信我是最爱你的那一个”,电影《山楂树之恋》中的经典台词,十分适合描绘科技“好娃子”与果农的关系。

金杯银杯,不如百姓口碑。科技“好娃子”成为致富好助手,山里枝头才结满希望的果实。柑橘、猕猴桃、樱桃、车厘子、石榴……这些诱人的水果,在水果团队这支年轻队伍的辛勤嫁接培育下,从大山走向城市,换来市民的赞誉,换成果农的收获。

满怀热情、孜孜不倦,他们践行着党的惠农政策;广开渠道、增品增效,他们为果农铺就致富路;求技取经、不断求索,他们练就为农服务的真本领。

(刘　涛　龚世飞)